JN013512

沈黙の終わり

（下）

堂場瞬一

角川春樹事務所

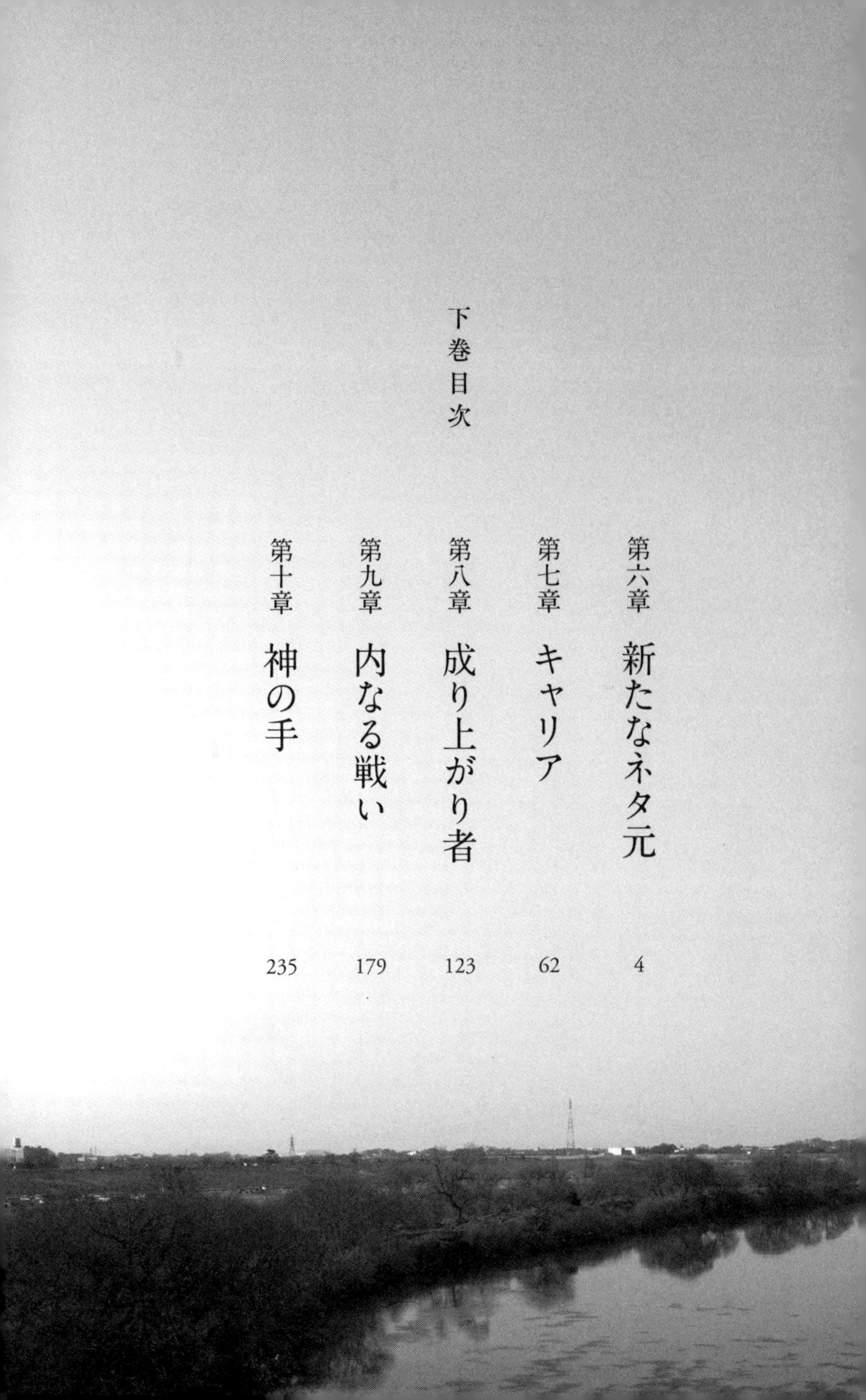

下巻目次

装幀　岡　孝治
写真　木村　直

沈黙の終わり

㊦

第六章　新たなネタ元

1

何だか疲れたな……古山《ふるやま》は、渋谷《しぶや》中央署の記者室で椅子《いす》に浅く腰かけ、両足を床に投げ出した。頭の後ろで両手を組んで天井を見上げる。

軽く酒が入っているが、酔っているわけではない。一次会で放免《ほうめん》されたのは幸いだったと思うが、そもそもこのご時世、四人が集まって宴会というのもどうなのだろう。マスクをつけたり外したり、なるべく喋《しゃべ》らないようにと気を遣《つか》って疲れてしまった。

本社へ上がってほぼ一ヶ月。世間は既《すで》にゴールデンウィークに入っている。古山は三方面の警察《サツ》回りになって、最初の一週間だけは普通に仕事をしていた。管内にある九つの警察署を回って顔つなぎ——しかし会えたのは、署長と副署長だけだった。警視庁は、警察回りには署の課長クラス以下との接触を許していない。

挨拶《あいさつ》回りの他に大事なのは、管内の様子を頭に叩《たた》きこむこと。それこそ本当に「街」を知り、柔らかいネタを探すのも警察回りの仕事なのだ。馴染《なじ》みのない渋谷、世田谷《せたがや》、目黒《めぐろ》を隅《すみ》から隅まで歩き回るのは楽しかったが、泊まり勤務で本社にいる時に、本来の仕事からあっさり離れることになってしまった。

目をつけてきたのは、松島《まつしま》が予言していた通り、遊軍だった。コロナ禍《か》以降、すっかり変わってしまった学校のあり方を追う連載を始めるというので、その手伝いを命じられたのだ。学校って……埼《さい》玉《たま》支局では縁のなかった教育関係の取材なんて冗談《じょうだん》じゃないと思ったが、「できません」と断るわけにもいかない。社会部は何でも屋だから、「できない」は許されないのだ。

結局三週間ほど、遊軍の連載班について仕事をする羽目《はめ》になった。最初は材料集め。そこから打ち合わせを重ねて、どういう方向で行くかが決まったが、全十回の連載は、取材しながら執筆という慌ただしい展開になった。まあ、新聞の連載は、余裕をもってできるものではないのだが。

古山は、自分が担当した中学校の部活問題以外にも先輩の取材を手伝い、何だか教育担当になってしまったような気になった。大事な問題なのは分かるが、切った張ったじゃない世界は自分には合わないな、とつくづく感じたが。

その連載が無事に終わり、打ち上げも終了して、古山は久しぶりに担当の渋谷中央署に顔を出したのだった。何だか自分はいらない存在のような……そもそも、警察回りが署に張りついていなくても、事件の発生を見逃すことはないのだ。警視庁クラブには二十四時間三百六十五日担当者が詰めていて、広報が逐一《ちくいち》事件の発生を教えてくれる。

マスクを外してほっと一息つき、途中、自販機で買ってきたミネラルウォーターで喉《のど》を潤《うるお》す。打ち上げではビールを呑《の》んだだけなのだが、先輩相手で緊張していたし、飛沫《ひまつ》を飛ばさないように気を遣うばかりでろくに酔えなかった。支局では「宴会自粛《じしゅく》」ということで送別会もしてもらえなかったのに、本社がこんな緩い感じでいいのだろうか。コロナに感染したからといって責められることはないのだが、マスコミの人間が陽性になると、鬼の首を取ったように喜ぶ人間もいるのだ。

スーツのポケットからスマートフォンを取り出す。メモを見返しているうちに、大事なことにまだ手をつけていなかったと気づいた。森《もり》が教えてくれた「インサイダー」。本社で何とか時間を作り、この人物と接触してネタを探ろうとしていたのに、実際にはまったく身動きが取れなかった。こんなことじゃいけない──一仕事終え、明日は幸運なことに休みになっているのだが、休んでいる場合ではない。まず、森にもう一度話を聞かないと。少し遅いかもしれないと思ったが、古山は久しぶりに、自分から森に電話をかけた。

「おいおい、何時だと思ってるんだよ」

「九時半です。まだそんなに遅い時間じゃないでしょう」

「言うねえ」森が軽く笑った。「で、どうした？　本社勤務が辛《つら》くなって、埼玉へ戻って来たくなったか？」

「いや、なかなか充実した毎日を送ってますよ」

「そういえば、例の連載、読んだよ。『コロナと学校』だっけ？　あんた、署名入りで書いてただろう。何だかずいぶんかしこまった記事だったな」

古山は思わず苦笑してしまった。警察官というのは、実によく新聞を読んでいるものだが、事件とは関係ない教育関係の連載にまでちゃんと目を通しているとは。

「慣れない取材だったんです」

「で？　俺《おれ》にあの連載の感想を聞きたいわけじゃないだろう」

「小松優希《こまつゆうき》さんって、誰《だれ》なんですか」検索はしてみたが、ピンとくる結果は得られなかった。

「何だよ、せっかく教えてやったのに、まだ接触してないのかよ」

言い訳はできる。警察回り本来の仕事さえできなかったのだから、森が教えてくれた新しいネタ元を割り出す暇《ひま》などなかったのだ。しかし一々説明するのも面倒臭く、「すみません」と謝るだけにとどめた。

「あんたもしょうがねえな。こっちが全部面倒見てやらないと駄目なのかよ」

「使えるものは森さんでも使えっていうのが俺のモットーなんですよ」

「じゃあ、一回貸しな。今度俺が東京へ出て行く時には、銀座《ぎんざ》で奢《おご》れ」

「今、俺の本拠地は渋谷です」

「渋谷にはいい店はなさそうだな……銀座じゃなくて渋谷だったら、答えじゃなくてヒントぐらいだな。小松優希ってのは本名で、世間に知られているのは通り名の方だ」

「芸能人とかですか?」芸能人が警察とどういう関係があるか、分からなかったが。

「まさか。でも、あんたの会社でも知っている人はいると思うよ。文化部の記者にでも聞いてみな」

「もしかしたら、誰か作家の本名ですか?」

「……文化部に聞いてみな」繰り返し言って、森は電話を切ってしまった。相変わらずせっかちな男だが、少なくとも今の情報はヒントになりそうだ。

さて、九時半か……本社でもコロナ禍以来、多くの部署が原則在宅勤務になった。しかし取材の指示を出し、記者が書いた原稿を見るのが仕事のデスクは必ず会社にいるはずだ——と思い出したところで、話を聞ける人間を思いついた。徳永《とくなが》の前に埼玉支局のデスクだった宇田川《うたがわ》。あまり気の合わない人だったが、彼なら何か教えてくれるかもしれない。

頭の中で質問を組み立てながら、本社に電話を入れる。記者室に誰か入ってくるのではないかと心配になったが、各社とも警察回りは忙しいようで、ここで他社の記者を見たことは一度もない。今夜鉢合《はちあ》わせする確率も低いだろうと判断し、このまま話すことにした。

「社会部の古山です。宇田川デスク、いらっしゃいますか？」

「ちょっと待って下さい」電話に出たのはアルバイトのようだった。何だか疲れていて、やる気が窺《うかが》えない。本社で仕事をしている間に見かけたアルバイトは、全員こんな感じだった。金の面では割のいい仕事かもしれないが、あんな風に心と体をすり減らしていたら、絶対に入社試験を受けて新聞社に入ろうとは思わないだろう。

「古山？　どうした」電話に出た宇田川は、古山が聞いたことのないような明るい声を出した。基本的に暗い人なのだろうとばかり思っていたのだが、支局にいる時は、いろいろ考えることもあって鬱《うっ》屈《くつ》していたのかもしれない。

「ご無沙汰《ぶさた》してます」

「こっちへ上がってきたんだよな？　連載、読んだよ。もう社会面の連載班に入ったのか」

「あれはただの手伝いです……すみません、別件で教えて欲しいことがありまして」

「何だか怖いな」宇田川がおどけた声を出した。

「ある人の正体が知りたいんです。芸名か、ペンネームか……本名は分かっているんですけど、世間ではその名前では通っていないんです。文化部なら分かるって示唆《しさ》してくれた人がいまして」

「うちが取材してる中には、本名以外の名前を使っている人なんて、いくらでもいるよ。作家、歌手、俳優。どれがお好みだ？」

「たぶん女性だと思いますけど、小松優希という人なんですが」

「それは——ああ、女性だよ」宇田川が認めた。「女性作家だ」

「小松優希が本名なんですよね。ペンネームは？」

「本郷響《ほんごうひびき》。ウィキペディアにも載ってるはずだよ」

「見れば正体が分かりますか？」

「いや、全然。個人情報につながるものはまったく出てないと思う」

「どんな小説を書いてる人ですか？」

「警察小説。あと、インテリジェンス関係だな」

「女性でそういうのは珍《めずら》しいんじゃないですか」古山自身は、警察小説はまったく読まない。記者になった時に、何かの参考になるかもしれないと思って二、三冊読んでみたのだが、あまりにも現実と乖離《かいり》した内容に呆《あき》れて、それきり手に取らなくなった。スパイ小説は、自分のまったく知らない世界が舞台なので面白く読めるのだが。

「まあ、そうね。あまりいないかな……それで、本郷さんがどうしたんだ？」

「ちょっと取材したいと思いまして、どんな人か、探ってたんです。うちの人物データベースにも載ってないんですよね」

「たぶん、拒否したんだろう。あの人、基本的に自分に関する情報を一切公開しないから。インタビューでも写真NGだから、毎回苦労してる」

「変人なんですか？」

「いや、当然じゃないかな」宇田川がさらりと言った。

「どういうことですか？」

「元警察官僚なんだよ」

まさか、キャリア官僚が辞めた後作家になっているとは。しかも作品は、自分がよく知る警察を舞台にしたものである。宇田川によると「ちょいちょいやばい材料を突っこんでくるから、正体を明かせない」とのことだった。

確かに微妙だよな、と古山も思う。警察としては、絶対に表に出せない秘密がいくつもある。内部の人間なら知っていることでも、外部に漏《も》れるとまずいことになる情報だ。それは結構広範囲に及ぶ。捜査のやり方から人事の情報まで……当然新聞記者が知らないことも、いくらでもある。必ずしも違法・脱法行為というわけではないのだが、世間の常識から外れたことも珍しくないはずだ。

Ａｍａｚｏｎで本郷響名義の本をチェックする。デビュー作は二〇一五年刊行で、それから年に二、三冊ペースで本を出しているようだ。警察庁刑事部のキャリアを主人公にしたシリーズが五冊、公安調査庁の女性調査官を主人公にしたシリーズが四冊。どれも評価は高かった。レビューを見ると、組織のリアルな内部事情を絡《から》めながら、スリリングな展開で読ませる感じの本が多いらしい。

ウィキペディアも見てみたが、確かに出身地も生年月日もない。「警察庁出身」という記載はあったが、どんな仕事をしていたか、いつ辞めたかも書かれていなかった。徹底《てってい》して身元を隠しているのは間違いない。版元は複数にまたがっているが、一番多いのは法林社《ほうりんしゃ》で、メーンの二つのシリーズは、ここから出ている。何かの賞を取ったわけではなく、デビューの経緯がよく分からない。持ち込み……あるいは、本人のキャリアを知っている編集者が書くように依頼したのかもしれない。

この辺になると、古山はてんで弱い。小説をそれほど熱心に読むわけではないし、出版業界には知り合いもいないから、事情は想像するしかない。宇田川も、本来の専門は美術・建築関係であり、先ほど教えてくれた以上の事実は知らなかった。しかし彼は、妙な親切心を発揮して「文芸の担当に電話させるよ」と言ってくれた。支局での上司と部下という関係でなくなると、また気分も変わるのかもしれない。

Ａｍａｚｏｎで本郷響の本を何冊か注文し終えたところで、電話がかかってきた。文芸担当の越川《こしかわ》。

新聞社の文芸担当は純文系とエンタメ系に分かれており、越川はもちろんエンタメの担当である。

「古山君？　越川です」

「すみません、わざわざ電話していただいて」

「いや、どうせ家にいるし、暇だから」

「在宅勤務ですか？」

「そう。毎日家と会社の往復で二時間近くかけてるのがどれだけ無駄だったか、よく分かったよ」

どうやら口の軽い男のようだ。これなら、知っていることは教えてくれるだろう。

「本郷さんのことだって？」彼の方で先に切り出してきた。

「そうなんですよ。上手《うま》くいけば取材したいと思って。昔の話に関して、です」

「警察庁時代の？」

「ええ」

「そういう取材だと、難しいかもしれないな」越川がハードルを上げた。

「気難しい人なんですか？」

「昔のことを聞くのはNGなんだ。外に漏れるとまずいと思ってるんだろうね。実際、ばれるとまずいこともあると思う」

「本、読んだことないんですけど……」

「暇な時に読んでみてよ。新聞記者なら『やばい』って分かるところがたくさんあるからさ。警察的には、あまり世間に知られたくないこともあるでしょう？　そういうのを赤裸々《せきらら》に、リアルに書いてるから。時々、ミステリじゃなくて企業小説みたいに思えるぐらいだよ。キャリアの連中にとっては、確かに人事が一番大事なんだろうな」

まあ、よく喋る人だ……記者には、時々こういうタイプがいる。取材した内容のうち、記事になるのは一割かそれぐらいだ。それ故か、害がない範囲で取材の裏話を喋るチャンスを狙《ねら》っている記者は少なくない。一種のストレス解消か自己顕示《けんじ》だろう。俺はこんなに知っている……。

「狙いは何？」

「あることを調べていて、それに詳しいのが本郷さんだ、と教えてくれた人がいましてね」

「警察庁時代の話だね？」

「たぶんそうだと思います。どこまで行った人なんですか？」

「本人は、昔の話はまったく喋らないんだよ」

「キャリアですから、当然地方県警も経験してますよね」

「だと思うけど、それも分からない。調べるには、地方版も含めてデータベースを徹底して洗えばいいんじゃないかな。キャリアの異動だったら、地方版には必ず載るはずだ」

幹部級——警部以上の人事については、地方版に掲載される。キャリアの異動も同様だ。社会面などに載るのは相当偉くなってからで、大きな県警の部長クラス以上が対象だったと思う。彼女はそこまで出世しなかったようだから、越川の言うように地方版をチェックしてみるのが一番早いだろう。若手時代には県警の捜査二課長として赴任《ふにん》するのが普通だから、そこで引っかかってくるかもしれない。

「連絡は、どうやって取ればいいですか？」

「基本、メールだね。電話番号は俺も知らないんだ」

「それじゃ、仕事にならないいんじゃないですか」

「作家には、電話を嫌う人も多いよ。かかってくるだけで仕事の邪魔になるから。メールだったら、自分の都合で返信できるだろう」

「俺がメールして、返信が来ますかね」

「ちゃんと礼を尽くせば、大丈夫だと思うよ。秘密保持は絶対だけどね」

「やってみます……何かNGワードは？」

「昔の話は駄目だね。ああ、そうしたら、そもそも取材にならないか」

「ですね」古山は顔をしかめた。

「まあ、やってみたら？　何でもチャレンジということで。ただし、マジで怒りそうだったら、さっさと謝って引いてくれよ。うちはまた取材することもあるだろうし。会社の看板に泥《どろ》を塗らないように」

本気で言っているのかどうか、イマイチ分からない。とにかく、できるだけ慎重《しんちょう》にやるしかないようだ。

これまでも、「本を出した人」に取材したことはある。地方で、自分の長年の趣味について書いた本を自費出版した人などだ。だが、プロの作家に話を聞いたことは一度もない。何となく、神経質で話しにくいようなイメージがあるのだが……ましてや相手は、警察庁を途中で辞めて、現役時代に知った事実をネタとして小説を書いている人物である。正体がバレて消されるようなことはあるまいが、今後の作家活動に支障を来す可能性はある。

まず、越川のアドバイス通りにメールを送ってみた。しかし今時、SNSもやらず、ホームページも持たない人も珍しいな……一番手軽な宣伝ツールなのに。この辺も、「外とつながらない」「正体がバレない」ための自己防衛策なのだろう。

今晩中に返事が来るとは思えず、そのままさらにデータの収集を続ける。記事データベースで、地方版まで広げて「小松優希」を探してみたが、見つからない。しかし女性だからと言って、キャリアの警察官僚が地方に出ないのはあり得ない。いや、もしかしたら、何らかの特別な事情があった可能性もある。

この辺は、本人に聞いてみないと分からない。しかし、この話が出た瞬間、相手は立ち去るかもしれない。

まあ……勝負だ。実際に会って、どうなるか相手の反応を見る。ずっとやってきたことなのだから、相手が誰であってもビビることはない――ないはずだ。

本社からのお呼びは途絶《とだ》えた。そして警察回りの仕事自体は、それほど忙しくはなかった。朝晩、警察署に顔を出して名前を覚えてもらい、後は街ネタがないかと繁華街《はんかがい》を歩き回る。何となく、支局時代の方が仕事をしている感じがあったな、と思う。地方版は二ページ、そのスペースを少ない人数の記者で埋《う》めねばならないから、毎日のように記事を出す必要があった。しかし社会部は百人の大所帯で、自分が書いた記事が紙面に載るチャンスはぐっと少なくなる。

本郷響にメールを送って二日後。古山は夕刊締め切りを待って渋谷中央署を出た。昼飯を食べがてら、何かネタ探しをしよう……しかしまず、渋谷駅周辺の地理に慣れるのが先決かもしれない。この駅周辺を何のために再開発したのか、古山にはさっぱり分からなかった。何しろ、以前知っていた時よりも、はるかに複雑になっていたのである。再開発の結果、歩き回るにも不便になるとはどういうことか。

古山は、明治《めいじ》通りを恵比寿《えびす》方面に向かって少し歩いた。この辺には小さな会社がたくさんあり、サラリーマンのランチタイムや宴会を狙って美味《うま》い飯を食べさせる店がいくらでもある。まだまったく開拓していなかったが、時間がある時はできるだけこの辺で食事をするつもりでいた。

しかし、圧倒的に多いのはカレーとラーメンなんだよな……渋谷から恵比寿にかけてのラーメン屋の密集度は、日本一かもしれない。その手の店に入るのも何だか悔しいので、明治通りから裏道に入り、金王八幡宮《こんのうはちまんぐう》の方へ歩いて行く。この辺りが、本来の渋谷の発祥の地だと、以前どこかで聞いたことがあった。

そこまで行かないうちに、中華料理屋を見つけて入ることにする。既に午後一時を過ぎているから、客足は引いているだろう。それも大事な要素だ——コロナ禍以降、混んだ店に入ることに抵抗感を抱くようになった。

ランチのメニューもなかなか豊富な店で、古山は豚角煮の載った麵《めん》と半チャーハンのセットにした。今のところ、自分で朝飯を作る気にはなれず、かといって毎日外食というのも気が進まなかったので、朝食は野菜ジュース一本にバナナか、コンビニのサンドウィッチで済ませる日が続いていた。さすがにそれだと、夕刊の締め切りが過ぎて午後になると、胃はすっからかんになってしまう。

しかしこの店は、サービス過多だった。醬油《しょうゆ》味の麵の上には、大きな豚角煮が三つと、青梗菜《チンゲンサイ》。チャーハンは、女性だったらそれだけでランチに十分な量があった。すっかり満腹しつつ、こんな食事を続けていたら太る一方だな、と反省する。とはいえ、社会部にいる限り、食事の時間は不規則になりがちだから、腹を満たしつつ健康をキープするのはなかなか難しいだろう。

きつい脂《あぶら》の後は、コーヒーが欲しくなる。ついでに煙草《たばこ》も吸いたい。結局古山は、本社へ上がってきても煙草を吸い続けていたが、東京では吸える場所がないので、毎日灰にする本数はそれほど多くない。大学生の頃《ころ》は、チェーンのコーヒーショップでも喫煙席《きつえん》があったものだが、今は基本的に消えているようだ。まあ、そういう決まりなのだからしょうがない。吸ったりやめたりを繰り返している古山は、喫煙者の権利を声高に叫ぶことはできないと思っていた。

取《と》り敢《あ》えず、コーヒー優先でいこうと決めて、近くのチェーンのコーヒーショップに入る。昼食後に休憩《きゅうけい》するサラリーマンも消えている時間で、人が少なくゆったりできた。

今日は暑いので、アイスコーヒーを注文する。スマートフォンを取り出して見ると、中華料理店からここまで移動してくる数分の間に、メールの着信があったのが分かった。

本郷響。

2

彼女からの返信メールは、極めて素っ気なかった。


本郷響と申します。メールありがとうございました。

いただいたメールの趣旨《しゅし》がよく分からないのですが、取材ということでしょうか？　取材でしたら、時間が合えばお受けします。


しまった、と思わず舌打ちした。こちらが狙っているのは、彼女が期待しているような「取材」ではない。それ故、長々と言い訳のようなメールを送ってしまったのだが、彼女には「よく分からない」内容になったようだ。最初から失敗——嘘《うそ》をつくわけにもいかないし、どうしたものかと悩む。

結局、正直に打ち明け、助力を請《こ》うことにした。

東日《とうにち》の古山です。返信ありがとうございます。分かりにくいメールで大変失礼しました。
実は私は、最近まで埼玉支局にいて、埼玉と千葉にまたがる連続女児失踪《しっそう》・殺害事件について取材していました。その件で、本郷様が情報をお持ちだ、という話を聞き、是非お話を伺《うかが》いたいと思ってメールしたのです。趣旨がはっきりしなくて申し訳ありません。

たぶん返事は来ないな、と古山は半《なか》ば諦《あきら》めた。この内容で、響は古山が何を知っていて、どんな情報が欲しいか、はっきり知ることになる。こちらが欲しいのは、彼女が一番嫌う過去との結びつき……。
しかし予想に反して、すぐに返信があった。いくら何でも早い。まるでこちらからのメールを待っているようだった。

では早速ですが、今日の午後ならお会いできます。午後四時。場所は、表参道《おもてさんどう》近辺で探して指定して下さい。

おっと……いきなり話が決まってしまった。表参道駅付近は港《みなと》区と渋谷区が入り組む地域——つまり場所によっては三方面担当である自分の担当地域なのだが、まだほとんど歩いていない。まあ、検索すれば何か店は見つかるだろう。
すぐに、表参道ヒルズの近くに、オープンスペースのあるカフェを見つけた。本当は人目につかない個室で話をするのが理想なのだが、そんな場所は簡単には見つからない。オープンスペースの方がむしろ安心できるのではないだろうか。せめてリラックスして話してもらうのが大事だ。店に電話を入れて、午後四時に二人で予約を入れる。それから店の名前と電話番号を入れたメールを送った。またすぐに返事が来る。

行きつけの店です。では、午後四時に。

短いメールを見ただけでは、彼女の機嫌《きげん》がいいのか悪いのか分からない。初めて取材する相手に対してメールは駄目だな、とつくづく思う。コロナ禍以降、こういうケースは増えてきたのだが……取材相手が人に会うのを嫌がり、メールで、あるいは電話での取材にしてくれと言ってくる。しかし今回は、とにかく会えることにはなったのだ。会えば何とかなる。

ところが古山は、一番重大なことに気づいた。こちらは向こうの顔を知らない。響のインタビュー記事は、見つけられる限り目を通したのだが、顔写真が掲載されている記事は一本もなかった。どうやって相手を見つけようか……もう一度メールを送ろうかと思ったが、あまりしつこくすると約束を取り消されるかもしれない。待ち合わせている相手とは、互いの顔を知らなくても、何となく雰囲気《ふんいき》で分かることもあるのだが、今回ばかりは自信がなかった。顔も年齢も知らない人間同士が落ち合うのに、どうしたらいい？

少し考えた末に、古山は新聞を持って行くことにした。午後四時だから夕刊はまだ届いていないが、朝刊でもいいだろう。今時新聞を小脇《こわき》に挟んで歩いている人などいないから、すぐに新聞記者だと分かるのではないだろうか。

何だか安っぽいスパイ小説みたいだ、と古山は苦笑してしまった。そういえば響の小説でも、公安調査官の主人公が、情報提供者と会う時にどうやって待ち合わせるかで四苦八苦している場面があった。

彼女の小説に影響されてしまったのだろうか。

「表参道」と一般的によく言われるが、実際には都道四一三号線の一区間で、その愛称に過ぎない。東京メトロ表参道駅から明治《めいじ》神宮前《じんぐうまえ》駅に向かって、手前の方が港区、しかし少し下るとすぐに渋谷区になる。

待ち合わせたカフェは、住所的には港区になる。平日の午後、一番空《す》いている時間のはずだが、表の席はほぼ埋まっていた。こういう場所で「予約していた古山です」と告《つ》げるのは何だか緊張する……自分はまだ、東京にまったく慣れていないのだと意識した。

二人がけの丸テーブルにつき、今日の朝刊を置く。約束の四時まであと十分、まだ響は来ていないだろうと判断する。新聞を置いたままスマートフォンを眺《なが》め、各紙のニュースをチェックする。この時間だと、既に夕刊帯のニュースが出揃《でそろ》っている。

ふいに人の気配がしたので顔を上げる。おっと……女性作家、しかも元警察官僚ということでどんなタイプの人なのか想像もつかなかったのだが、取り敢えずこの街に自然に溶けこみそうな雰囲気だった。顔は細身で、かけているマスクは小さいのに下の方が余っている。肩の下まである長い髪は艶々《つやつや》で、よく手入れされているようだった。足首まである長い紺《こん》色のワンピースと、キャメル色のジャケット。少し冬っぽい色合いだが、不自然な感じではなかった。眼鏡《めがね》の奥の目は大きい。

「古山さん?」声は心地よいソプラノだった。

「はい」古山は無意識のうちに新聞に手を乗せた。「本郷さんですね」

「名刺は持ってないんですよ」響がかすかに笑った。「基本的に人に会わないので」

うなずき、古山は自分の名刺を差し出した。両手で受け取った響が、名刺をじっくり確かめる。

「社会部、ですね。ご担当は？」

「警察回りです」元警察官僚なら、それで分かるだろう。

「方面は？」

「三方面です。今日はちょっと管内からはみ出しました」

「そうか、ここ、北青山《きたあおやま》なんですね。港区——一方面」響が周囲を見回し、納得したようにうなずく。

ここまでは、ごく普通に会話が成立している。扱いにくいだろうという先入観を抱いていたのだが、相手によって態度を変えるのかもしれない。

古山は、隣の椅子に置いたバックパックから、響の本を取り出した。シリーズの最新刊。

「これ、読みました。結構ヤバい内容じゃないですか」

「そうですか？」響が首を傾《かし》げる。

「五十代になって、キャリアの人が出世争いに敗れてばたばた辞めていく——こういう実態、世間の人は知りませんよ。そういう裏側まで書いてしまって、問題なかったですか？」

「ないんじゃないですか。普通に出版されてるわけですから」

「せっかくですから、サインしていただけないですか？」

「ごめんなさい」響が軽く声を上げて笑った。「サインはしないんです。単なる主義の問題ですけど……ですから、私のサインが書いてある本があったら、全部偽物《にせもの》ですからね」

響が手を上げ、店員を呼んだ。ほっそりした左の手首には、所々に金をあしらった時計。指輪は薬指ではなく人差し指につけていた。独身だろうか……行きつけだと言っていた通り、メニューも見ずにライムネードを頼む。釣《つ》られて古山も同じものを頼んでしまった。

「結構酸っぱいですよ」響が忠告した。

「でも、体に良さそうですから」

「だったらスムージーでもよかったのに」

「粘度が高い飲み物は苦手なんです」

「そうですか」響はほとんど笑い出しそうになっていた。全然扱いにくくないじゃないか、むしろ愛《あい》嬌《きょう》がある——と古山は気が抜け始めていた。

飲み物が出てきて、響がようやくマスクを外した。ほっそりとした顔全体があらわになると、想像していたよりずっと若いと古山は驚いた。三十代の前半ぐらいだろうか。

彼女の顔を見ながら、ライムネードを啜《すす》った。レモネードのライム版ということか……レモネードと別種の甘い香りは、悪くない。酸っぱさもそれほどきつくはなかった。

「メールでは、あまり事情が分からなかったんですけど」一口飲むと、響はすぐにまたマスクをかけてしまった。古山に顔を覚えられるのを嫌がっているような感じだった。

「すみません、説明が下手《へた》で。この記事、読まれましたか？」

古山はコピーしてきた社会面の記事を開いて見せた。トップ記事なので、そこそこ大きく、ほぼA4サイズだった。響はコピーを受け取ると、ちらりと視線を落としてうなずいた。すぐに古山に返す。

「あなたの署名がありますね」

「千葉支局の先輩と一緒に取材しました。この件で、あなたが何か知っている、という情報があるんです」

「変なことを言う人がいるんですね」響が目だけで微笑《ほほえ》んだ。

「誰がそう言っていたかは言えませんけど——」

「ネタ元を守る、ということですか？　それは分かりますけど、そもそも間違った情報じゃないですか」

「何もご存じないんですか」

「何のことやら、さっぱりです」響が、芝居《しばい》じみた動きで両手を広げる。

「あなたは、警察庁にいた」古山は声を潜《ひそ》めた。「インサイダーとして、何らかの情報を知っていても不思議ではないと思います」

「その話はそこまでにしてもらえますか」響が静かな声で言った。「自分の昔の話は、あまりしたくないんです」

「でも――」

「際《きわ》どい話を書いているのは間違いありません。だから、本郷響という名前を、本名に紐《ひも》づけられるのは困るんです」

「誰にも言いませんよ」言いながら、古山は周囲を見回した。ちょうど両隣のテーブルは空《あ》いている。店員も、二人の話が聞こえそうにない離れた場所にいた。「教えてもらえるかどうか分かりませんけど、小説を書くために辞めたんですか？　辞めてから書こうと思ったんですか？」

「作家って、誰でもなれるんですよ。どんな経験でも、小説のネタになりますから。その人ならではの経験をしていない人なんて、一人もいません」

答えになっていない。はぐらかすつもりなのかと少し苛立《いらだ》ったが、今はそこを攻めてもしょうがないだろう。

「ちょっと理解しにくいです」

「あなたも小説を書いてみれば分かりますよ」

「その気はないです」古山は首を横に振った。「あの、もう正体がバレているとは考えていませんか？」

「どうかしら」

「気になることを書いている正体不明の人がいれば、警察は調べるでしょう。『元キャリア官僚が描く警察の闇《やみ》』……最初の本の売り文句は、そんな感じでしたよね？　警察としては、ピリピリするんじゃないですか？」

「そういうコピーは、出版社の方で考えるものですから。私は何も関与していません」響のペースは崩れない。

「心配し過ぎじゃないですか？　世間に明かす必要はないでしょうけど、私にちょっと話してくれるぐらいは――」

「お役に立てません」響が、古山の言葉を途中で遮《さえぎ》った。「申し訳ないですけど、私はただの作家です。記者のあなたが欲しがるような情報は提供できません」

「情報があるけど言えないのか、それともまったく何も知らないのか、どっちですか」

響が無言で微笑む。考えてみると、彼女は会った時からずっと、薄い笑みを浮かべたままのような気がする。これがノーマルな表情なのだろうか。

「本郷さん、ことは殺し――大きな事件なんです。しかも連続して起きている。犯人は、たぶん今も野放し状態なんですよ。また同じような事件が起きるかもしれません。小さな女の子が犠牲になるような事件は、絶対に解決して、二度と起きないようにすべきです」

「その件に関しては何も反論できませんけど、私にできることはないですね」

「過去については、一切語る気がないということですか」

「それが作家としての私のポリシーですから」言って、響がライムネードをストローでかき回す。テラス席なので、表参道の喧騒《けんそう》が遠慮《えんりょ》なく入ってくるが、氷がグラスに当たる音がやけに大きく響く。

「一生そんな風にするつもりですか」

「書かなくなる——書けなくなる日までは」響がうなずく。「書けなくなる日は、死ぬ日だと思っていますけどね」

「そういう言い方は格好《かっこう》いいと思いますけど」少し苛つきながら古山は言った。「悲惨《ひさん》な事件のことを聞いても、何とも思わないんですか。作家としてではなく、人として」

「私にはコメントする権利がありません」

「あなたは何か情報を持っている——私はそれを信じています」

「あなたのネタ元が百パーセント正しいという保証はないでしょう」

痛いところを突かれた。森は信用できる男だが、言われてみれば、彼が元キャリア官僚の作家について情報を知っているのがそもそも不自然である。森の名前を出して、彼との関係を質《ただ》そうとも思ったが、ネタ元を明かすのは絶対に御法度《ごはっと》だ。

「残念ですけど、私からは何も言えません」

この言い方が、古山の神経を苛立たせる。「言えない」というのは、情報を持っているが明かせない、という風に聞こえる。いや、そうとしか思えない。

「何か、言えない事情があるんですね」古山は指摘した。「あなたが、ビジネスとして自分の立場を守りたいのは分かります。元官僚の覆面《ふくめん》作家というのは、それだけで売りになりますよね。あなたの個人情報は尊重《そんちょう》します。でも、私はこの事件の真相をどうしても知りたい。犯行をストップさせたいんです」

「この記事、弱いですね」突然響が指摘した。

「弱い？」

「被害者には共通点があると言っていいでしょう。行方《ゆくえ》不明になった状況も似ているし、場所も近い。でもはっきり言ってそれだけだと、連続した事件として一括《ひとくく》りにするのは弱いんじゃないですか」

これは、ミステリを書いている作家らしい反応かもしれない。古山は思わず身を乗り出した。自分たちがこの記事には書かなかった情報がある――永幸塾《えいこうじゅく》の存在だ。被害者には全員、永幸塾に通っているか、過去に通っていたという共通点がある。ただしこの件については詰められていない。永幸塾には松島が直当《じかあ》たりしていたが、「塾としては関係はない」という、戸惑《とまど》ったような反応が返ってきただけだった。ベテランの松島なら、相手を怒らせるようなことはなかっただろう。しかし逆に、その取材でどこまで真相に迫れたか。いくら何でも、塾全体が絡んでこの事件を起こしているわけではないと思うが……古山は、塾の管理スタッフや講師が関係している可能性がある、と読んでいた。松島も同じ読みで、職員の名簿の閲覧《えつらん》を求めたが、プライバシーを理由に拒否された。これは、最近の傾向からしても当然で、塾側が何か隠しているとは考えにくかった。

「何か、書けない事情があったんですか」響が逆に突っこんできた。

「こちらにも、言えないことがあります」

「これでは、単なる意地の張り合いですね」響が穏《おだ》やかな口調で言った。

「あなたも意地を張ってるんですか？」

「記者さんっていうのは、すぐに揚《あ》げ足を取るからいけませんね。それとも、そういうのは社会部の人だけですか？」

「文化部の記者は、無闇に相手を怒らせることもないでしょう。そもそもそんな取材はしていないはずです。インタビューではいつも、持ち上げられてるんじゃないですか?」

「何をもって持ち上げているというか」響が首を傾げる。長い髪がふわりと揺れた。

「本当に正体を隠したいなら、取材は一切受けなければいいじゃないですか。そういう作家さんもいるでしょう?」

「宣伝はしなければいけないので」

「何か、すごく中途半端《はんぱ》な感じがしますけど」

痛烈に皮肉を言ったつもりだったが、響はまったく動じなかった。警察官僚として、もっとシビアな場面に直面したこともあるのかもしれない。

「もしもあなたに良心があるなら――」

「そんなものを信じちゃいけませんよ。ごめんなさい、あなたの時間を無駄にして。お金も」響が立ち上がる。立ったところを改めて見ると、かなり背が高い。少なくとも百六十五センチぐらいはありそうだった。

「本郷さん、どうして私に会ってくれたんですか」古山は座ったまま訊《たず》ねた。友好的な別れにはならないが、いい関係をキープしておく意味があるかどうかも分からなかった。もしかしたら、もう二度と会わないかもしれない。「私は、予《あらかじ》め用件は伝えました。言うことがない、言えないというなら、拒否でもよかったはずです。話の流れによっては喋ってもいい、と思ったから、私に会ったんじゃないですか」

「どうでしょう」響が首を傾げた。

「あるいはあなたは今も警察とつながっていて、私がどこまで情報を摑《つか》んでいるか、スパイしにきたとか」

「それは……小説の材料としても弱いですね」響が苦笑する。「ごめんなさい。忙しい人の時間を無駄にするのは、悪いことですよね」

「子どもを殺して回っている犯人を野放しにしている方が、よほど悪いです」

それまでにこやかに話していた響が急に黙りこみ、真顔で古山の顔を凝視《ぎょうし》した。何か難しいことを言い出すのではないかと思ったが、結局何も言わない。優雅《ゆうが》とも言える動きで一礼すると、踵《きびす》を返して去っていった。

クソ……失敗だった。もう少し材料を揃《そろ》えて、じっくり攻めていくべきだったのだ。場所もこんなオープンスペースではなく、他人の目を気にせず話せる場所を選ぶべきだった。

響は何か知っている。知っていて話さないスタンスだと古山は判断していた。彼女の話し方はいかにももったいぶった感じで、明らかに隠し事をしている人間に特有のものだ。記者が訊ねたら、誰でもすぐに事情を打ち明けてくれるものではない。秘密は、二律背反なのだ。誰かに明かしたいと思うと同時に、自分の中だけに秘めておきたいと考えるのも自然である。

森は、彼女は何かを知っていると断言した。彼の情報は信じたい。どこかに突破口があるはずだと古山は信じた。

渋谷中央署に戻り、礼を兼ねて越川に電話を入れる。

「会えた？　よく面会に応じたね」越川は本気で驚いているようだった。

「成果はゼロでしたけどね」古山は一人肩をすくめた。「昔の話は喋ってくれません」

「そうか……そうだと思ったけど、やっぱり無駄足になったんだね。どう思った？」

「どうと言われても……」

「ちょっといい女だろう」

「まあ、そうですね」いきなりゲスな方向に話が向いたので驚いたが、それは古山も認めざるを得ない。独特の落ち着いた感じには、少なからず魅力を感じたのだ。「独身なんですか？」

「それは、最大の謎《なぞ》なんだ」

「結婚指輪はしてませんでしたけどね」

「結婚してても、必ず指輪をするわけじゃないだろう」

「誰か、彼女に圧力をかけられる人はいないですかね？　どこかの出版社の編集者とか、昔の同僚とか」

「昔の同僚のことは分からないけど、編集者は基本的に無理だね。作家を守るのが最優先だから」

「越川さん、ちょっと図々《ずうずう》しいお願いをしていいですか？」

「うん？」

「越川さんなら、彼女の過去を調べられるでしょう。警察庁で何が専門だったのか、最後にどこにいたのか。それが分かれば、さらに突っこめると思うんですよね」

「いやあ、それは……」越川が一歩引いた。「俺も一回取材しただけだし、向こうはもう覚えてないんじゃないかな」

「でも、出版社の人なら知ってるんじゃないですか？　そういう人に当たってもらって……文芸担当なら、普段からつき合いがありますよね。俺に紹介してもらってもいいです」

「だから、編集者に当たるのは難しいって。それに、俺が社会部のお願いを聞く理由はないんだけど」越川が硬い口調で言った。

「確かにないですね」古山も認めるしかなかった。考えてみれば、越川には一度も会っていない。自分の頼みが無礼だと意識せざるを得なかった。「仕事では返せないかもしれないけど、飯を一回奢《おご》りでいいですか？」

「安い買収だなあ」越川が苦笑した。「いったい、何を奢ってくれるんだ」

「お好みのものを何でも」

「じゃあ、せいぜい高いものを考えておくよ。でも、どうするんだ？　あまり彼女に突っこまれると困るんだよね。うちでも、新刊が出たらまたインタビューをお願いすることもあるし。それで拒否されるようなことがあったら辛いなあ」

「彼女を悪い気分にさせないように、土下座でも何でもしますよ」

「今時、土下座されて喜ぶ人間なんかいないよ。変なドラマの観過《みす》ぎじゃないか？」

「ドラマなんか観てる暇、ないです」

「分かった、分かった」越川が面倒臭そうに言った。「しかし君も、ずいぶん図々しいというか馴《な》れ馴《な》れしいね」

「……すみません」

「社会部の記者っていうのは、そういうタイプが多いけどさ」

「そうなんですか？」

「俺の知ってる限りではね……ま、ちょっと待っててくれよ。情報を探れるかどうか分からないから、あまり期待しないように」

電話を切り、溜息《ためいき》をつく。越川はノリはいいが、記者としてどれぐらい優秀かは分からない。この線は、あまり期待しないようにしようと古山は自分に言い聞かせた。

もう一度森に電話してみようかとも思った。彼女に会ったことを明かせば、さらに情報をくれるかもしれない。しかし森は、あくまで本郷響という人間に関する情報をくれただけで、彼女が何を把握《はあく》しているか、正確に知っている保証はない。あまり何度も突っこんで、嫌な顔をされるのも避けたかった。

さて、これからどうするか……警察署はもう当直に入っている時間だ。これから所轄《しょかつ》を回っていこうかと思った。昼間行っても各課の課長にも会えないのだが、夜は当直で必ず課長が一人は在籍している。こういうタイミングで、自分の顔と名前を売っておくのもいいだろう。

今日は目黒区内の署へ行ってみるか……あるいは世田谷区。ただし世田谷区内の四つの警察署を効率的に回るのは、相当大変だ。

記者室を出ようとした瞬間、スマートフォンが鳴る。まさか、越川がもう何か情報を手に入れたのか……違う。浮かんでいたのは、本社の社会部の番号だった。嫌な予感を抱きながら電話に出ると、すぐに当たりだと分かった。かけてきたのは、警察回りを統括《とうかつ》するデスクの稲本《いなもと》。

「今、どこにいる?」名乗りもせずにいきなり切り出す。

「渋谷中央署です」

「お前、今日、泊まりじゃないか」

「あ」完全に忘れていた。警察回りが泊まりの時は、午後五時に本社に行くのが決まりになっている。

「すみません、ちょっと取材をしてまして……すぐ上がります」

「時間厳守な」

「すみません」もう一回謝って、古山はバッグを担《かつ》ぎ上げた。完全に忘れていた……着替えも持ってきていないから、途中、コンビニで下着だけでも買って行こう。それにしても、警察回りの仕事はいろいろ大変だ。これじゃ本当に、自分の取材なんかできそうにない。

3

「まあ……なかなかの好青年だな」

「好青年」妻の昌美《まさみ》が、面白そうに言った。「今時、それは死語でしょう」

「死語でも何でもいいけど、とにかくそんなに悪い奴《やつ》じゃなさそうだ。橙子《とうこ》も人を見る目はあるんだな」

松島は自宅のソファに腰かけて、薄く淹《い》れた緑茶を飲んでいた。何となく疲れて、ぼんやりしている。つい先ほどまで、橙子が結婚したいという東経《とうけい》の記者と会っていたのだ。最初に予定していた面会は、向こうの都合でキャンセル。その時点で松島は、「この男でいいのではないか」という感触を抱いていた。仕事に追われまくるのは悪いことではない。それだけ信頼され、仕事を振られているわけだから。その後、松島が検査入院してしまったので、会うのは延び延びになり、結局ゴールデンウイークに入ってしまった。

「じゃあ、結婚は問題ないわけね」

「俺が反対する理由はないよ。そもそも反対しても、橙子は言うことなんか聞かないだろう。あいつ、頑固《がんこ》だからな」

「誰に似たんだか」

「君だろう」

「まさか。あなたよ」昌美は譲《ゆず》らなかった。「本当に、意固地《いこじ》にならないでちゃんと治療《ちりよう》を受けてもらわないと」

「この歳《とし》になると、そんなに急に悪くはならないさ」

「だけど、病気が病気なのよ」

膵臓《すいぞう》がん。サイレントキラーとも言われるがんで、自覚症状が出にくいので発見が遅れがちになるという。見つかった時には手遅れというパターンが多く、手術も治療も間に合わないとよく聞く。

今回は、たまたまの発見だった。幸運だったと言っていいかもしれない。

時折痛みに悩まされた胃にはまったく異常がなかったのだが、担ぎこまれた先が、まさに松島が手術を受けた病院だったので、主治医が入念な全身の検査を施《ほどこ》した。その結果、初期の膵臓がんが発覚したのである。結論としては、胃がんからの転移ではなく、まったく新規の発症。他の病院にセカンドオピニオンを求めようかとも思ったが、膵臓がんであることは間違いなく、転移か新たな発症かをはっきりさせる意味があるとは思えなかったのでやめにした。時間の無駄だ。

主治医はすぐに手術を勧《すす》めた。松島も最初は、それが当然だと思っていた。奇跡的に早期発見できたのだから、手術で回復できる可能性は高い。しかし、しばし考えた末、少しだけ先送りすることにした。江戸川《えどがわ》事件の取材が止まってしまっているのが痛い。県警クラブの連中もきっちり取材を進めているわけではなかったし、そもそも千葉・埼玉両県警が、記事をきっかけに捜査をやり直している気配もなかった。ここは自分がしっかり取材して、続報を書いていかないと。

「ちょっと出かけてくる」

「日曜なのに?」

「向こうは、土曜も日曜もないんだ。会える時に会っておかないと」

「大丈夫なの?」

「それが、今のところ自覚症状が何もないのが困るんだよ」松島は胃をゆっくりと撫《な》でた。「痛ければ、思い切って休むんだけどな」

「そういう頑固なところが、橙子に遺伝したのよ」

「悪いな」松島は頭を下げた。「俺の性格なんか、今さら直しようがない。とにかくこの取材が一段落したら、大人しく入院するよ」

「早ければ早いほどいいのに……取材、どれぐらいかかりそうなの？」

「分からないけど、とにかく急ぐよ。俺だって、死にたくないからな」

軽い気持ちで言ったつもりだったが、「死」という言葉は松島の心に重く降りてきた。


永幸塾の本部は、ＪＲ柏《かしわ》駅の東口にある。「レイソルロード」と名づけられた駅前通りを歩いて、駅から五分ほど。こういうターミナル駅の近くには大手予備校があるのが常で、柏でも駅の東西に複数の予備校や学習塾が林立している。永幸塾は、オフィスビルの五階に「柏中央教室」が入り、六階が本部になっていた。

ここへは一度取材に来たものの、ろくなコメントも取れなかった。一時間ほどみっちり話を聞いたのだが、肝心《かんじん》の名簿——職員に犯人がいるのでは、と松島は想像していた——は見せてもらえなかったから、取材としては失敗である。

まあ、当たり前と言えば当たり前だ。散々殺人事件の話をした後で「名簿が欲しい」と頼んでも、素直に差し出す相手はいない。

今日も、事務長への面会は叶《かな》ったのだが、相手の態度は渋かった。というより、前回よりもだいぶ強硬である。

「前もお話ししましたが、うちの職員が事件に関《かか》わっているとは考えられません」

「過去に、一連の事件について、警察から事情聴取を受けたことはないんですか」

「一度もありません」

「本部に関してはともかく、各教室についてはどうですか？　被害者が全員《すべ》、こちらに通っていたのは間違いないんです。普通、警察は被害者の動向確認のために、足取りを全て追います」

「この前、松島さんがいらっしゃった後、各教室に確認しました。ちゃんとした記録は残っていないんですね。公式な話ではないですし、わざわざ記録に残すようなことでもない……職員の入れ替わりも多いですから」

「本部へも問い合わせはないんですか？」あの記事が出た後も？　だとしたら、警察は依然としてサボっていることになる。

「……ないですね」

「こちらの先生は、基本的に正規の職員なんですか？」

「そういうわけでもありません。受験対策の講座は、正規の職員が担当することが多いんですが、小学生向けのいわゆる学習塾的な教室では、大学生のバイトも多いです」

「それでも、名簿はきちんと作りますよね」

「もちろんです。ただ、大学生のバイトの場合、辞めてしばらく経《た》つと名簿は破棄します。何年か保存しておけば、事務処理的には十分ですから」

「名簿は、そんなにスペースを取りませんけどね」

「ないものはありません」事務長は強硬な態度を崩さなかった。「仮にあったとしても、名簿は出せません。警察の依頼ならともかく、取材となるとちょっと……」

松島はなおもしばらく押し問答を続けたが、結局事務長は首を縦に振らなかった。俺も腕が落ちたもんだな、と自虐的《じぎゃく》に思いながら、松島は塾を辞して支局に向かった。日曜なのに、美菜《みな》が出社していたので少し驚く。

「あれ、どうしたんですか、支局長？」美菜も驚いた口調で訊ねる。

「君こそどうした。日曜じゃないか」

「今日、市民活動フェスタですよ。ベタ記事にしかなりませんけど、市の方からも頼まれてまして」

市民活動フェスタは、市内で活動する市民団体が、それぞれの成果をアピールする「祭り」のようなものである。多くの自治体が同じようなイベントを開催《かいさい》しており、松島も大昔に取材した記憶があった。

「何か、いい写真、撮れたか？」各団体の活動紹介のブースなどを設置し、セミナーなども行われているはずだが、写真としてはあまり面白くない。

「ステージイベントでおばあちゃんたちのフラダンスがありましたから、それで」

「動きのある写真がいいね。内容が去年と被《かぶ》らないように、注意してくれよ」毎年行われ、一応取材して掲載しなければならないイベントはたくさんある。日付が違うだけで、やっていることは毎回同じなので、記事作りには結構苦労するものだ。

「去年は、コロナで中止でしたよ」

「ああ、そうか……じゃあ、『二年ぶり』の冠《かんむり》をつければ、それだけで記事になるな。終わったらすぐ帰れよ」

「もう終わります。支局長こそ、どうしたんですか？」

「ちょっと人と会う用事があって、そのついでだ」

「体の方、大丈夫なんですか」

膵臓がんのことは、千葉支局長の菊田《きくた》とデスクの長原《ながはら》にしか言っていない。しかし二人からは当然、本社の地方部にも情報が伝わっているだろう。本当は黙っていたかったのだが、誰も事情を知らない状態でまた倒れたりしたら迷惑をかける。勤《つと》め人として、自分がどういう状態なのか同僚に伝えておくのは、最低限の義務のようなものだ。

「ああ、今は何ともない」

「このまま仕事復帰なんですか？」

「今日は慣らしだ。明日から普通に出てくるよ」

「無理しないで下さいね」

「分かってる」

若い記者にこんなことを言われるとは……俺も労《いたわ》られるような歳になったかと思うと、何だか情けない。もっとも美菜も、俺ががんだと知れば、こんな風に気軽には話せないだろうが。

美菜は原稿を処理してさっさと帰り、松島は一人で支局に残った。入院していた間に、郵便が溜《た》まっている。ほとんどが役所や企業からの案内……そういうものは開いてチェックしておいてくれと美菜に頼んでおいたので、改めて目を通さねばならないものはほとんどなかった。

郵便の整理が終わり、何となく立ち上がって支局の真ん中に立つ。この小さな支局が、自分にとって最後の仕事場になるだろう。定年になってからも、ここでシニアスタッフとして働こうと思っていたが、この後に行われる手術、さらにリハビリを考えると、実質的には時間切れになるのではないだろうか。いつ現場に戻るか分からない記者を待っているような余裕は、今の東日にはない。

人生は、なかなか上手くいかないものだ。

東日に入社した三十数年前、松島は自分のキャリアがどうなっていくか、まったく想像していなかった。同期には「論説委員になって社説を書く」「編集局長になって紙面作りに責任を持つ」と張り切っている人間もいたが、松島は、自分のそういう姿を想像もできなかった。しかし千葉支局で一年、二年と過ごした後は、とにかくずっと現場で取材して記事を書いていきたいという気持ちが大きくなってきた。出世して偉くなり、報道の方針全体を決めるような仕事も面白いかもしれないが、とにかく「取材して記事を書く」新聞記者の仕事こそ天職だと確信したのだ。途中、社会部でデスクをやっていた数年間だけは、自分で取材することはなかったのだが、結果的には記者人生のほとんどを現場で過ごしてきたことになる。最後が病気で終わるとは想像してもいなかったが、まずまず幸運な記者人生だったと思う。

入社時に七十人ほどいた同期の記者の多くは、とうに現場を離れ、総務や販売などまったく違う部門で管理職になったり、本社を離れて子会社に出向したり——新聞社には関連会社が異常に多い——と、今でも「記者」として活動している人間は多くない。松島のように支局で働いている人間が五人ほど、あとは編集委員と論説委員が合わせて三人か。

海外のメディアでは、「取材する人」と「管理する人」が最初から分かれていて、記者を続けたいと希望して周りが認めれば、「生涯《しょうがい》一記者」を貫けるという。しかし日本の場合、現場で取材活動ができるのは、せいぜい四十歳ぐらいまでだ。その後は取材の指揮《しき》を執《と》ったり原稿の面倒を見たりするデスクになり、さらに各部の部長になって、完全な管理職に転じる場合が多い。もっとも、デスクになるぐらいの年齢でかなり「選別」が行われ、取材部署以外に異動になることも少なくない。

病気でこのまま記者人生が終わることになっても、自分はラッキーだったと思う。しかしまだ終われない。今回の事件に関しては、まだ手をつけたばかりなのだ。このまま中途半端に終わってしまったら、綺麗《きれい》なエンディングは迎えられない。

スマートフォンが鳴る。誰だ……かすかな不安を覚えながら見ると、同期の佐野《さの》だった。

「明日から復帰だって？」

「誰から聞いた？」

「まあ、いいじゃないか。体調はどうよ？」

いきなりラフな物言い。いかにもあいつらしい、と苦笑してしまう。

「ちょっとリハビリで、今日も支局に出てきたよ」

「無理しないでもいいのに」

「そうもいかないだろう」

松島は早くも苛立ちを感じ始めていた。自分が胃がんの手術をしたことは、佐野は知っている。しかし今回の膵臓がんのことは知られたくなかった。自分でも理由は分からないが。

「結局、何だったんだ？」

「大したことはないよ」松島は嘘を貫《つらぬ》くことにした。「まだ完全には元に戻らない。やっぱり、体のあちこちに小さな不都合が出てくるんだ。ゆっくり慣れていくしかないね」

「まあ、無理しないようにな」

「何だよ、これは見舞いの電話か？」

「まあな」

佐野が一瞬黙りこんだ。そこに松島は、嫌な空気を感じ取った。彼と最後に会ったのは、あの嫌な忠告を受けた時。結局記事は出たわけだが、まだ言いたいことがあるのではないだろうか。

「例の記事、書いたんだな」

「社会面なんかろくに読まないお前の目にも入るぐらい、でかい記事だっただろう」

「その後、何かないか?」

「何かって、何が」

「どこかから文句を言われるとかさ」

「何もないよ」

もしかしたら、支局にはあったかもしれない。記事が出てすぐ倒れて入院してしまったから、外で何が起きているかはまったく分からなかったのだ。検査とはいえ入院だったから、支局の方で気を遣って、何も伝えなかったのかもしれない。見舞いは断っていたし、何度か事務的な連絡があっただけだった。

「お前、誰のメッセンジャーだったんだ」松島は突っこんだ。

「俺は使いっ走りなんかしないよ」

「そうか? 政治部の記者なんて、そういうことばかりしてるのかと思ってた」政治家の手足になって働いて、それで自分も権力に近づいていると思っているのではないか? だとしたら、完全に勘違いしている馬鹿野郎ばかりだ。

「何のイメージだよ。そんなの、昭和の政治記者だろう」佐野が嘲笑《あざわら》う。

「政治家だって、メンタリティは昭和の頃から変わっていない。だったら、担当する記者も同じはずだ」

「それは違うな。俺は、昭和の時代から政治家を取材してるんだぜ。平成、令和と政治家は完全に変わったよ。特に民自《みんじ》党の連中は」

「そうかい。どんな風に?」

「奴らの目的は、政治家であり続けることだけになった。そして民自党として、政権を握り続けることしか考えていない。ビジョンも政策もないんだよ。そういうのが出てくるのは、選挙で勝つイメージ作りのためさ。何度も野党になって、政界再編もあって、奴らはこぢんまりとしてしまった」

えらくはっきり言うものだ、と松島は少しだけ驚いていた。佐野が、こんな批判精神の持ち主だとは想像してもいなかったのだ。だいたい記者は、取材先が馬鹿にされると、自分のことのように怒る。

「そういう連中を取材していても、つまらないだろう。取材対象として小さ過ぎる。ろくでもない権力者だ」

「政治家以上に権力を持ってる人間もいるんだぜ」

「ああ?」何を言い出すんだ？

「表向きは政治家を支えて、ひたすら頭を下げている。でも実際には、裏から政治家をコントロールしている——そういうしたたかな連中がさ」

「官僚のことか?」

日本の官僚が優秀かどうかは、松島には評価できない。かつては確かに、優秀な官僚はいたはずだ。戦後の復興で官僚が果《は》たした役割は、過小評価されていると思う。しかし最近の官僚は……官邸が官僚人事の基本を握ってしまってから、「馘《くび》にならないように」「人事で有利になるように」しか考えていない官僚ばかりになったのは間違いない。政治家と官僚の関係は微妙なものだ。政治家がコントロールできなければ、官僚はそれこそ「官僚主義」で、これまでしてきた仕事を繰り返すか、あるいは逆に突然暴走する危険もある。しかし官邸が人事権を握っていると、基本的には政治家の言いなりにならざるを得ない。官僚は——役人は、基本的に人事しか気にしていないのだ。それを無視して平然と理想を追いかけ仕事をする、気骨のある官僚など存在しない。

しかし……官邸に取り入り、非常に大きな権力を持つようになる官僚は、昔も今もいる。佐野は、そういう人間と結びついているのだろうか。あり得ない話ではない。結局佐野も、権力が大好きなのだろう。権力の側にいて、自分も権力を握ったような錯覚《さっかく》を味わいたい——そういう欲求が強いからこそ、誰にくっついていればいいかを嗅《か》ぎ分ける嗅覚《きゅうかく》は優れているのではないか。

「まあ、いいじゃないか」佐野が話を誤魔化《ごまか》した。

「お前、この事件について何か知ってるのか」松島はずばりと訊ねた。

「まさか。俺は政治記者だ。事件のことなんか、何も分からない」

こいつはただ惚《とぼ》けているだけだろう。苛ついたが、攻める材料がないし、アイディアも思い浮かばない。松島は自分の衰《おとろ》えを意識した。手術前なら、相手の言葉のちょっとした矛盾《むじゅん》に鋭《するど》く気づいて追及したり、引っかけと取られかねない微妙な質問で答えを引き出したものだが……今は入院後で、さらに勘が鈍《にぶ》ってしまったのかもしれない。

「とにかく今は、無理するなって。体第一だぜ」

「体なんかどうでもいいんだ」半ば自棄《やけ》になって、松島は言い放った。「健康より原稿だ」

「古いんだよ、お前は」佐野が甲高《かんだか》い声で笑う。「そんなの、とっくに時代遅れだぜ」

そうかもしれない。自分は、昭和の恐竜の最後の生き残りではないか。

勘が鈍ったと情けなく思ったが、実際にはそんなことはなかった。家に向かって車を走らせている時、永幸塾の職員名簿を手に入れる手段を思いついたのだ。
婚約者——もう正式に婚約者と呼ばねばならないだろう——を送って行った橙子は帰宅していた。昌美と二人で夕飯の用意をしているので、松島は驚いた。橙子は昔から家事の手伝いをしないタイプで、就職して一人暮らしを始めると言い出した時は、どうなることやらと本気で心配していたのだ。

その長女が妻と並んで台所に立っている。皮肉っぽい台詞《せりふ》も浮かんだが、黙っていることにした。結婚が決まって、急に料理を覚えるつもりになったのかもしれない。

「ちょっといいか」

橙子に声をかける。橙子はいつものように表情に乏《とぼ》しいが、何となく不機嫌な感じがする。慣れない料理が上手くいかず、苛立っているのかもしれない。

「何？」

松島がダイニングテーブルにつくと、橙子が向かいに座った。

「お前、永幸塾に通ってたよな」

「うん。小学校の四年生から六年生にかけてかな……ママ、そうだよね？」

「たぶんね」振り向いて、昌美が答える。

「それがどうかしたの？」

「誰か、知り合いはいないか？」

「知り合い？　通ってたの、もう二十年近く前よ。当時の先生の名前とか、覚えてないし」

「アルバイトだったか？　あそこ、大学生のアルバイトも結構いるんだ」

「どうかなあ」橙子が眼鏡を外した。「小学生から見たら、大学生と大学を出たての人の見分けなんかつかないでしょう」

「そうか……」

「永幸塾がどうかしたの？」

「名簿が欲しいんだ。職員の名簿。できるだけ古いものから、現在のものまで……そういうものは必ずあるはずなんだよ」

「職員の異動が知りたいのね?」

「そう」松島は微笑みながらうなずいた。橙子は昔から、勘が鋭い。できれば記者になって欲しかった……亭主が記者だからよし、と考えるべきだろうか。

「それは、私には分からないわ」

「永幸塾のことで、何か覚えてないか?」

「二十年前だから本当に昔……私、三年しか行かなかったし」

「そうか……」

「あ、でも」橙子が眼鏡をかけ直した。「高校までずっと通ってた子、いたわよ」

「誰だ?」

「小学校の同級生の水谷遥《みずたにはるか》ちゃん」

「ああ、遥ちゃんね」昌美もガス台から離れ、ダイニングテーブルのところにやって来た。「あの子、小学校の先生になったんじゃない?」

「そう。今、船橋《ふなばし》にいるんじゃなかったかな」

「真面目《まじめ》で賢《かしこ》い子だったわよね」

「つまらないぐらいにね」

母娘《おやこ》の会話を聞きながら、自分は本当に娘の子育てに参加してこなかったのだと松島は強く意識した。橙子たちにどんな友だちがいたか、まったく知らない。

「そう言えば遥って、永幸塾でバイトもしてたわ」

「そうなのか?」松島は思わず身を乗り出した。

「高校まで永幸塾で教わって、大学へ入ったらすぐ講師になって……どれだけあそこが好きなのって、皆で笑ってたの。そう言えば中学生の時には、塾のポスターのモデルにもなってたわね」

「もしかしたら、その……水谷遥っていう子は、昔の職員名簿を持ってるんじゃないだろうか」

「どうかなあ」橙子がスマートフォンを取り出した。しかし操作しようとはせず、松島の顔をまじまじと見た。「これ、何？　取材？」

「そんな感じだ」

「父さん、大丈夫なの？　まだ大人しくしてないといけないんじゃない？」

「大人しくしてるじゃないか」松島は大袈裟《おおげさ》に両手を広げた。「座って、お前と話をしてるだけだ」

「でも……」眼鏡の奥の橙子の目が曇《くも》る。

「無理は禁物よ」昌美も忠告した。「今日だって、ゆっくりしてればよかったのに。昼間にあんなことがあったから、疲れたでしょう」

あんなこと――娘の婚約者との面会。松島は少し皮肉をこめて「ああ、そうだよ」と認めた。

「やだ」橙子が表情を歪《ゆが》める。「そんなに大変だった？　彼が大変なのは分かるけど」

「そうかな？　リラックスしてたじゃないか」

「後で背中を触ったら、汗びっしょりだったわよ」

「何だかなあ」松島は腕を組んだ。「これぐらいで緊張してたら、いい記者にはなれないけどな」

「パパ！」

橙子は本気で怒っているようだった。誰かのために怒るようなことはない子だと思っていたのだが……松島は意外に思うと同時に、申し訳なくなった。仮にも相手は、橙子にとって大事な人である。同居するかどうかは分からないが、これから家族になるのだし。

「ああ、悪い。おっさん記者は、つい先輩風を吹かせたくなるんだよ」

「仕事が全然違うでしょう」

「まあな……それで、どうだ？　その水谷遥さんに聞いてみてもらえないか？」

小さく溜息をついて、橙子がスマートフォンを取り上げた。松島には到底真似《まね》できない速さで操作すると、スマートフォンをそっとテーブルに置く。すぐにメッセージの着信を告げる音が鳴った。橙子は、置いたばかりのスマートフォンを取り上げると、「遥」と短く言って立ち上がった。

「速いな」

「これは礼儀でしょう」

そんなものか……松島が記者になった三十数年前から現在に至るまで、コミュニケーションツールの変化、というか進化は凄《すさ》まじいものがある。入社した当時はポケットベルだったのが携帯電話に変わり、今はスマートフォンだ。携帯電話までは、「無線の電話」という感じで普通に使えていたが、スマートフォンになると、あまりにも多機能過ぎてついていけない。会社支給のスマートフォンには、仕事で使うアプリも入っているのだが、若い記者に使い方を教えてもらわなければならないこともしばしばだった。

橙子は、リビングルームのソファに座って電話をかけ始めた。どうやら最近は、いきなり相手に電話をかけるのはマナー違反らしい。まずメッセンジャーで「電話していいかどうか」を確認してから電話する。かえって面倒臭い感じがするのだが、マナーは時代によって変わるものだろう。

橙子は低い声で話していたが、すぐにダイニングテーブルに戻って来た。

「橙子、古い名簿を持ってるって」

「よし」松島は思わず声を上げた。

「どうする？　四年分で、結構な分量があるんだけど」

「送ってもらうように頼めないかな。俺が取りに行ってもいいけど」

「送ってもらうけど、ただじゃ悪いわよね。久しぶりに会おうかな……父さんの奢りで」

「おいおい」

「これ、取材なんでしょう？」

「一応、な」

「だったら経費で落ちない？」

「東日は、東経と違って、そんなに経費潤沢《じゅんたく》じゃないんだ」

「だったら、東経の記者を結婚相手に選んだのって、正解？」

たぶん。しかし「そうだ」とは悔しくて言えなかった。

4

翌日、早くも柏支局に名簿が届いた。この御礼《おれい》に奢るとしたら何がいいだろう。まあ、橙子に言われるままに、食事代として一万円札を渡すだけだろうな……父親がのこのこついていったら、久しぶりの同窓会は白けてしまう。

表計算ソフトで作った名簿をプリントアウトしてホチキスで閉じたもので、一年分で一ページに三十人、それが十数ページある。管理スタッフと講師で、塾全体では四百人から五百人ぐらいはいるわけだ。やはり大きな塾チェーンだと実感する。

それが四年分あった。今はこの手のものは配られないかもしれないが——東日でも、昔は年に一回社員名簿が配布されていたが、二十年近く前に終了していた——それでもヒントにはなりそうだ。

二〇一二年からの四年分。その間、どこでも事件は起きていない。この前後だと二〇一一年の松伏《まつぶし》町《まち》の行方不明事件、そして二〇一七年の吉川《よしかわ》市の行方不明事件がある。吉川市にも、JR吉川駅前に教室がある。

松島はページをめくり、二〇一二年の吉川教室の管理スタッフと講師の名前を確認した。管理スタッフは四人、講師は十五人。そのうち十二人が正規の講師、残る三人が学生のバイトになっている。この名簿を、自分のパソコンに打ちこみ直す。さらに翌年以降の名簿を確認して、異動を確かめた。以前取材した時に事務長が認めていたのだが、管理スタッフや講師の都合によって、別の教室へ異動することはよくあるのだという。実際、二〇一三年の名簿では、十五人の講師のうち二人が入れ替わっていた。

これだけでは何も分からない。ただしこのデータは、何かに関連しているのではないかと思えてきた。例えば、これまでの事件が起きた前後、被害者が通っていた塾の職員に共通項があれば——同じ人間がいたら、怪しくないだろうか。

とはいえ、これ以上名簿を集めるのは難しいかもしれない。唯一手がかりになるかもしれないのは、橙子の同級生、水谷遥だ。彼女はある意味インサイダーであり、何か知っている可能性もある。

松島はスマートフォンを取り上げ、滅多《めった》にかけない橙子の携帯の番号を呼び出した。

その日の夕方、松島は船橋にいた。高速で行ける——柏インターチェンジで常磐道《じょうばんどう》に乗り、三郷《みさと》ジャンクションで外環道に入ればいいだけだからルートは簡単なのだが、時間的には一時間近くかかる。予想よりも遅くなり、松島は約束の時間が迫ってきたので焦った。誰かと待ち合わせたり、相手の指定の場所を訪ねたりする時は、約束の時間より少なくとも五分早く着いているのが松島のポリシーなのだ。

しかし……車ではなく電車を使えばよかったかもしれない。船橋というのは県内の公共交通のハブのような街で、鉄道は何路線も走っている。ＪＲが京葉《けいよう》線に総武《そうぶ》線、それに武蔵野《むさしの》線。私鉄は京成《けいせい》本線と東葉《とうよう》高速線に東京メトロ東西線、それに東武野田《とうぶのだ》線――今はアーバンパークラインを使えば、柏から船橋まで一本で行けるのだが、その後も動き回ることになるかもしれないと考えて、移動手段に車をチョイスしたのが失敗だったか……。

待ち合わせたのは、京成船橋駅から歩いて五分ほどのところにあるチェーンのカフェだった。駐車場を見つけるのにまた手間取り、焦って店に飛びこんだのは、約束の時間ちょうど。久しぶりに走ったので息が上がり、額《ひたい》には汗が滲《にじ》んでいる。呼吸を整えながら店内を見回すと、一人の女性が立ち上がったところだった。小柄、短くセットした髪、丸眼鏡。服装もどことなく野暮《やぼ》ったい。その彼女が急いで近づいて来て、一礼した。

「あの……松島さんですよね」

「ええ」

「橙子のお父さん」

「そうです。水谷さん？」

「はい。ご無沙汰してます」遥が丁寧《ていねい》に一礼する。

ご無沙汰？　この子に会ったことがあるだろうか？　名前さえ覚えていなかったのに。

「いつ以来ですか？」松島は自然な感じで確認を始めた。

「ええと……小学校の六年生の時ですから、もう十六年前です」

「そんなに前？」

「まだ、前のマンションに住んでおられた時ですよ。私と友だちと二人で遊びに行った時にお会いしました。全然お変わりないですね」

「いやあ……」松島は誤魔化した。そこまで具体的に言われても、まったく思い出せない。家で娘の友だちと会ったことなど、一度でもあっただろうか。「飲み物、頼みましたか?」

「まだです。ちょうど今来たところなので」

「何か買ってきましょう。何がいいですか?」

「すみません。じゃあ、カフェラテをお願いします」遥が遠慮がちに言った。

「食べ物はいいですか?」

「はい。家で主人と息子が夕飯を待ってますので」

「ああ……失礼」うなずきながら、遥の左手を確認する。薬指に金色の指輪がはまっていた。

カウンターでカフェラテと、自分用にロイヤルミルクティーを注文する。紅茶は好きではないのだが、退院時に「コーヒーは避けるように」と指示されていたので仕方がない。本当はホットミルクがいいのだが、人と話している時に、口の周りに白い輪を作るのも何だかみっともない。

気を利《き》かせたのだろうか、遥は他の客と少し離れた席に腰を下ろしていた。カフェラテのカップを前に置くと、丁寧に頭を下げてから髪をかき上げる。

「そう言えば、橙子、結婚が決まったんですよね。おめでとうございます」

「やっと片づきましたよ」こういう言い方も昭和だな、と思いながら松島も頭を下げる。「まあ、相手が新聞記者というのも、何だか微妙な感じですけどね」

「そうですか?」遥が首を傾げる。

「ライバル社の若手なので」

「そういうものなんですね」遥が真顔でうなずく。「でも、ちょっと驚きました。橙子はなかなか結婚しないと思っていたので」

「私も驚きましたよ。青天の霹靂《へきれき》でした……それより、早々にありがとうございました。助かります」

「いいえ」遥の表情がさらに真剣になる。「橙子は詳しく話してくれなかったんですけど、どういうことなんですか？　それに、私に取材って言っても……」

「ある事件の関係者が、塾の人である可能性がある――としか言えないんです。申し訳ないですが、まだ取材の途中なので。いい加減なことを言って、噂《うわさ》が広まっても困ります」

「私は言いふらしたりしませんよ」遥が唇《くちびる》を尖《とが》らせる。

「念のためです」松島はうなずいた。「とにかく、塾で勤めていた人全員の、全期間の名簿が手に入ればいいいんですが」

「全期間って……」遥が絶句した。「永幸塾は、五十年ぐらい前からありますよ」

「ええ。創業者が永沢幸栄《ながさわこうえい》さん――その名前から取って永幸塾ですね。今の塾長は二代目、息子さん」

「はい」

「五十年分とは言いません。三十年前――正確には三十三年前から現在までの一年ごとの職員名簿を手に入れる方法はないですか？」

「それは無理です」遥があっさり否定した。「六年前――私が大学四年生だった時に作った名簿が最後です」

「そうなんですか？」

「その名簿が流出して、問題になったんですよ。ですから次の年から、紙の名簿は作っていないはずです。本部で管理して、職員にも渡さないようにしているんじゃないでしょうか」

「なるほど……」松島は顎《あご》を撫でた。「確かに今時、そういう名簿を作るのは、プライバシーの観点から考えてもよくないですね」

「それより前のものはあるかもしれませんけど、私には手に入れる方法はないです」

「例えば、誰か塾の知り合いで、あなたがつなげられそうな人はいませんか？」

「それこそ、プライバシーの侵害になりそうなんですけど」遥が眉《まゆ》をひそめる。「あまり……そういうことには関わりたくないですね」

「分かりますが、極めて重要な事件の取材なんです」

「そんなに大変なことですか？」

松島はスマートフォンを取り出し、慣れない手つきでメモアプリ――これの使い方は美菜に教わった――に「千葉・埼玉連続女児殺害・行方不明事件」と打ちこみ、遥に画面を見せた。

「ご存じですね？」

遥が無言でうなずく。急に顔色が悪くなっていた。

「お分かりかと思いますが、犠牲者は皆小学校低学年の女児です。あなたも、小学校の先生なら、この事件がどれほど大変なことかは分かりますよね？　私は、この犯人を止めたいんです」

「それは警察の仕事じゃないんですか」

「警察だけには任せておけないんですよ」

「でも、ご期待には添えないと思います」遥が頭を下げる。「確かに私は小学校から高校まであの塾に通いましたし、大学時代はバイトもしてましたけど、正社員だったわけじゃないですから……それに松島さんが欲しいものを手に入れる方法も思いつきません」

「そうですか……」松島は腕組みをしたが、すぐに解いた。真面目な小学校の先生を、あまり悩ませてはいけない。ここは一度話題を変えて、名簿の問題は後で蒸し返そう。「永幸塾の先生は、教室を変わることもよくあるそうですね」

「ええ。人によりますけど」

「普通の会社員とは違いますよね？　会社員だったら転勤や異動も珍しくないですけど、塾の先生が頻繁に教室を変わるのは、何か理由があるんですか」

「ああ……」遥が一瞬視線をテーブルに向ける。「あまり言いたくないんですけど」

「理由があるんですね？」松島は念押しした。

　遥は何も言わず、カフェラテに砂糖を加えた。ゆっくりとかき回してから一口飲む。明らかに気持ちを決めるための時間稼《かせ》ぎだ。こういう時は焦らせてはいけない。相手が話す気になるまで待つのが定番のやり方だ。松島もロイヤルミルクティーを啜った。やっぱり美味くない。煙草は簡単にやめられたが、コーヒー断ちはなかなか辛い。さっさと治せば、またコーヒーを飲んでいいと許可が出るかもしれないが、今はゆっくり入院しているわけにはいかない。とにかくこの件の行く末を見極めないと。何が決着点になるか分からないが、締めの原稿は自分が書きたい。

「クレームがあるんですよ、時々」遥が打ち明けた。

「クレーム？」何となく内容は想像できたが、松島は一応確認した。「どういうことですか？」

「昔と違って、親御さんがうるさいじゃないですか。教え方が悪いとか、態度がよくないとか。そういう話が上の人の耳に入ると、異動になることがあります」

「異動させられる本人にしたら厳しくないですか？」

「クレームで責め続けられるよりはましですよ」自分を納得させるように遥がうなずく。「同じようなクレームは学校でもありますけど、私たちの場合は逃げ場がありませんから」

「学校の先生は、すぐには異動できませんからね」

「ええ……でも塾の場合は、異動できます。別の自治体にある教室に移れば、前の教室で騒がれたことは分かりませんからね。親御さんのネットワークは基本的に学校単位で、その外にはなかなか噂は広まりません」

「なるほど」うなずきながら、松島の頭には別の想像がすっと忍びこんできた。「それだけですか？」

「それだけって……」

「学校でも、先生の猥褻《わいせつ》行為が問題になることは少なくないでしょう」

遥の顔がさっと蒼《あお》くなる。急に唇を引き結び、「もう喋らない」という強い意志を無言で表明した。

「いや、学校がどうこうという話ではありません。でも子どもと大人が一緒にいる場所では、そういうことが常に起こり得ます」

「否定は……できませんね」遥が渋々認めた。

「永幸塾では、そういう問題はなかったですか？　逆に、問題を起こしても教室を変わるだけで馘にならないとか。何らかの事情があって、そういうことがあっても不思議ではないと思います」

「子どもの頃なんですけど……私が一年生か二年生の頃でした」遥が唐突に打ち明け話を始めた。

「はい」余計なことを言わず、松島はただ先を促した。

「塾に変な先生がいるって、子どもたちの間で噂になったことがありました」

「変というのは、どんな感じですか？」

「小学校の低学年ぐらいだと、性的なことの意味は分からないじゃないですか」

「ええ」

「でも、おかしな雰囲気は分かりますよね？　子どもたちを見る目が変だとか、話し方が気持ち悪いとか」

「つまりその人は、塾の生徒たちを、性的な目で見ていた？」

「当時はどういうことか分かりませんでしたけど、今考えると……何年も経ってから、同じ教室にいた子たちと話して、『あれって気持ち悪かったね』っていう話になりました」

「具体的な被害はなかったんですか？」

「私には――私の周りにはありませんでした」

「それはいつ頃でしたか」松島はそこで初めてメモ帳を取り出した。

「低学年だったですけど、一年生か二年生か……ちょっと記憶がはっきりしません」

「先生の名前は覚えていますか？」

「すぐ出てきませんね」遥が首を傾げる。「でも、今考えると、結構危ない人だったかもしれません。要するに、子どもを見たくて塾で働きたがる人もいるんですよね」

それは小学校も同じだろうか。猥褻行為で逮捕されたりする教師が時々いるのが、その証拠だ。採用する時、そういう性癖《せいへき》の持ち主かどうかはなかなか見抜けないのではないだろうか。

「その先生、どうしました？」

「いなくなった……うん、そうですね。今考えると、他の教室へ異動したのかもしれません」

「それはいつですか？」

「うーん……」遥が顎に指を当てた。「ごめんなさい、さすがに昔の話なので、はっきりしたことは覚えていません」

「低学年の頃ですね？」松島は念押しした。

「それは……そうですね」遥が自分を納得させるようにうなずく。「一年生か、二年生の時だったのは間違いないですけど」

松島はメモ帳に数字を書きつけた。遥が小学一年生、二年生というと、二〇〇〇年、ないし二〇〇一年頃になる。その頃はちょうど事件の「間」だったはずだ。柏で嶋礼奈《しまれいな》が行方不明になったのは二〇〇五年だ。

「あの……ちょっと話を聞いてみましょうか？」遥が遠慮がちに切り出した。

「いいんですか？」

「当時、一緒に塾に通っていた子とは、今でも連絡が取れます。誰か、覚えているかもしれません」

「お手数をおかけしますが……」

「いいんです」遥が強い決意の表情を浮かべる。「あの事件は、私も新聞を読んで気になっていました。柏でも、事件、ありましたよね？」

「ええ。二〇〇五年です」

「いなくなったのは別の小学校の子だったんですけど、学校でだいぶ話題になったんですよ。登下校や、塾や習い事から帰る時は十分注意するようにって言われました。親が心配して、しばらく塾へは行かないようにしていたんです。でもなし崩しで、結局一ヶ月ぐらい休んだだけで再開しましたけど」

「地元では話題になっていたんですね」その頃も松島は柏に住んでいたが、そういう街の声はまったく聞いていなかった。妻の昌美や子どもたちは気にしていたかもしれないが、あの頃は家族の声に耳を傾ける余裕はまったくなかった……。

「ええ。でも、そういう噂ってすぐに薄れて。後で、『あの子、どうしたかな』って話題に上がることはありましたけど、それだけですね」

そんなものだろう。嫌な事件で、子どもや、子どもを持つ親には衝撃を与えるだろうが、自分のことでなければ、いつか記憶は薄れる。そもそも自分のように、同じ街に住み、小学生の子どもを持った人間ですら、まったく意識していなかったのだ。

自分だけが異常なのか？　それとも時代遅れの人間なのか？　松島と同世代の父親たちは、その親世代よりも、よほど子育てにコミットしていたはずだ。忙しかったでは済まされないと、今更ながら反省する。

「今は学校で教えてますから、子どもたちのことが気になります。考えてみれば、この前事件が起きた野田も、すぐ近くなんですよね」

「同じ県内ですからね」うなずいて松島は同意した。

「子どもたちは守りたいんです。その役に立つなら……できる範囲で調べてみます」

「お願いします」松島は頭を下げた。

「でも、二十年以上も前のことなんですよね。そんなに長い間……」遥が言葉を呑んだ。

彼女が言いたかったことは想像できる。一人の人間が、何十年も事件を起こし続けられるものだろうか？　事件については、学術的な研究はまだまだ進んでおらず、捜査する側や、自分たちのように長く事件を取材している人間の「感覚」だけで語られることが多い。それも間違いとは言えないだろうが、もっと科学的に研究すれば、犯人像に迫ることも難しくないのではないだろうか。

それは、自分より後の世代の仕事になるだろうが。

自分にはもう、残されている時間は多くはない。

自宅に戻って、八時過ぎ。昌美は渋い表情を浮かべた。

「夕飯が遅くなると、よくないわよ」

「分かってるよ」少しむっとして松島は言った。自分でも自覚していることを敢《あ》えて指摘されると、頭に来る。

「食べられそう?」

「何とかね」

昌美は今日も、病院食のような食事を用意していた。薄味の野菜の煮物。白身魚を揚げて、きのこの餡《あん》をかけたもの。これで飯を軽く一杯というのが最近の食事だ。実際に胃の容量が少なくなっているわけで、すぐに腹が膨《ふく》れてしまうのは当然かもしれないが、今回の入院後は食欲も落ちている。昔は朝、腹が減って目が覚《さ》めたものだが、最近はそういう感覚をすっかり忘れていた。いつまでも眠る気もするが、それはそれで怖い。寝たら永遠に目が覚めないのではないか……。

夕食も、仕方なく食べる感じだ。動き回るためのエネルギー補給以外に意味はない。昌美は料理上手なのだが、その味を楽しもうという感覚は今はなかった。

食後の飲み物もほうじ茶になる。食欲はないにしても、コーヒーへの渇望《かつぼう》だけは消えず、コーヒー断ちが続いているのがきつい。

今日から仕事再開だが、まだ無理はしないようにと千葉支局長から言い渡されていた。どうせ家にいてもゲラは確認できるのだから、無理に支局に出る必要はない。用事がある時だけ出てくればいいじゃないですか——彼の言い分はもっともで、リモート時代にも合っているのだが、何となく落ち着かない。便利は便利なのだが、「スマホで見られる」と言っても、画面が小さいので何となく読んだ気にならない。テキストの原稿ならいいのだが、実際に組み上げたゲラの画面は、あちこちに動かさないと読めないのだ。こういう風になってから、ミスも多くなったのでは、と不安になる。それに直しがあった時、記事サーバーに入った原稿は家からはいじれないので、誰かに電話をかけて直してもらうことになる。それ故松島は、柏支局に赴任してきてからも、夕飯だけは家で食べて、それから支局に戻る生活を続けてきたのだ。

とはいえ、今日は原稿も出していない。連続行方不明・殺人事件の取材をしながら、いずれは普通の仕事にも復帰しなければならないだろうが、それはもう少し先……今後は手術と入院を見据え、さらに美菜に負担をかけることになる。彼女は若く元気だが、柏と松戸《まつど》という大きな街を抱える支局なので、一人でできることには限界があるだろう。

スマートフォンが鳴った。美菜か……と思って取り上げると、先ほど登録したばかりの遥だった。

「すみません、夜遅くに」

「まだ遅くないですよ」

「私たちが一年生の時に教わった先生でした。一年生の春休み——二年生になる前に、別の教室に異動になっています。名前も分かりました」遥が一気にまくしたてる。

「こんなに早く?」

「二人から話を聞いて、一致したんです。二人とも、相当気持ち悪い先生だと思って、よく覚えていたんです。私は、そこまで強い印象がなかったんですけど……鈍いんですかね」

「いやいや……それで、名前は?」

「桂木恭介《かつらぎきょうすけ》先生ですね」

「当時、何歳ぐらいですか?」

「はっきり覚えてないんですけど、三十歳とか……でも、小学校低学年の子どもからすると、二十歳ぐらいの人でも結構なおじさんに見えますよね」

「でしょうね。今、どうしているかは分かりますか？」

「それは分からないんです。すみません」

「とんでもない。名前が分かっただけで大きな収穫《しゅうかく》ですよ」

丁寧に礼を言って電話を切り、さっそく遥からもらった名簿を確認しようと思ったが、支局へ置きっぱなしだった。立ち上がり、脱《ぬ》いでいたジャケットを着こんで、スマートフォンを胸ポケットに入れる。

「出かけるの？」昌美が心配そうに聞いてきた。

「ちょっと支局へ……すぐ戻るよ」

「大丈夫？　送ろうか？」

「車で五分だよ」松島は意識して軽く笑った。「とにかく、すぐ戻るから」

心配する昌美を振り切り、車に乗りこむ。五分車を走らせるのも面倒臭い……という気持ちが一瞬芽生《めば》えたが、それでも何とか自分を奮い立たせる。行かなければ、データを確認できないのだから。ハンドルを握りながら、さっさと自動運転が実現しないかと思う。あれなら、寝たきりになっても、好きなところへ行けるだろう。

名簿をひっくり返す。まず、新しいところから——あった。二〇一五年、このように紙の形で残された最後の名簿に、桂木恭介の名前がある。所属は吉川市の教室。遡《さかのぼ》って確認すると、少し異様なことに気づいた。桂木という男は、毎年教室を変わっているのだ。こんなことがあるのだろうか？　行く先々で悪い評判を立てられ、本部でも別の教室に動かさざるを得なくなった？　そこまで問題を起こし続けていたら、何とか辞めさせるのが普通の経営者の感覚ではないだろうか。それとも、何か辞めさせられない理由があるのだろうか。

こうなると、桂木恭介という人間についてどうしても知りたくなる。ネットで検索を試みたが、永幸塾のホームページにも、講師の名前は掲載されていない。大手予備校だったら、受験生を呼ぶために名物講師のプロフィルを載せそうなものだが、学習塾の場合は、先生の名前はそれほど重要ではないのだろう。永幸塾のホームページで出ている個人の名前は、塾長だけだった。

他のサイトで、同姓同名の人間の情報は出てきたが、この桂木かどうかは分からない。何でもネットで分かるような感じもするが、本人がSNSをやらず、ニュースになるようなこともしていなければ、情報は引っかからないものだ。

しかし、名前が分かっていれば、この人物について調べるのは不可能ではないだろう。ただ、現段階では誰かに頼るのは気が進まない。物になるかどうか分からない情報で、支局員の手を煩《わずら》わせるわけにはいかない。

しかし一応、古山には伝えておこう。彼も社会部の仕事で忙しいようだが——早くも連載企画に駆り出されているのを、松島は紙面で確認していた——この件についてはどんな情報でも知る権利がある。もちろん、知ったからといって、動いてくれるとは思えなかったが。

松島の中では、古山は後輩ではなく「同志」なのだ。年齢も所属も違うが、一度でも同じ事件で一緒に取材した人間は、志《こころざし》を同じくする仲間である。

そして今、頼れる相手は古山しか思いつかない。

松島はスマートフォンを取り上げ、古山のメールアドレスを呼び出した。簡潔に情報を伝え、名簿に戻る。見逃している部分はないか——ただの名前の羅列《られつ》なのに、ここに何か重要な情報が隠れているような気がしてならなかった。

第七章　キャリア

1

　ゴールデンウィークの最中。珍しくカレンダー上の休みと自分の休みが一致して、古山は思い切り寝坊した。今日は取《と》り敢《あ》えず、引っ越し荷物の片づけを終えないと……引っ越して間もなく、連載の取材班に入れられて、段ボール箱を開ける暇《ひま》もなかったのだ。服を入れておいた段ボール箱から、直接ワイシャツを取り出して着替えていた始末である。今日はせめて、服を全部クローゼットに入れてしまいたい。もう夏服の季節なのに、まだ冬服を着続けているのだ。

　バナナと野菜ジュースで遅い朝食を済ませただけで、部屋の整理に取りかかる。その時間を利用して、溜《た》まっていた洗濯物《せんたくもの》も済ませた。この部屋は、浴室乾燥機がついているのがありがたい。寝ている間に風呂場《ふろば》に干しておけば、朝には乾いている。今日は、洗濯カゴを空《から》にしてしまおう。

　服を全部クローゼットにしまい、洗濯物を干し、今度は本棚の整理……支局にいる間に本が増え、これまでの本棚では入りきらないことは分かっていた。引っ越しを機に大きな本棚に買い替えて、きちんと整理しようと思っていたのだが、どうやらしばらくは無理だ。というか、次の引っ越しまではこのままだろう。本棚は、一度本を入れてしまうと、新しいものに替えにくいのだ。文庫を前後二列に入れ、入りきらない本は、結局床に積み重ねることになる。やはり、思い切って本棚を新調しようかとも考えた。今からネットで注文すれば、この連休中に届くかもしれない。ゴールデンウィーク中の休みは飛び飛びだが、それでも何とか本の整理ぐらいはできるのではないか。

しかしどうしても面倒になって——そして腹が減って、この計画は取りやめた。既に午後一時半、取り敢えず何か食べておかないと。

引っ越してくる前は、中目黒は洒落《しゃれ》た街という印象を抱いていたのだが、実際には駅前はごちゃごちゃしていて賑《にぎ》やかだ。特に東急《とうきゅう》の高架脇《わき》には呑《の》み屋が多く、新橋《しんばし》のガード下を思い出すぐらいである。本格的に賑わうのは夜だが、普通にランチを食べられる店もいくらでもある。

散歩がてら、駅前を通る山手《やまて》通りを左に折れる。この辺りのランドマークは巨大なドン・キホーテで、お洒落なイメージとは程遠い。もう少し歩くと、品のいいカフェなどが点在しているらしいのだが、今日はカフェ飯という気分でもなかった。あてもなく歩いているうちに一軒のとんかつ屋を見つけて入る。起き抜けの十時頃《ごろ》胃に入れたバナナと野菜ジュースはとうになくなり、何かガツンと重いものが食べたい気分だった。

既に二時近くになっているので、他に客はいない。四人がけの席にゆったり腰かけ、メニューを確認する。値段はそこそこ……ベースとも言えるロースカツ定食が千六百五十円というのは、場所が中目黒だということを考えても結構高いのではないだろうか。しかし今日は、脂《あぶら》を入れたい気分だったので、ロースカツ定食にする。

料理が来るのを待つ間、松島のことを考える。

最後に電話で話した時は元気そうだったが、胃がんの告白がずっと頭に引っかかっている。検査入院の結果については知らないのだが、もしも再発だったら、また取材の前線を離れることになるかもしれない。この事件の続報を書かないまま戦線離脱したら、松島にとってはむしろストレスになるはずだ、と古山は心配していた。

しかし連休前に、今後も取材を継続するというメールが来た。あのオッサン、退院したばかりなのに何をしているのかと呆《あき》れたが、松島は止まると駄目になってしまうタイプなのかもしれない。忙《せわ》しない人生だが、休憩《きゅうけい》ができない人もいるだろう。

このメールには、極めて重要な情報が含まれていた。いつの間にか松島は、「容疑者かもしれない」人間の名前を割り出してきたのである。どういう手を使ったか分からないが、さすがと言うべきか。

容疑者候補の人物、桂木恭介。年齢も連絡先もまだ分からない。確実なのは、数年前まで永幸塾吉川教室で教えていたことぐらいだ。現在も永幸塾にいるかどうかは確認できていない。この男について何か情報がないか、と松島はメールで訊《たず》ねてきた。

即座に「調べてみます」と返信したのだが、実際にはまだ何もしていない。永幸塾は柏に本部があり、桂木も千葉県の人間である可能性が高い。あるいは埼玉県か。東京にいても、調べようはないのだ。申し訳ないという気持ちが強く、その後は松島には電話もメールもしていなかった。

もう一つ、引っかかっているのは、本郷響のことだ。あっさり引かれて以来、連絡を取っていなかったが、こちらの方もやはり気になる。響から情報を引き出すことこそ、自分の仕事ではないだろうか。東京でやれることなのだし……しかし彼女を落とすのは至難の技に思える。

あれこれ考えているうちに、ロースカツ定食ができあがってきた。こういうタイプか……大きなカツの衣《ころも》は粗《あら》めなので、ソースをよく吸って味が濃くなりがちだ。卓上にある塩を使うのも手だろう。衣ではなく肉の断面に塩をかけて食べるのは、嫌いではなかった。その場合、たっぷりの辛子《からし》が絶対必要だ。

値段なりに美味《うま》いカツだった。何よりご飯の炊《た》き方がいい。古山の好みにぴったりの少し固めな飯だ。

ガツガツと食べ、食べている最中は取材のことはすっかり忘れていた。しかし、デザート代わりにと残しておいたキャベツを食べ終えた瞬間、再び響の存在を思い出す。何か上手《うま》い手はないだろうか……古山は、越川の存在に思いを寄せた。電話で全《すべ》て用件を済ませてしまったのが申し訳なく、しかも借りがあるままで気分が悪かったので、連休明けに一緒に食事をする約束をしていた。場所は自分のテリトリーである渋谷。越川は「中華がいい」と言っていたが、渋谷にいい中華料理店があるだろうか。まだ馴染《なじ》みのない街なので、結局食べログ頼りになりそうだ。

腹が一杯になって店を出たところで、スマートフォンが鳴った。休みの日に電話をかけてくる友だちもいないし、また仕事に駆り出されるのか……と思ったら、見慣れぬ携帯の番号が浮かんでいる。少し警戒したが、結局電話に出ることにした。ただしこちらからは反応せず、向こうが何か言い出すのを待つ。

「東日の古山記者でしょうか？」

丁寧《ていねい》な言い方だったのでほっとして、「はい」と短く認めた。

「文化部の越川記者からご連絡いただいたんですが……法林社の村上《むらかみ》と申します」

「あ――はい」越川は無理なお願いを聞いてくれたようだが、出版社側からいきなり電話がかかってくるとは……それならそれで越川も、事前に連絡をくれてもいいではないか。急にこんな電話がかかってきても、対処できない。

「本郷響さんのことをお調べとか」村上が慎重に切り出す。

「調べているというか、彼女に聞きたいことがあるんです」

「本郷さんには会ったそうですね」疑わしげに村上が言った。

「ええ」

「よく会えましたねえ」急に、感心したような口調に変わる。「いったいどんな手を使ったんですか？

越川さんの紹介ですか？」

「メールを打ちました。それで会えました」

「たまげたな」村上は本気で驚いているようだった。「どんな風に説得したんですか？」

「それは――本郷さんは、そんなに人と接触しないんですか？」説明する気にはなれず、古山は話を誤魔化《ごまか》した。

「それは、もう。基本的に仕事に集中しているし、自分の正体を隠したい人なんです」

「お願いがあります」

「越川さんもそう言ってましたけど……何ですか？」村上が警戒した。

「できたら、会ってお話しできませんか？　土曜日に申し訳ないですけど」

「今日は会社にいますから、別に構いませんけど……どうします？」

「そちらへ伺《うかが》います。会社、どちらでしたっけ？」

「神保町《じんぼうちょう》です」

「では、三十分後に伺います」

電話を切ってから、古山はしまった、と舌打ちした。散歩がてらちょっと食事をしに出てきただけなので、ジーンズに白シャツ、スニーカーという軽装である。荷物は、小さなメッセンジャーバッグだけ。もちろんメモ帳も筆記用具も入っているが、取材に行くのに、いくら何でもこの格好《かっこう》では……

しかし家に戻って着替えたら、三十分では辿《たど》り着けない。

古山は服装よりも、時間厳守を選んだ。


法林社は、白山《はくさん》通りと靖国《やすくに》通りが交わる神保町の交差点から少し歩いたところにある。業界最大手の出版社なので、さすがに建物は大きい。こういうところへ入るのは緊張するんだよな……しかも今日は、ジーンズにスニーカーというラフ過ぎる格好だ。しかし来てしまった以上仕方がないと、古山は自分を奮い立たせた。土曜日なので、正面の出入り口にはシャッターが降りている。村上に教えられた通り、裏口に回って、警備員に来訪の意図《いと》を告《つ》げる。非接触型の体温計で熱を測られ、手をアルコール消毒したところで、ようやく小さな入館証を渡された。一階のロビーで待つように指示される。

受付はあるが、人はいない。しかしロビーのベンチには、数人の人間が座っていた。用のある社員がここへ降りてくるのを待っているような感じだった。大型連休中でも仕事はあるのだろう。

古山は立ったまま、エレベーターホールの方を凝視《ぎょうし》した。五階にいた一台のエレベーターがすぐに動き始める。一階についたエレベーターから出て来たのは、自分と同い年——二十代後半ぐらいの若い男だった。何の目印もないまま待ち合わせたので不安だったが、何となくこの男が村上ではないかと見当をつける。向こうも古山を認知したようで、真《ま》っ直《す》ぐ近づいて来た。

「古山さんですか？」向こうが先に口を開いた。

「村上さん？」

「村上です……もしかしたら今日、休みでしたか？」村上が上から下まで、古山の格好を眺《なが》め渡した。

「ええ」急に気恥ずかしくなって、小声で答える。

「じゃあ、こちらへどうぞ」

相手が自分よりもラフな格好だったので、多少ほっとする。濃紺《のうこん》のTシャツに、いい具合にダメージが入ったジーンズ、足元はサンダルである。サンダルは、社内で履《は》くためのものかもしれないが。ロビーの奥は、パーティションで細かく仕切られている。ここが来客用の打ち合わせスペースなのだろう。実際、中に入ると四人用のテーブルと椅子《いす》が用意してあった。他に何もないのが、逆にいかにも「打ち合わせ用」という感じである。

名刺を交換してから、向かい合わせに腰を下ろす。村上はマスクを顎《あご》のところまで下げていたので、顔の輪郭《りんかく》があらわになっていた。顎が尖《とが》ったシャープな顔立ちで、全体に顔の彫《ほ》りが深い。令和ではなく、昭和の時代のハンサム、という感じだ。マスクをきちんとかけ直すと、ゆっくりと椅子を引いて座る。

「本郷さんは、いったいあなたの何に興味を持ったんですかね」村上が先に切り出した。「見ず知らずの人からメールが来て、それに返事をして、さらに会うなんて、あり得ない人なんです」

「本郷さんのキャリアに関係しているかもしれない話なんですよ」

「それは……作家になる前の？」村上が声を潜《ひそ》める。周りの打ち合わせスペースには、他に人がいないはずだが。

「ええ。本郷さん、警察のキャリア官僚だったんでしょう？」

「本人は、その件については一切発言していないんですけどね」

「でも、本の帯ではそう謳《うた》ってるじゃないですか」

「あれは我々が勝手に書いているだけで、本郷さんは一切関《かか》わっていません」村上が、どこからか煙草《たば》とライターを取り出した。携帯灰皿も。素早く火を点《つ》けると、顔を背《そむ》けて煙を吐き出す。

「ここ、禁煙じゃないんですか？」今時、どんな会社でも、打ち合わせスペースで煙草が吸えるとは思えない。

「土曜日で人がいないから、大丈夫ですよ。暗黙の了解です。古山さんもどうですか」

さすがに気が進まないが、少しリラックスしておきたかった。結局、本社へ異動してきてからも煙草は吸い続けているし……しかしさすがに、村上と一緒になって煙草をふかす気にはなれない。

「小松優希さん」

村上の手がぴくりと動いた。真っ直ぐ立ち上がっていた煙が揺らめく。

「まいったな」本当に困ったように首を横に振った。「だから記者さんは困るんですよ。何でもすぐにほじくり出してしまう」

「本名も非公開ですよね」

「もちろんです。そんなことをすると、いろいろ不具合が生じるので」

「でもこちらでは、本名は分かってるんです」

「それだけでは、何も調べようがないでしょう」

「手はないこともないですけど、そういうことはしたくないですね」

「何が狙《ねら》いなんですか?」村上がまだ長い煙草を携帯灰皿に押しこんだ。

「彼女に確認したいことがあるんです——昔のキャリアについて」

「喋《しゃべ》らないでしょうね」村上が腕組みした。「我々にも、ちゃんと喋らないんですから」

「それで、仕事をするのに支障はないんですか? 彼女が書いてくる警察庁の裏話が嘘《うそ》か本当かで、話のリアリティもだいぶ変わってくるでしょう」

「そこは信頼関係ですけど、そもそもフィクションですからね。ノンフィクションだったら事実関係が最重要ですけど、フィクションの場合は、読者も最初から作り物だと分かって読んでいますから。

逆に、どこまで本当でどこからが嘘か、裏読みしながら読む楽しみもあるんです」

「なるほど……彼女、何で警察庁を辞めたんですか」

「さあ」村上が目を逸《そ》らした。

「そういうことも聞いていないんですか？」

「聞いたか、聞いていないかも話せませんね。覆面《ふくめん》作家を守るというのは、そういうことなんですよ」

「素顔が出たら、商品価値がなくなる？」

「そんなところです」村上が苦笑する。

「彼女は、重大な事件に関して、何らかの情報を握っているかもしれない」古山は打ち明けた。

「事件？」

「彼女自身が、警察庁の官僚として事件の捜査指揮をしたかどうかは分かりません。状況的にやってはいないと思いますが、それでも何かを知っているはずなんです」

「抽象《ちゆうしよう》的な話なんですね」

「そんな、AからZまで全部教えてくれるような人はいませんよ」

「つまり、彼女のことをあなたに教えたネタ元がいるんですね？」

おっと、危ない……東京の出版社の文芸編集者が、埼玉県警の刑事に興味を持つとは思えないが、気をつけないと。変なところから森の名前が漏れてはまずい。

「本郷さん、北青山か神宮前か、その辺に住んでませんか」古山は話題を変えた。

「それは……」村上が顔をしかめる。「もう、そこまで調べているんですか？」

「いいえ、勘です。この前、表参道でお会いしたんですけど、近所に出かけるような格好だったので。

会った店も行きつけだと言っていましたから、あの近くに住んでるのかな、と」

「さすが、観察眼が鋭《するど》いですね」

「あの辺をぶらついていたら、そのうち会えるかもしれない」

「困りますね。本郷さんには平静に仕事をしてもらいたいんです」

「私に昔の事情を話しても、何か困るとは思えません。今後の取材で、本郷さんの名前を表に出すようなことは、一切ありませんから」

「しかし、ねえ」村上が顎を撫でた。

「もう一度だけ、彼女と話すチャンスを下さい。あなたがつないでくれたら、本郷さんも話す気になるんじゃないですか？」

「こちらには、そんなことをしても何もメリットがないですよ。むしろ、デメリットしか考えられない」

「そちらにもご迷惑はおかけしないようにします」

「しかしね……」村上が人差し指で頰《ほお》を搔《か》いた。「本郷さんのことは、担当の私にも分かりにくいんですよ」

「そうですよね」古山は身を乗り出した。「ちょっと謎《なぞ》めいているというか……そもそも、元警察キャリアには見えないんですよね」

「そうですか？」

「女性のキャリア官僚も何人か知ってますけど、もっとかっちりしているというか、硬い人が多いです。本郷さんは、どちらかというと柔らかい。そこが魅力だと思いますけど、よく現役時代の仕事の雰囲気《ふんいき》から抜け出せたな、と思って」

「昔からあんな感じだったかもしれませんよ。私は知りませんけど」

「現役時代にあんな感じだったら、周りはやりにくくてたまらなかったでしょうね」

ようやく話が転がり出す。ここが勝負所と判断して、古山は一気に話を進めた。

「正義のためなんです。古臭いと思われるかもしれませんけど、ある事件の犯人がまだ捕まっていません。そしてこの犯人は、今後も同じような犯行を繰り返す可能性がある。そんなことは絶対に許されないんです……これまでの被害者は全員、小学生の女児ですから。子どもが犠牲になる事件は、取材していても辛《つら》いんです」

「それ、もしかして、しばらく前に新聞に載った連続女児殺害事件のことですか？」

「殺害・行方《ゆくえ》不明事件です」古山は訂正《ていせい》した。「まだ行方不明のままの女の子が何人もいるんです」

「あなたはその犯人を探しているんですか？」

「新聞記者の仕事じゃないかもしれませんけど、警察が捜査に手を抜いている可能性もあるんです。そうじゃなければ、こんな事件が連続で起きているのに、まだ犯人が捕まらない理由が分からない」

「そうですか……」村上が腕組みを解き、二本目の煙草をくわえた。しかし火は点けないまま、ゆっくりとパッケージに戻す。「子どもが被害者になる事件はきついですよね」

「ええ」

「昔はきついとは思わなかったんですけど、最近、よく分かるようになりました」

「子どもさんができたとか？」当てずっぽうで古山は訊ねた。

「分かります？　まだ八ヶ月なんですけどね」村上が目を細める。

「子どもが生まれるのって、男にとって最大の変化じゃないですか。子ども嫌いな人でも、自分の子だけは可愛《かわい》いし、自分の子どもを可愛がっているうちに、他の子どものことも気になってくる」

「よく分かってますね。もしかしたら古山さんも、小さいお子さんがいるとか？」

「独身です。結婚する予定もありません。でも、昔から『新聞記者、見てきたような嘘を言い』っていう格言がありましてね」

「何ですか、それ」村上が笑った。控えめな笑いだったが、二人の間にそびえていた高い壁が少しだけ低くなった感じがする。

「つないでもらうだけで構いません。あとは……もう一度会えれば、自分で何とかします」

「取材の腕には自信があるんですね」

「何でもやってみないと分かりません」一度は失敗しているのだが。そして、二度目は失敗しないと言い切る自信もない。「ついでに、ちょっと子どもの話をして揺さぶってもらうとか……」

「それはお断りします」村上がキッパリ言い切った。

「それは、ということは、つないではいただけるんですね？」

「ああ、まったく——だから新聞記者は嫌いなんですよ」

「嫌われ者だということは、承知しています」古山はできるだけ爽《さわ》やかな笑みを浮かべた。

自宅へ戻った瞬間、村上から電話がかかってきた。

「この貸しは大きいですよ」村上は最初に釘《くぎ》を刺した。

「何か、お好みのものでお返しします」

「まあ、それは何か……本郷さん、今すぐなら会うと言ってますよ。気が変わらないうちに動いた方がいい」

「すぐ連絡を取ります。待ち合わせ場所を確認したいので」

「いえ、本郷さんから言ってきました。恵比寿です。ガーデンプレイスのグラススクエア、B1」

村上が告げる店の名前を頭にインプットした。名前からして、カフェか何かのようだ。

「そこで夕飯を奢《おご》るように、との話でした」

「ああ……分かりました」新聞記者は、情報提供者に基本的に金は払わない。しかし通常の取材でも食事をしたり酒を呑んだりして、その金をこちらで持つことはある。こういうのは、他の業界でも同じだろう。誘った方が奢る。

「夕飯にはだいぶ早いですけど」まだ五時前だ。

「本郷さんは極端な朝型なんですよ。朝四時に起きて、六時にはもう仕事を始めてるそうですから」

「じゃあ、食事の時間は？」

「五時、十時、五時っていう感じみたいですね。だから、食事しながら打ち合わせの時は、かなり困ります」

「分かりました。何とかします。ありがとうございました。必ず何か、お礼をしますから」

「ガーデンプレイスで飯を奢ってもらってもいいですね」村上が嬉《うれ》しそうに言った。「ただし、タワーの三十九階あたりかな」

高層ビルは上階へ行くほど高いのは常識だ。そんな店で使った金を請求して、経費として認められるかどうか……まあ、いい。今はとにかく、響と会って話をするのが最優先事項なのだ。

2

どうして恵比寿なのだろう、と古山は訝《いぶか》った。やはり本拠地は表参道あたりで、そこから少しでも離れようとしたのかもしれない。古山からすれば非常に近い――日比谷線で一駅なので助かるが。

今回指定された店は、カフェではなくレストランだった。店内はウッディな雰囲気で統一されているが、壁の一部はレンガ張りになっている。カジュアルな雰囲気とはいえ、そんなに安くもないだろう。つい数時間前にかなりごついロースカツ定食を食べたばかりなのだが、と自分の胃の具合も心配になる。向こうが食べているのに飲み物だけというわけにはいかないだろうし。

響は、今日は先に来ていた。どういう風の吹き回しか、リゾート地で寛《くつろ》ぐようなスタイル……ノースリーブのワンピースに、店の中なのにストローハットを被《かぶ》っていた。剝《む》き出しの腕の細さと白さがやけに目につく。古山の姿を認めると、足元に置いたバッグからカーディガンを取り出して羽織《はお》った。

「この格好は、ちょっと早過ぎましたね」響が肩をすくめる。

「今日は暑いですけどね」確かにまだノースリーブの陽気ではないが……日中の最高気温は二十五度まで上がっていた。取り敢えず、彼女がこちらを拒絶するような態度ではなかったのでほっとする。

向かいに座り、「夕飯は早いそうですね」と確認する。

「そんなことまで聞いてるんですか」響が嫌そうに表情を歪《ゆが》める。

「まあ、たまたま……」何がたまたまだ、と自分を窘《たしな》める。気を遣《つか》って話していかないと、どこで彼女が機嫌《きげん》を損《そこ》ねるか、分かったものではない。「ここはよく来るんですか?」

「存在は認知してましたけど、来るのは初めてです」

「何が美味《おい》しい……何の店なんですか?」

「イタリアンですけど、カリフォルニアテイストも入ってるみたいですね」

「なるほど……」説明を受けても、何だかよく分からない。メニューを見ると、パスタもハンバーガーもあるので、まさにイタリアンとアメリカンという感じだった。

「何か呑みますか?」

「ビールにします」

酒は普通に呑むわけだ。まあ、作家というと、執筆のストレスを酒で紛《まぎ》らせているようなイメージもある。

「ちまちまつまみを頼んでもいいんですけど……あまりそういう食べ方はしないんです」

「食事は食事でしっかり摂《と》る、という感じですか」

「そうですね。私はハンバーガーにしますけど、いいですか?」

メニューを確認する。店の名前をつけたハンバーガーがあって、売り物になっているようだった。少し重いかもしれない……さらにメニューを探って、アサリと桜海老《さくらえび》のペペロンチーノにした。飲み物は、彼女に合わせてビール。

「パスタだけですか?」響が疑わしげに訊ねる。

「昼が遅かったんです。正直に言えば、まだ食べるタイミングじゃありません」

「あら」

「そもそも、午後五時に夕飯を食べる人もあまりいないと思いますけど」

「私は朝型なので」それで十分な理由になるだろうといった感じで、響がさらりと言った。

注文を終え、古山はビールが来るのを無言で待った。ビールが来ると、互いにグラスを掲《かか》げるだけの乾杯。響は喉越《のどご》しでビールを楽しむタイプではなく、ちびちびと呑んでいた。どちらかというと、ビールよりワインの方が似合いそうな呑み方である。

「会っていただいて、ありがとうございます」古山は頭を下げた。

「あなた、ずるいですよね」

「ずるい？」

「私が断りにくい人を仲介人に使うから」

「でもあなたなら、断ることもできるでしょう。私が頼んだ相手も、あなたが機嫌を損ねたら困ると思います」

「困るのは私です。そんなに立場は強くないですから」

「まさか」

「作家なんて、弱いものですよ。出版社が出版を拒否したら、それで終わりですから」

「本郷さんは、そういうことを気にする立場じゃないでしょう」

「私なんか、まだ駆け出しみたいなものですよ。出版社に対してきちんと物が言える作家なんて、数えるほどしかいません」

「そんなものですか？」

「何か、作家に対して間違ったイメージを抱いてませんか？」響が静かに笑った。「いつもいばり散らしていて、編集者がご機嫌取りに必死になるみたいな」

「何となく」

「そんなこと、ないんですよ」

料理が運ばれて来て、しばらく食事に専念することにした。パスタは問題ないが、ハンバーガーは強烈――バンズも肉も分厚く、どんなに口が大きな人でも、そのまま齧《かじ》り取れそうにない。しかも溶《と》けたチーズとソースが皿にまで垂れていて、食べ終える頃には両手は手首まで汚れてしまうだろう。

響は、ナイフとフォークでハンバーガーを解体し始めた。これでは単に、ハンバーグと野菜、パンを食べているに過ぎないのだが、不思議と下品な感じがしない。ハンバーガーとは違う一品料理をじっくり楽しんでいる感じだった。

腹は減っていなかったがパスタは美味く、古山はあっという間に食べ終えてしまった。響はマイペース。食べる行為自体をじっくり楽しんでいる様子で、話しかけるのも躊躇《ためら》われるし、スマートフォンを見て時間を潰《つぶ》すわけにもいかない。もっとゆっくりパスタを食べればよかった、と後悔する。早食いは、記者になってから身についた悪習なのだ。響は、古山に見られているのも気にならないようで、変わらぬペースでナイフとフォークを動かし続けている。

ようやく皿が空になると、響はまたメニューを取り上げた。まさかハンバーガーは前菜で、これからステーキでも食べるつもりかと古山は身構えたが、彼女は「デザート、食べますよ」と宣言した。

「どうぞ」

「古山さんは？」

「パスします」言って、古山は少しだけ残ったビールを呑み干した。「コーヒーでもらいますよ」

「がっつり食べないと、仕事できないでしょう」

「今、こうやってあなたと話しているのも、仕事なんですけどね」

響がメニューを持ったまま軽く肩をすくめ、細い手を上げて店員を呼んだ。自分にはティラミスと紅茶、そして古山用のコーヒーを注文する。

「要するに、村上さんを籠絡《ろうらく》したんですよね？」響が確認した。

「籠絡？　言葉が悪いですね。一生懸命頼みこんで、村上さんの琴線《きんせん》に触れる話をしたんです」

「村上さん、子煩悩《こぼんのう》だから」彼女はその辺の話も聞いているようだった。

「自分のことは話さなくても、編集者のプライバシーは話すんですね」

「向こうが勝手に話すので、覚えちゃうんです。あなたは、自分のことを話さないですね」

「特に話すこともないので」古山は肩をすくめた。「基本的に、つまらない人間なんです」

「でも、正義感が強い。警察官と同じように」

古山はすっと背筋を伸ばした。どうやら彼女の方から、本筋に入ろうとしている様子だった。

「警察官は、正義感と義務感からしか動きません……一般論ですよ」

「ええ」古山は相槌《あいづち》を打った。

「記者さんは新聞を売りたい——そんなことはないですよね」

「そうですね」古山はうなずいた。「記事の内容で——見出しで新聞が売れるのは、駅売りが中心のスポーツ紙や夕刊紙です。一般紙は、どんなにすごい記事が出ても、それで売り上げが伸びるわけじゃない。駅の売店やコンビニでの売り上げは微々たるもので、宅配が基本ですから」

「だったらどうして記事を書くんですか?」

「社会面——事件の記事だったら、やっぱり正義感からですよ。被害者を弔《とむら》いたい気持ちもありますし、記事が読者の注意を喚起《かんき》して、次の事件が起きないかもしれない。普段はそこまで考えて記事を書いていませんけど、ふと立ち止まった時に、そんな風に思う時もあります」静かに、しかし力強く古山は言った。耳が赤くなっているのを自分でも意識したが、こういうことで恥ずかしがってはいけないと思う。「今、こんなことを言っても、誰《だれ》も真面目《まじめ》に取らないかもしれません。新聞がやたらと叩《たた》かれる時代ですからね。嘘を書くとか、権力に阿《おもね》って真実を書かないとか。実際、そういう面もあるかもしれません。でも私は、そうはなりたくない。政治や経済の記事なんかに比べれば、事件記事なんかどうでもいいものかもしれないけど、私はそういう意識でいます」

「そういうこと、正面切って話す記者さんに会うのは初めてですよ」

「話す機会もないですから」言ってから、急に照れてしまった。どれだけ胸に熱いものを秘めていても、会うのが二回目の人に、しかもビール一杯呑んだだけで熱弁を振るうのはやり過ぎだったと思う。

「私は、三十八歳です」唐突に響が打ち明けた。

「そんなこと言っちゃっていいんですか？　個人情報ですよ」この告白には正直驚いた。言われて改めて見ても、やはり三十代前半にしか見えない。

「それはいいです。とにかく、社会に出たのが十五年前です。ということは、それ以前の出来事については、伝聞、あるいは言い伝え、大袈裟《おおげさ》に言えば伝説でしか知りません」

「ええ」

「でも、急に動きが止まってしまった案件があるのは知っています。もう三十年以上前ですね」

「それは、流山《ながれやま》の――」

響が急に厳しい表情を浮かべ、唇《くちびる》の前で人差し指を立てる。

「誰かに聞かれても分からないように」

「分かりました」あくまで用心していくつもりか……夕方、ディナータイムに入る前なので他に客はいないが、店員に聞かれる恐れはある。「三十年以上前のある案件で、取りかかってみたもののすぐにやめてしまった――そういうことですね」

「そうです。理由は分かりません。当時はいろいろな噂《うわさ》が流れたそうです。それから同じような案件が何件もありました。場所は近接しているもののバラバラ、時期にも規則性はありません」

これはまさに、連続女児行方不明・殺人事件のことだ。古山はにわかに緊張してくるのを意識した。テーブルの下で、密《ひそ》かに両の手を拳《こぶし》に握る。

「最初の件については、知っている人がいるそうです」

「何故《なぜ》案件をストップさせたか、その理由についてですか？」

響が無言でうなずく。ここからどう攻めるか……抽象的な会話を続けるのに早くも疲れてきたし、どこかで勘違いが生じると危険なので不安だったが、それでも何とか言葉を捻《ひね》り出す。

「その案件が起きた地方——そこの地元の担当者ですか？」

「いいえ」

「とすると、中央から派遣されてきた人ですか？」

「そうなりますね」

「今も現役の人ですか？」

「一人はもう、ずいぶん前に辞めました。問題のある辞め方ではなく、単に定年です。もう一人はぎりぎり……まだいますね」

「どの辺に？」古山は右手の人差し指を天井に向けた。さらに少し腕を伸ばす。「もしかしたら、腕が伸びきった所じゃないでしょうね」

「いえ、そこまでは」

「私が会える人ですか？」

響が考えこむ。彼女は、古山の仕事の範囲を正確に把握《はあく》していないのかもしれない。

「私の仕事は基本的に、渋谷、世田谷、目黒区内に限られます。そして、出先の人とのつき合いだけですね。それ以外は、本社の雑用係です」

「だったら、会う機会はないですね。今の仕事をしている限り、まず無理でしょう」

「私の同僚で、他の部署にいる人間だったら会えますか？」

「会えます」響が即座に断言した。「いえ、どうかな……その辺のことは、私には分かりません」

「その二人に聞けば、当時の状況が分かるんですか？」

「そもそも、話すかどうかは分かりませんよ」響が厳しい表情になった。「あなたの正義感が通用する相手かどうかも。私のように、簡単に気持ちが動く人間とは思えません」

「誰なんですか」

響がいきなり立ち上がった。優雅に身をかがめると帽子を摑《つか》み、そっと被って微笑《ほほえ》む。

「本郷さん――」

響がゆったりとした動きで一礼し、「御馳走様《ごちそうさま》」と小さな声で言って立ち去った。古山は立ち上がりかけたが、焦って追うのも野暮《やぼ》だろう。座り直して、改めてテーブルの上を見ると、手をつけなかったティラミスの皿の下に、一枚の紙片が挟みこまれているのが分かった。そっと引っ張り出してみると、薄い罫線《けいせん》の入ったメモを折り畳《たた》んだものだった。

開いてみると、二つの肩書きが書いてある。

千葉県警捜査二課長。刑事部長。


古山はすぐに自宅へ戻り、パソコンから記事データベースにログインして、警察の人事記事を調べた。時期を三十三年前――一九八八年とその前後に絞る。

倉橋保《くらはしたもつ》は、前年の一九八七年春に、千葉県警捜査二課長として赴任している。飯岡良介《いいおかりょうすけ》が刑事部長に就任したのは、同じ年の十月。最初に流山で事件が起きた時には、二人とも千葉県警の幹部だったわけだ。

二人の名前をキーワードに、また検索する。飯岡は、千葉県警の刑事部長から警察庁の刑事局刑事企画課長、秋田県警本部長などを経《へ》て、その後も警視庁刑事部長、神奈川県警本部長、警察庁刑事局長などを歴任し、既にリタイヤしている。高級官僚ということで、人物データベースにも記録があり、二〇〇五年に退職、その後は大手民間警備会社の顧問《こもん》になったことが分かった。ただし現在は七十六歳、公職からはもう完全に退《しりぞ》いているのではないだろうか。

一方倉橋は、今も現役だった。しかも、人物データベースだけでなく、記事データベースにも名前が頻出《ひんしゅつ》する。福島県警本部長、警察庁捜査一課長などを経て、総理大臣秘書官になったためだ。その後は警察庁には戻らず、ずっと首相秘書官として政権の中枢《ちゅうすう》を歩み続けている。こういうキャリアの人もいるわけか……。

響が言った意味も、ようやく分かってきた。社会部の記者が、政権の中枢、首相秘書官を取材する機会などまずない。明らかに政治部の守備範囲で、古山が取材しようとしても壁は高いだろう。というより、何も手を思いつかない。

狙うなら、元刑事部長の飯岡だろう。一線を退き、悠々自適の生活を送っているなら、取材を受ける可能性もある。

「松島さんに相談だな」一人つぶやき、古山は両手を擦《こす》り合わせてからスマートフォンを取り上げた。しかし、いざ電話しようとして迷う。松島は仕事に復帰しているとはいえ、こちらから電話をかけて大丈夫かどうか、判断できなかった。ゴールデンウィークだから、仕事を休んでゆっくり骨休めしているかもしれない。あるいは手術のために再入院したか。

迷っても仕方ない。出れば話す、出なければかけ直すだけだと自分に言い聞かせ、電話をかけた。

松島が、予想外に元気な声で電話に出たのでほっとする。

「ご無沙汰《ぶさた》してます。古山です」

「ああ。やってるか?」

「やってます」やってるか、という言い方がおかしく、思わず苦笑してしまったが、すぐに話を続ける。「埼玉支局の時から引きずってきた案件、ちょっと前進しました」

「俺《おれ》がやれるような件か？」

「あるいは――俺より松島さんの方が動きやすいかもしれません。取り敢えず、お知恵をお借りできますか？」

「俺で分かることなら、もちろん」

古山が事情を説明すると、松島はすぐに反応した。

「二人とも覚えてる。俺は県政担当だったけど、県警の幹部の名前ぐらいは分かるよ。飯岡さんは、その後も取材したことがある」

「警察庁時代ですか？」

「ああ」

「もう辞めてますが」

「そうだな。退職して、『日本セキュリティ』の顧問になったはずだ」

「そこまで把握してるんですか？」

「変な天下りがないかチェックするのも、警察庁担当の仕事だから……でも、もうそこも辞めてるだろうな」

「今、七十六歳です」

「そんな歳《とし》になるか……残念だけど、現在の連絡先はちょっと分からないな」

「それを聞こうと思ってたんですけど」

「調べられないわけじゃない。それをチェックすればいいか？」

「二課長はどうですか？」古山はさらに話を続けた。

「警察庁では、直接取材したことはなかったはずだ。たまたま俺とは、いる時期が重ならなかったんだろう。でも、今では陰の権力者じゃないか」

「権力者？　ただの秘書官でしょう」

「君は何も知らないんだねえ。今の総理はハリボテ——担《かつ》ぐのに便利なだけの存在だぜ」松島が鼻を鳴らした。「大事なことは全部、官邸のスタッフが決めてる。中でも倉橋は、秘書官を取りまとめていて、総理が一番信頼している人間だ」

「歴代の民自党の総裁が手放さなかったぐらい、有能なわけですね」もう十年以上も歴代総理の秘書官を続けているのだが、これは極めて異例ではないだろうか。

「そういう人間もいるわけだよ。自分では表に出ないで、陰で人を支えるのに徹《てっ》する。そうこうしているうちに、自分も揺るがぬ権力を手に入れる——いや、今の倉橋がそんな感じかどうかは知らないけどな」

「政治部の連中なら、そういうことは知ってるんじゃないですか」

「知ってても、あの連中にとってはそれが『普通』だから。異常なこととは思わないだろうな」

「呑みこまれて、状況を正確に分析できなくなってるんですね？」

「政治部だけじゃないぞ」松島が指摘した。「俺たちだって同じだ。事件記者の重要な仕事の一つは、警察の暴走を監視することだけど、本当にそれができているかどうか……結局、警察の捜査を追いかけるだけの取材になりがちだろう？」

「今回は、そういうわけにはいきませんよ。俺たちはまさに、どうして警察がまともに捜査しなかったのか、それを調べて記事にしようとしてるんでしょう？」

「よし」松島が嬉しそうに言った。今にも笑い出しそうだった。「それを忘れないでくれよ。長いものに巻かれないように気をつけろ。でも、今はチャンスだ」

「チャンス？」

「権力者にとって、新聞記者の利用価値は落ちてるからさ。昔だったら、記者を巻きこんで、自分に都合のいい記事や観測記事を書かせることにも意味があった。でも今、相対的に新聞の影響力は落ちている。記者を巻きこむより、ネットを操作する方が簡単なんじゃないかな。ある意味、より直接的な世論捜査が可能になっている」

何も言えなかった。松島の言うことは一々もっともだと思う。思うが、「そうだ」と同意すれば、新聞の凋落《ちょうらく》を認めることになってしまうので悔しい。

「……何か、上手い手はないでしょうか」

「刑事部長——飯岡については、連絡先を探しておくよ。ついでに、俺がちょっと取材してみてもいい」

「それは待って下さい」古山は慌てて言った。管轄《かんかつ》外——というより、松島に無理して欲しくない。「東京とか、あるいは関東近郊にいるなら、俺が会いに行きますよ。松島さんが千葉を出て取材するのは難しいんじゃないですか？」

「君も、本社に行った途端に縦割り主義になったかね」松島が嘲《あざわら》笑う。「——まあ、いいよ。確かに、外へ取材に行くためには、もうちょっとしっかりした手がかりが必要だ。千葉にいたら、俺の獲物《えもの》だけどな」

「獲物って……」古山は苦笑した。

「倉橋の方は伝手《つて》がないんだけど、周りに取材してみるよ。彼は今何歳だ？　六十？」

「六十一ですね」古山は開いたままだった人物データベースをもう一度確認した。

「なるほど……その年代だと、俺の方で話を聞ける人がいそうだな」

「そうですか？」

「警察庁担当を長くやってたのは、伊達《だて》じゃない。何とかなると思う。君はどうだ？　政治部に信頼できる先輩とか、いないか？」

「埼玉支局時代の先輩がいますけど、しばらく話してません」しかも、あまり仲がいいわけでもない。年次が三年離れているので、一緒に仕事をしたこともなかった。

「だったら、丁寧に頭を下げて、話を聞いてみるんだな。俺の方も、何か分かったら連絡する」

これで一安心か……長く警察庁を担当していた松島の人脈は、信頼できそうな気がする。そう考えると、宿題というか、棚上《たなあ》げになっていたことが気になり出す。

「例の塾の講師――桂木恭介の方はどうですか？」

「急《せ》かすなよ」松島が少し怒ったように言った。

「――すみません」

「調べているけど、まだ正体が分からない。永幸塾の方には、ダイレクトに突っこんでも絶対に話が出てこないからな。裏から手を回さないといけないけど、なかなか上手くいかない」

「県警クラブの方はどうですか？」

「諸田《もろた》もやりにくそうだよ。県警はのらりくらりで、まともに対応しない。他社も困ってるだろうけど、県警クラブが一致団結して県警と対決するのも筋が違うしな」

「ですね」本当の不祥事《ふしょうじ》――県警本部長の首が飛ぶぐらいのことだったら、マスコミ各社が協力して、あるいは阿吽《あうん》の呼吸で一斉攻撃を仕かけることもありだが、今の段階ではそういう感じではない。何よりこの件は、東日として純粋に勝負をかけたかった。

「とにかく、これで少し動けると思う。君の方は、慎重《しんちょう》にやれよ。跳《は》ねて動くと目立つ。そうすると潰されるぞ」

「まさか」

「東京の方が怖いぞ」松島が忠告した。「千葉や埼玉だったら、周りの動きは見える。人間関係は複雑でも、そもそも人が少ないから、裏で誰がどんな動きをしているかも見えやすいのさ。でも東京だと、どこから誰が刺してくるか、まったく分からない」

「気をつけます……でも松島さんこそ、気をつけて下さいよ。普通に話してますけど、体、大丈夫なんですか？」

「話せるぐらいだから、大丈夫だ。医者も、強制入院させようとはしてないし」

松島が笑って電話を切ったが、古山は不安で仕方がなかった。無理やり入院させようとしないのは、もう治療《ちりょう》が無駄だからではないか？　長くないから、後は好きなことをやって、最期《さいご》を迎えればいい——あり得ない話ではない。今のところは動いて取材もできているのだから、医者としても止めようがないのかもしれない。

松島の本音が読めない。彼はおそらく、胃がんの手術後にも「自分はまだやれる」ことを証明したかったのだろう。定年までもう間がないのだから、早めの引退生活に入ってもよかったはずだし、もっと体に負担がかからない仕事に転身して、マイペースで生きていく手もあったはずなのに。

あの世代の人は、仕事に対する取り組みが様々だ。早くから仕事がなくなって、定年までの十年を、新聞を読んだりネットサーフィンをしたりして時間潰しをしている人がいる一方、働く人は徹底して働く。まるで、止まったら死んでしまうとでもいうように。

松島は、典型的な後者——働き蜂《ばち》なのだろう。だが、今までと同じようなペースで動いていたら、いつかは必ず倒れてしまう。そうならないためには、厳しい取材を任せないのが一番だ。ここは自分が頑張らないと──松島の仕事を奪い、彼を暇《ひま》にさせるぐらいの心意気でいないと。

3

古山の電話を受けたのは、ベッドの中でだった。半病人状態。

退院後に迎えたゴールデンウィーク、松島は暦《こよみ》通りに休みを取っていたが、そのままだらだらしている気はなかった。桂木恭介という人間の正体を割り出すために、取材を続けるつもりではいたのだ。しかし五月になってから、急に体調が悪化した。どこが痛いというわけではないのだが、何となくだるく、動くのさえ面倒臭い。退院後、少し張り切り過ぎて疲れている──体力が落ちているのは間違いない──せいだと思い、その日はほぼ一日、自宅でベッドの中にいて本を読んでいた。夕飯前にうつらうつらしている時にスマートフォンが鳴って、眠りから引きずり出されたのだが、古山に心配をかけないために元気な声で話すだけでも難儀した。喋れないほど体力が落ちているわけではないが、古山は鋭《するど》い男である。少しでも疲れた声を出すと、すぐに気づかれるだろう。

古山の情報が、実際に元気を回復させてくれた。分断されていた線が、かすかにつながり始める。こうなると一番気になってくるのが、佐野の忠告だった。あの男は間違いなく、誰かの名代《みょうだい》として俺を止めに来た。そしてここにきて、政権中枢にいる人間の存在が浮かんできたわけだ。倉橋という人間のことは個人的には知らないが、キャリアを考えると、微妙な立場の人間ではないかと想像する。

警察庁の出世の本筋から外れたのは、もう十年以上前だ。前回の民自党政権末期で、民自党の野党転落、短い政友《せいゆう》党政権時代、民自党の政権返り咲きなど、激動の時代を生き抜いている。民自党政権でも政友党連立政権でも続けて首相秘書官を務めてきたのは、能吏《のうり》である証拠だろう。政治的な思惑は一切なく、どの政党が政権を取ろうが、黒子《くろこ》に徹して支えるタイプではないか。それが分かっているからこそ、官邸も総理に一番近いポジションに置いたはずだ。

ただし、民自党政権下で首相秘書官を務めている時期がずっと長くなっているから、今は完全に民自党寄りになっている可能性もある。

キャリアの警察官にとって、最終的に目指すゴールは、警察庁長官か警視総監だ。全国の警察を統合する役所のトップか、首都を守る大警察のトップ。最近は警視総監の「格」は落ちて、警察庁次長に次ぐナンバー3になったとも言われているが、志と野心が強く、能力も高いキャリア官僚がこの二つを目指すのは間違いない。

現場の刑事たちからは「お客様」と揶揄《やゆ》されることもあるのだが、キャリアの人生はなかなかシビアなものだ。採用は、毎年十数人。最終的にトップの椅子は二つあるが、多くの人間はそこへ上り詰めることなく退職する。そして、キャリアを重ねてある程度歳を取ると、自分がトップまで行けるかどうかは自然と分かるようになるものだ。先が見えてしまった人間は、途中で辞めて後進に「道を譲《ゆず》る」のも暗黙の了解になっている。警視長に昇進し、小規模県警の本部長になるぐらいまでは、脱落者はほとんどいない。しかし警視監として大規模県警の本部長、さらに警察庁の局長に上がろうかというタイミングになると、辞めていく人間は増えていく。警察と関連ある世界に無難に転身する人間もいれば、請《こ》われてまったく別の仕事を選ぶ人間もいる。他の省庁に出向、というパターンも少なくない。

倉橋もそういう人間の一人だったのだろう。そして彼は、結果的に警察の昇進システムに残っているよりも、大きな権力を手に入れたではないか。特に現在の民自党政権になってからは、官邸への権力集中が進んでいるから、あらゆる役所に対して睨《にら》みを利かせる立場になっているはずだ。

何となく、嫌な予感がする。

軽く夕飯を食べてから、寝室に戻る。シャワーで汗でも流したいところだが、熱い湯を浴びただけで体力を消耗《しょうもう》しそうなので、後回しにする。その前に、まず昔の伝手を辿ってみることにした。

相手の電話番号は、私用のスマートフォンに入っている。互いに携帯電話を購入したのが、二十五年ほど前だろうか。その時に番号を交換して以来、二人ともずっと番号を変えていない。ただし、最後に話をしたのはいつだっただろう。少なくとも、胃がんの手術をして以来、話していないはずだ。

思い切って電話を入れる。呼び出し音二回で相手が電話に出た。やっぱり二回か、とつい苦笑してしまう。この男は、携帯にかけようが固定電話にかけようが、何故か必ず呼び出し音二回で反応するのだ。

「松島さん?」

「どうも、ご無沙汰してます」

「生きてましたか?」

この挨拶《あいさつ》は、彼——警視庁副総監の田川《たがわ》の定番なのだが、今は少し痛みを呼び起こす。「生きている」意味が、自分にとっては極めて重要なものになっているのだ。

「まあ、年齢なりにいろいろ悪いところは出てきてますけどね。田川さんはどうですか」

「無事に最後のお勤め中ですよ……今、何をしてるんですか?　紙面でお名前を拝見しませんが」

「千葉です。地元で……柏支局の支局長をやってます」

「千葉って……本社勤務に飽きましたか?」

「いや、定年の準備です。定年後も地元で働きたいと思って、ちょっと早めに本社から引っこんだんですよ」

「優雅《ゆうが》ですねえ。千葉は暇ですか」

こっちの動向をまったく知らない様子でとぼけて言ったが、それは演技だと分かっている。警察キャリアのトップに近い人間なら、各県でどんな事件が起きているか、当然把握しているだろう。千葉の事件は、警察内部にかなりの衝撃をもたらしたはずだ。取材陣の中に自分が入っていることも、とうに分かっているのではないだろうか。

「何をしてるか、ご存じなんでしょう?」

「松島さんの動向は注意しておかないとね。まだまだ要注意人物なんですよ」

「俺が、警察庁を困らせるような原稿を書いたこと、ありますか?」

「散々困らされたようなイメージがあるけど、実際はなかったのかな?」田川がとぼける。

「俺が書いてたのは、真っ当な記事ばかりですよ」

「で、今回は正面からぶつかって全面対決ということですか」

「否定はしません。それで、その件について、ちょっと確認させてもらいたいことがあるんです」

「俺は今、そっちの事件とはまったく関係ないよ」田川が急にラフな口調になった。いつもそうだ。話し始めて最初は丁寧なのだが、すぐにざっくばらんな調子に変わる。取材する側とされる側、キャリア官僚と新聞記者と立場の違いこそあれ、同い年で大学も一緒という共通点があるせいかもしれない。もっとも向こうは政経学部で首席卒業、こちらは文学部であまり役に立たない社会学をだらだら勉強していたので、だいぶ立場は違うが。そうでなくてもマンモス大学なので、「同期」以外の共通点を見つけるのは難しい。

「そう言わず、ブリーフィングを」

「いやいや、無責任にブリーフィングはできないな」

「じゃあ、雑談でもいいですよ」

「あんたの雑談は長いからなあ」

「副総監ともなると、雑談をしている暇もないですか。世間はゴールデンウィークだっていうのに」

「そりゃあ、俺も暦通りに休みは取ってるよ。でも、副総監なんて、休みでも常に自宅待機なんだ。このご時世だと、ゴルフに行くだけでも批判を浴びるしな。ゴルフ場なんて、全然三密にならないのに」

「その後でサウナに行ったり、飯を食ったりするでしょう。そこは三密だ」

「あんたも細かいねえ」

人一倍環境には気を遣わなければならない立場だから、どうしてもそうなる。今の自分は、免疫《めんえき》力《りょく》が相当落ちているのは間違いないのだ。

「官舎に籠《こも》りきりなんでしょう?」

「まあね」

「買い物にも出られない? ちょっとお茶とか。そういう時にも警護がついてくるんですか?」

「まさか」田川が声を上げて笑った。「俺はそんな要人じゃないよ」

「じゃあ、お茶でも飲みましょうか。洒落たオープンカフェなら、コロナの心配もしなくていい」

「いい歳こいたおっさん二人が、洒落たオープンカフェで密談ねえ」田川が鼻で笑う。

「安全第一です」

「相変わらず強引だね。だから、手酷《てひど》い記事を書かれたみたいなイメージが残るんだよ」

「明日も休みでしょう? 俺が東京まで出て行きますから、会って下さいよ。どこか、適当な場所を予約しておきます」

「できるだけ官舎から離れた場所にしてくれないか」

拒否するかもしれないと思ったが、田川はあっさり乗ってきた。昔から、「話だけはする」タイプで、重要なネタは絶対にくれないのだが、向こうが意識しない手がかりを渡してくれることもある。今回はそれに賭《か》けようと思った。

さて、急がないと。単純にオープンカフェと言ってしまったが、思い当たる店はない。松島は昔ながらの喫茶《きっさ》店《てん》——それこそ、何十年分もの煙草の煙が染みついているような昔ながらの個人経営の喫茶店が好きなのだが、最近は、そういう店は減る一方だ。

リビングルームに戻ると、夕食後の洗い物をしていた昌美が、驚いたような表情を浮かべる。

「寝てなくて大丈夫なの？」

「ああ」田川と話しているうちに、何だか元気になってきた。やはり取材は、自分の活力源だと思う。取材ができるうちは、生きていける。「それより、渋谷とかでオープンカフェ、知らないか？」

「何、いきなり」昌美が目を見開く。「渋谷って……もう何十年も行ってないわよ」

「だよな」

「夏海《なつみ》に聞いてみたら？　あの子、会社が渋谷だから、詳しいんじゃない？」

「ああ、そうか」次女の存在をすっかり忘れていた。夏海は長女の橙子に比べてずっと活動的だから、いい店の情報にも詳しいだろう。

夏海に電話をかける。後ろに、ざわついた雰囲気があった。

「どうしたの、パパ」夏海は露骨《ろこつ》に驚いた様子だった。父親からの連絡など滅多《めった》にないのだから、驚くのも当然だろう。

「ちょっと知恵を貸して欲しくてさ。それよりお前、今どこにいるんだ？」

「友だちとご飯」

「大丈夫なのか？　密になってないか」

「大丈夫よ」夏海が笑った。「そういうのに気をつけるの、もう常識じゃない。それより、何？」

松島は条件を伝えた。渋谷近辺でオープンカフェ、ないしテラス席のある店、ついでにおっさん二人が座っていても悪目立ちしない店。

「最後の条件、どういうこと？」夏海が元気に笑う。

「おっさん二人のデートなんだよ。あの辺、若い人が多いから、おっさんが二人でいると目立つだろう」

「場所によっては大丈夫よ。思い当たるお店はあるから、すぐメールしておくね」

「頼む」

一分後に夏海からメールが届いた。仕事が早い……自分の部下だったら、絶対引き立ててやりたくなるタイプだ、と松島はほくそ笑んだ。夏海は明るい性格で愛嬌《あいきょう》もあり、それで昔から得していると思う。職場でも可愛がられているだろう。

一応、自分でも店のことを調べてから予約を入れる。それから田川にショートメールを送って、場所と時間を伝えた。返事は短く一言、「了解」。昔と変わらず、味も素っ気もない。

「渋谷に行くの？」昌美が訊ねる。

「ああ」

「私も一緒に行こうかしら」

「おいおい、俺は仕事だぜ」

「久しぶりに夏海に会おうかな。ゴールデンウィークなのに、全然帰って来ないし」

「忙しいんじゃないか？　外交的に」

「外交的？」

「今も友だちと飯を食ってた」

「母親とお茶を飲む時間ぐらい、あるでしょう。ちょっと買い物もしたいし。まだスクランブルスクエアにも行ってないのよ」

「あそこ、俺たちみたいな還暦《かんれき》近い人間が行くような場所なのかね」

「それは、見てみないと分からないでしょう」

迷子にならないといいのだが、と松島は本気で心配になった。再開発が進められた渋谷は、かえって迷路感が増して、不便になってしまった感じがする。

誰が何のために再開発したのか。もう、東京には再開発の余地も意味もないだろうに。


そして松島自身、迷った。渋谷までは常磐線から千代田《ちよだ》線、さらに銀座線か半蔵門《はんぞうもん》線に乗り換えて簡単に行けるのだが、そこから先がどうにも分からない。スクランブルスクエアの横を抜け、長いエスカレーターを降りて連絡通路を渡り、ヒカリエの二階まで出たところで今度は一階へ降りる。そこが明治通り……右手に行けば宮益坂《みやますざか》の交差点下に出るから、そこを上がって行けば店の近くまで行けるだろう。ここから五分もかからないはずだ。

しかし実際には、十分近くかかった。そもそも、宮益坂を歩いて登るのに体力を使いきり、途中、郵便局の前で道路を横断したところで一休みせざるを得なくなってしまったのだ。マスクが辛い季節になったせいもあり、顎まで引き下げて小憩する。郵便局の一階がコンビニエンスストアなので、お茶でも買って水分補給したいぐらいだった。しかし約束の時間が迫っている。

何とか田川よりも先に店に着いた。ビルの一階にある店で、外に長テーブルが二つ置いてある。ここが一応、テラス席ということだろう。通りが多い道路に面しているのだが、連休の最中とあって通り過ぎる車も人も少ない。すぐ近くの交差点で白バイが一台待機しているのが見えたが、あれは交通機動隊の隊員だろう。スピード違反の車を捕まえようと、手ぐすね引いて待っているに違いない。あるいは白バイ隊員の変装をした総務部の人間が、ひそかに田川を警護しているとか……妄想《もうそう》だ、と松島は笑ってしまった。警視庁はそこまで暇ではない。

二列に並んだテーブルの、道路から遠い方に陣取る。テーブルには灰皿が載っていた。田川はかなりのヘビースモーカーだったが、まだ煙草を吸っているのだろうか。

「お待たせ」

約束の時間ちょうどに田川がやってきた。スーツ姿で、ネクタイだけ外したクールビズ仕様。そう言えば彼の私服姿を見たことは一度もないが、ネクタイさえ外せば私服、とでも考えているのだろうか。しかしよく見ると、仕事用とは言えない、淡いベージュ色のコットンスーツである。これにパナマ帽でも合わせると、ヨーロッパのリゾートに行ってもおかしくないだろう。今時は、こういう格好で海辺の休暇《きゅうか》を楽しむ人もいないだろうが。

「何にしますか？」松島は訊ねた。

「アイスコーヒーにしましょうか。今日は暑い」田川がマスクを引っ張って、口元に空気を導き入れた。たまにこうしないと、息ができない感じになることもある。

田川はアイスコーヒー、松島はアイスティーを頼み、一息ついた。

「本当に一人なんですか？」松島はつい訊ねた。

「どうして」

「そこに白バイが停《と》まっていたので、警備かな、と」

「まさか――」

彼が声を上げて笑ったタイミングで、目の前の道路を一台の車が猛スピードで走り抜けて行った。次の瞬間には、白バイのサイレンの音が、静かな街の空気を切り裂く。田川が笑みを浮かべたまま言った。

「ほら、ただの交通警戒でしょう」

「副総監が一人で外出っていうのが、信じられないので」

「この立場になっても、プライバシーはあるよ……で、今日は？　松島さんが取材していることについては、俺は何も言えませんよ。他の県警の話だ」

「倉橋さんについてはどうですか？」

田川が無言でコーヒーを啜《すす》った。その最中にも、松島の顔から視線を逸らさない。こちらの真意を読もうと、あれこれ考えているようだった。

「倉橋さんがどうかしたかな」

「田川さんと何年違うんでしたっけ」分かってはいたが、松島は敢えて聞いてみた。

「向こうが二年先輩」

「接点はありましたか？」

「あるような、ないような……机を並べて一緒に仕事をしたことはないね」

「倉橋さんは、警察庁を出て、さらに権力に近づく道を選んだんですね。四十代後半になって、自分には長官や総監の芽がないと悟《さと》ったんでしょう？」

「ずけずけ言うねえ」田川が苦笑した。「そういうのは、俺たちの内輪でも話さないことですよ。暗黙の了解で進む話だから」

「官僚的な嫌らしさですな」松島は冗談《じょうだん》めかして言ったが、昔から胸に抱いていたこの批判は本物だ。

「しっかり職務を全うするわけじゃなくて、人事の慣例に従って自分の行く末を決める」

「生涯《しょうがい》一記者の松島さんとは違いますか」

二人は微妙な笑みを交換した。田川は警察官僚機構のほぼトップにまで上り詰めているが、年齢、それに先輩後輩との関係を考えると、ここで終わりになる。警察庁長官、警視総監の芽はない。

「生涯一記者とか張り切ってたせいで、だいぶくたびれてきましたけどね」

「千葉の件は、ちょっと調べてみたけど、私に言えることはないね」

「まったく絡《から》んでないんですか？」

「ないです」田川がアイスコーヒーを啜った。「こういうのは巡り合わせでね。どんなに重大な事件でも、そこを担当する部署にいなければどうしようもない」

「噂を聞くぐらいはあるでしょう。警察官は噂が大好きだ」

「噂、ねえ」

「今私が聞いているのは、最初に殺人事件が起きた時に千葉県警にいた刑事部長と捜査二課長が何か事情を知っている、という噂です」

「その二人が？　誰でしたっけ」

「捜査二課長が倉橋さんで、刑事部長が飯岡さん」

「倉橋さん、ね」

階級が上の飯岡に対してではなく、倉橋に対して反応したことに、松島は留意した。もちろん、年次が離れた先輩よりも、近い先輩のことをよく知っていてもおかしくはない。しかし田川の短い言葉には、倉橋に対する微妙なニュアンスが透《す》けて見えた。

「この件は、捜査がストップしました」

「ストップって……」

田川が顔をしかめる。初めて聞く不祥事に軽い怒りを覚えている振りを装《よそお》っているが、実際には自分が知っていることはとうに把握しているだろうと松島は確信していた。警視庁副総監ともなれば、どこかへ電話を一本かければどんな情報でも簡単に把握できる。自分もそんなネタ元を欲しい、と松島は切実に願った。

「やめたんです。やめたというか、真面目に捜査しなくなった。犯人は分からないままで、結局時効成立です。どういうことですかね」

「それは私に聞かれても困る」真顔で言って、田川が首を横に振った。

「じゃあ、勝手に話します。それで判断して下さい」

「判断するかどうか、保証はしないよ」

「構いません」うなずき、松島は続けた。「この捜査が、どういう理由でストップしたかは分かりません。誰か不利益を被《こうむ》る人がいたのは間違いないでしょうが、それが誰かも分かっていない。しかし、殺人事件の捜査をストップさせるぐらいの力があるのは、相当立場が上の人間としか考えられない。そういう人間が警察に影響力を及ぼそうとする時、現場の人間には頼らないような気がします。上の方——つまりキャリア組の上司に圧力をかけるか、頭を下げる方が、話が早いでしょう。その後は……『捜査をやめろ』と露骨に命令することはないでしょう。だいたいこういうのは、阿吽の呼吸というか忖度《そんたく》で、下の人間は上司の真意を悟って意図通りに動く。つまりこの件では、捜査の手を緩め、犯人を捕まえないことにした」

「そういうのは、あなたの想像の中だけの話じゃないのかな」

「いえ」

松島は短く否定して、田川の反応を見た。まったく平然としている。太い黒縁眼鏡《くろぶちめがね》の奥の目にも変化はない。昔からポーカーフェイスというか、本音が読めない人ではあった。

「実際に、現場ではこの状況を怪しく思う声があった。ただし、それこそ上に忖度して、反乱を起こすことはなかったんです。子どもが一人死んでいるのに捜査しない――クソ野郎揃《ぞろ》いですね」

「あんたはその頃……？」

「まさに千葉支局にいました。ただし本社に上がる直前で、県政取材をしていましたから、この件にはタッチしてなかったんです」

「千葉県政ね……要するに県庁の取材ですか」

「行政ネタとしての県庁取材と、後は選挙の準備ぐらいですね」

「なるほど」

「何か問題でも？」急に細かく聞いてきたのが気になった。

「いや、県庁のクラブっていうのはどういう仕事をするのかなと思ってね」

知らない振りをしているのでは、と松島は訝《いぶか》った。この男ぐらい経験を積んでいれば、新聞記者がどこでどんな仕事をするかぐらい、把握していそうな気がする。それとも、記者の仕事には興味がなくて、本当に知らないのか。

「ここからは想像ですけど、直接誰かから圧力、あるいは依頼を受けたのは、飯岡刑事部長か倉橋捜査二課長――あるいは二人同時だったかもしれません。倉橋さんも、この事件に最初から絡んでいなかったわけでもないんです」もらった古い資料をひっくり返していて気づいたことだった。「小学生の女の子が殺されたということで、当時は大騒ぎになった。三十年以上前ですから、今よりずっと事件記事の扱いも大きかったし、取材合戦も大変だった。それで倉橋二課長が、広報課と捜査一課を統《とう》括《かつ》するような形で広報担当を引き受けていたんです」

「それは、稀《まれ》にあるケースだね。直接担当じゃなくても、経験を積ませる意味もある」田川がうなずいた。

「私も経験したことがあります」松島はうなずいた。「警視庁時代に誘拐事件が起きた時です。捜査一課長は捜査に専念するということで、定時の会見は全て二課長が仕切っていました」

誘拐事件が起きると、被害者の身の安全を最優先するために、警察とマスコミの間には報道協定が結ばれる。マスコミは一切報道しない代わりに、警察側は捜査状況を逐一、隠さず広報するのだ。犯人逮捕か人質救出などで事件が解決し、協定破棄になるまで、定例会見が続く。

「広報は、警察にとっても極めて重要だからね。マスコミの皆さんとのつき合いは大事だということで」

「それ、本気で言ってます？」

指摘すると、田川がニヤリと笑った。アイスコーヒーを啜り、煙草を取り出す。

「まだ吸ってるんですか？　もう、警視庁の庁舎内で煙草なんか吸えないでしょう」

「そこは何とか」田川が煙草に火を点け、美味そうに煙を吹き上げる。外だし、松島はマスクをしたままなので、煙は気にならない。

「もちろん、倉橋さんは捜査を直接担当はしていなかった。しかしこの事件の『顔』でもあったし、中央とつながりもある。だから……誰か中央にいる人間が、部長と課長という二人のキャリアに何かを依頼した、と考えるのは不自然ではないでしょう」

「いや、かなり無理があるね」田川が指摘した。「材料が少な過ぎる。あんたの推理は穴だらけだ」

「倉橋さんは、そういうことをやりそうなタイプじゃないんですか？　誰かに——偉い人に頼まれれば、むしろチャンスと考えて多少の無理もしてしまうような」

「どうかな」田川が、煙の上がる煙草に視線を落とした。「先輩だけど、一緒に仕事をしたことはないんだ」

「倉橋さんは、時の権力に接近した。警察官僚でいるよりも、そういうやり方の方が自分に合っていると思ったからでしょう。あの人に、何か理想があるかどうかは分かりませんけど、権力のすぐ近くで自分の力を振るえるのは、それだけで快感じゃないですか」

「自分の仕事を全うすることは、我々の役目ですよ」

「それは、あくまで警察という枠の中での話なんですか？　警察キャリアとして仕事を始めたとしても、辞めるまでにはいろいろな職場を経験するでしょう。外務省に出向して、海外で勤務することもあるし」

「ずっと警察の中にいる人間の方が少ないかもしれない」

「そうですよね」

松島は身を乗り出した。風の流れが変わったのか、煙が松島の方へ流れ出したので、田川が煙草を灰皿に押しつける。

「倉橋さんは、どんな人なんですか？」

「無責任なことは言いたくないな」

「キャリア官僚は、警察庁——全国の警察全体で、五百人ぐらいしかいないでしょう。しかも独特の誇りが共通した仲間だ」エリート意識、という言葉は避けた。彼らは、特権階級と見られることを嫌う。本心では間違いなく、特権階級だと思っているのだが。

「まあ、『村』とも言われているからね」

「それは知ってます」松島はうなずいた。「だから、濃淡の差こそあれ、同僚や先輩・後輩の噂は耳に入ってくるでしょう。ましてや倉橋さんは、我々の大学の先輩だ」

「そうだね」田川が嫌そうに言った。

「権力に負けるタイプですか?」

「人間は、生きていく間にはいろいろ勘違いする」田川が二本目の煙草に火を点ける。また煙が松山の方へ漂い出したが、今度は気にしない。「誰かのために仕事をしてやれば、相手は恩に感じて何かで返してくれると期待することもある」

「ええ」普通に仕事をしていても、そういう見返りを求める気持ちはある。

「しかし何かしてもらった方は、案外恩を忘れているんだよね。動いてやった方も、しょうがないと諦《あきら》めるか、そもそもそんなことをしたのを忘れてしまう。ただ、中には、ずっと忘れないで取り立てする人間もいるんだよ」

「倉橋さんがそういうタイプなんですか?」

「そう。ずっと勘違いしてる。先輩のことをこんな風には言いたくないが、クソ野郎だね」

4

田川の強烈な批判——というより悪口は、ずっと松島の脳裏《のうり》に残っていた。キャリアの間でも、様々な意図が渦巻《うずま》いていることを改めて思い知る。田川は、いわゆる政治嫌いの人間なのかもしれないと思ったが、詳しく話を聞いていくうちに、そういうこととは関係なく、倉橋を嫌うのもさもありなんと思えてきた。

しかし倉橋は上手く利用できるのではないか。そして厳しい取材をするつもりなら、やはり誰か援軍が欲しい。

田川を半蔵門線の渋谷駅へ送ってから、松島は昌美に電話を入れた。出ない……買い物に夢中になっているのだろうか。どうしようかと思ってスマートフォンを手の中で弄《もてあそ》んでいると、折り返し電話があった。

「用事、終わったの？」

「ああ」

「今、スクランブルスクエアで買い物してるんだけど、どうしましょう」

「その買い物、終わりそうなのか？」昌美は昔から買い物が長い。結婚した頃は我慢してつき合ったのだが、あまりにも時間がかかるので、あるタイミングで「買い物のつき合いは勘弁してくれ」と泣きつき、それ以来昌美は買い物は自分一人で、あるいは娘たちと行くようになった。

「あまりいいお店がないから……もう終わりにしていいわ」

「夏海は？」

「一緒」

「じゃあ——今、五時半か、早めに皆で飯でも食わないか？　せっかくのゴールデンウィークなんだから」

去年のコロナ禍《か》以来——いや、自分の手術以来、家族一緒にどこかに出かけたことは一度もない。

自分は外で取材もしていたし、そのためにあちこちに行くことも少なくなかったが、昌美は基本的に、自宅近くでの生活を強《し》いられた。元々インドア派なので、それで精神的にまいってしまったわけではないが、かなり窮屈《きゅうくつ》な思いをしていたのは間違いない。いつの間にか、行く予定もないのに海外旅行のパンフレットを集め始めたりしたのだ。

「いいわよ」昌美の声がわずかに弾《はず》んだ。「何食べたい？」

「食べられるものは限られてるから、夏海に任せようか。あいつ、この辺の店、詳しいだろう」夏海は、渋谷にある会社に勤めているのだ。次女にすれば、今日は自分がよく知っている街で母親を案内している感じだろう。

「ちょっと待って」

ガサガサと音がして、昌美の声が消えた。少しして電話に戻って来ると、戸惑《とまど》ったような声で「ハンバーガーは？」と提案した。

「それは……まずいんじゃないかな」松島は腰が引けるのを感じた。「脂っこいやつは、ちょっと」

「任せてって言ってるけど」

「じゃあ、娘を信用するか」一食ぐらい脂にまみれたヘヴィな食事をしても、即死するわけではあるまい。そもそも、その手の食べ物――肉と脂――には食指が動かないのだが。

場所がよく分からないので、自分が今いる場所を告げると、そのままそこ――ヒカリエの地下三階から直結の地下鉄改札階――で十分後に待ち合わせ、と決まった。そこからなら、夏海お勧《すす》めのハンバーガーショップにも近いという。

ハンバーガーねえ……昔は散々食べたものだ。特に最初の千葉支局時代は。とにかく忙しく動き回らなければならなかった駆け出しの頃は、ファストフードのロードサイド店に何度もお世話になったものだ。車で乗りつけ、十分で食事を終えてまた走り出す。時にはテークアウトして車の中で食べることもあり、放《ほう》っておくと後ろの床はハンバーガーの包み紙などですぐに汚れてしまったものだ。その頃もうつき合っていた昌美を車に乗せると、露骨に嫌な顔をされたこともある。

夏海に会うのは、今年の正月以来だった。本当にうちの娘どもは、一度家を出ると実家に興味をなくしてしまったようだ。そんなものかもしれないが、微妙に侘《わび》しい。

夏海は地下通路を迷わずさっさと歩き、二人を案内した。この辺の地下街は歩いたことがないので、娘がどこへ向かおうとしているのかさっぱり分からない。どんなに複雑で、しかも変化し続ける街でも、毎日働いて飯を食べていると様子を覚えてしまうのだろうか。

長いエスカレーターで地上に出ると、ちょうど渋谷中央署の向かいだと分かった。ここも新しいビルで、上を見ると、歩道橋が大きな交差点の四方につながっている。二人が先ほどまでいたスクランブルスクエアからは、歩道橋を使っても来られるようだ。その方が便利そうな感じもするが、夏海は渋谷駅周辺の複雑さを考慮して、松島が迷わず待ち合わせできるように気を遣ったのかもしれない。

「ここは?」夏海に訊ねる。

「渋谷ストリーム」

「ああ、ここが……」渋谷駅周辺の再開発のニュースを聞く中で、名前だけは知っていたが、来るのは初めてだった。ほとんどオフィスのようだが、一階から四階部分には飲食店も入っているようだ。夏海は二人を、LEDの飾《かざ》りが派手《はで》に輝く階段の脇、一階に店を構えるハンバーガーショップに誘った。窓は完全に開け放たれていて換気は完璧《かんぺき》だが、外の席が空いていたので、夏海はそこへ座った。その辺を歩く人に見られているようで落ち着かなかったが、まあ、すぐに慣れるだろうと自分に言い聞かせる。

「パパは、ハンバーガーはＮＧね」

「何だよ、ここ、ハンバーガーショップじゃないか」ここまで歩いてくるうちに、何とか気持ちを奮い立たせてハンバーガー気分に合わせていた。

「ハンバーガーは体によくないでしょう？　料理は私が選ぶから」

「介護してくれるつもりか？」

「それを言うなら看病でしょう」

思わず笑ってしまった。夏海は昔から反応がいいというか、頭の回転が速い。言い返す言葉が当意《とうい》即妙《そくみょう》で、子どもの頃からよく笑わせてもらった。

夏海は、松島用にターキーサンドウィッチを選んだ。なるほど……同じ肉でも、七面鳥なら脂肪分はほとんどないだろう。パサパサしそうだが、アボカドとチーズも挟んであるので、多少はしっとりするはずだ。つけ合わせもフレンチフライではなくマッシュポテト。何だか病院食のような感じがしないでもないが、娘のチョイスなので素直に受け入れる。

夏海自身は、お勧めの赤い星がついたダブルチーズバーガー、昌美は大口を開けて食べたくないというのでハムとチェダーチーズのサンドウィッチを頼んだ。飲み物は、全員がレモネード。

「パパも、ビールぐらい、いいんじゃない？」夏海が少し心配そうに訊ねる。

「ビールよりレモネードの方が健康的だよ」アルコールが欲しい気分でもなかった。やはり体調が変化すれば、食べ物、飲み物の好みも変わってくるのだろう。

「お姉ちゃん、大丈夫だった？」注文を終えると、すぐに心配そうに切り出す。

「大丈夫って、何が？」

「パパ、お姉ちゃんの婚約者と会ったんでしょう？　相当ヤバかったって聞いたけど」

「ヤバいって、どういう意味だ」

突然、昌美が声を上げて笑った。

「パパがあんなに怖い顔をしたの、久しぶりだったわ」

「まさか」まったく記憶にない。穏《おだ》やかに談笑しただけではないか。

「いつ爆発するかって、心配でしょうがなかったわ」

「覚えてないな」

「鈍いわね」

「そんなはずない」無意識のうちに怖い顔をしていたのだろうか。

「お姉ちゃん、相当心配してたわよ。彼が泣きそうになってたって」

「あれぐらいでダメージを受けるようじゃ、橙子の婿《むこ》としても新聞記者としても駄目だな」

「そんなこと言ってるから、ビビっちゃうんでしょう」

「そうそう。歳なんだから、少し丸くならないと」昌美が同調する。

「俺は昔から、そんなに刺々《とげとげ》しい人間じゃないよ」

「昔のパパ、もっと全然怖かったよ」夏海があっさり言った。「少し丸くなっても、普通の人の二割増しで怖いわね」

「そうか……せいぜい気をつけるよ」夏海の言う通りかもしれない。昔だったら、「父親を馬鹿にするな」と怒鳴《どな》りつけていただろう。病気のせいで自分は弱気になっているかもしれない、と情けなくなる。

　夏海が頼んでくれたターキーサンドウィッチは美味かった。肉は予想通りさっぱりしているが、アボカドとチーズがボリューム感をつけ加えている。マッシュポテトは……こんなものを食べたのは、いつ以来だろう。妻と娘がつまんでいるフレンチフライはいかにも美味そうだったが、脂分は避けること、と必死で自分に言い聞かせる。

ボリュームたっぷりで、半分食べただけでもう腹が一杯になってしまう。それでも松島は、頑張って完食した。どうしても食欲は戻らないのだが、しっかり食べておくのは何より大事だ。褒《ほ》めて欲しいぐらいだと思ったが、昌美と夏海はお喋りに夢中になっていて、松島の皿が空になったことに気づいていない。

先ほどまで、田川とギリギリの神経戦——抽象的な言葉のぶつけ合いと探り合い——をしていたのでささくれだっていた気持ちが、ゆっくりと落ち着いていく。こういうのも、もう少しだ。一段落したら、自分には家族との穏やかな日々が待っている。これまで顧《かえり》みてこなかった家族にたっぷりサービスし、人生の後半を楽しんでいきたい。

生きていれば、だが。

こうやって取材に走り回っているうちにも、病魔は体を蝕《むしば》んでいく。時間との勝負だ。そして、残された時間が短ければ短いほど、人は闘志を燃やせるのではないか?

大型連休はまだ二日残っている。世間の連休に合わせて松島も休みを取っているから、地元の柏に張りついていなくてもいい。そう判断して、松島はまた東京へ向かうことにした。田川は別れた後で、いくつかの情報を伝えてくれたのだ。

行き先は三河島《みかわしま》。常磐線で柏から一本なので、車ではなく電車を使うことにする。柏支局に来てからは、車移動が普通になっていたのだが、松島はやはり車の運転がそれほど好きではない。それに体にも自信がなかったから、電車で行けるなら、その方がいい。

田川が後で伝えてくれた情報によると、飯岡は複数の会社の顧問を歴任した後、七十歳で完全に引退した。その際に、三河島駅前に完成したばかりのタワーマンションを終《つい》の住処《すみか》に定めたようだ。七十歳で新しいマンションに入るのも無駄——いつまで暮らせるか分からないのに、と松島は首を傾《かし》げたが、実際に行ってみて、何となく飯岡の意図が理解できた。上階は住居なのだが、下の方の階にはクリニックと処方箋《しょほうせん》薬局が入っている。これなら、医師と看護師が常駐の、高級老人ホームに住むのとさほど変わらないだろう。夜は仕方ないが、昼なら何かあってもすぐに病院に駆けこめる。何より三河島駅のすぐ近く——歩いたら十秒だ——という場所も、歳取ってからは最高ではないか。自分で車を運転しなくなったら、駅が近いのが何より助かる。

駅に降り立ち、飯岡が住むタワーマンションを見上げながら、松島は初めて訪れたこの街の空気を味わった。東京で働く新聞記者も、都内のあらゆる街を知っているわけではない。むしろ知らない街の方が多いぐらいで、松島も三河島に来たことは一度もなかった。「国鉄・戦後五大事故」の一つに数えられる多重衝突事故——死者百六十人の大惨事だった——の現場というイメージしかなかったが、実際に駅前に立ってみても、その事故を思い起こさせるものは何もない。駅前から南北に延びる尾竹《おたけ》橋《ばし》通りの両側に気さくな店が建ち並ぶ、親しみやすい街だった。

ここを訪ねることは、飯岡には通告していない。田川は電話番号まで調べてくれたのだが、事前に話して逃げられても困る。こういう微妙な取材の時にはいつも迷うのだが……事件の渦中《かちゅう》にいる人の場合、電話を入れずに直接訪ねても、記者が来たことが勘で分かるのか、居留守を使われることがままあった。そういう時には、名刺の裏に「ご連絡いただきたい」と一文を残して郵便受けに入れていくのだが、それで電話がかかってきたことは一度もない。松島の——社会部出身者の感覚だと、初対面で平気で取材を受け入れてくれる人は一割もいない。そういう点で、政治部の記者は本当に楽だと思う。政治家というのは、基本的に目立ちたい人種なのだ。新聞記者に話すのを生きがいにしている人もいる。もちろん、必ず本当のことを話すわけではないのだが。

部屋は五階にあった。タワーマンションで五階というのは、不動産価値は高くないかもしれないが、足腰が弱ってきている七十代の人にとっては、低層階の方が安心できるのだろう。

「さて」短く言って自分に気合いを入れる。記者生活三十六年になるとはいえ、こういうシチュエーションでは未《いま》だに緊張する。

オートロックのインタフォンで部屋番号を呼び出す。高齢の夫婦だから家にいるのではないかと想像していたが、それは当たり、力強い男の声で「はい」と返事があった。

「東日新聞の松島と申します」

「東日……」明らかに戸惑いが感じられた。現役時代は散々取材を受けたはずだが、もう遠い過去の話になっているのかもしれない。

「はい、東日です。飯岡さんですね？」

「……そうですが」

「少しお話を聞かせていただきたいことがあります。お会いできませんか？」

「取材ということですか」

「もちろんです」

沈黙。しかしインタフォンは切られていない。迷っているのは明らかで、何か強い一言があればこちらへ引き寄せられるのではないかと思ったが、ここは黙って待つことにした。相手は警察庁のトップ近くまで上り詰めた、プライドの高い人間のはずである。こういう人に対しては、絶対に強く出てはいけない。相手が下手《したて》に出るのに慣れているはずだから、その枠で——向こうの土俵に上がって戦おう。

「辞めた人間が話せることなどないと思うが」

「いえ、是非ともお話しさせて下さい」

「部屋では話はできない」

「外でも構いません」

またも沈黙。こちらの取材意図を想像しているのだろう。しかし千葉・埼玉の事件のこととは思ってもいないはずだ。松島は所属を名乗っていない——取材の狙いを事前に悟らせないための、少しずるい手だった。

「部屋で話はできない」飯岡が繰り返す。

「下でお待ちしています。近くで話せるところがあると思います」事前に調べてきて、JRの北口、南口にそれぞれ何軒か喫茶店があるのを見つけていた。何故かチェーンのカフェは見つけられず、昭和の香りを残すような、松島好みの喫茶店ばかりが目についた。

「分かった。少し待っていて下さい」

五分が経過した。逃げられたかと心配になったが、年寄りは外へ出る準備にも時間がかかるだろう。あと一分経《た》っても降りてこなかったら、もう一度インタフォンを鳴らそうと思った時、目の前のドアが開いた。一歩前に出て声をかける。

「飯岡さんですか」

飯岡が無言でうなずく。七十代後半にしては背が高く、目の位置は松島の頭の天辺《てっぺん》あたりにある。綺麗《きれい》に銀色になった髪を撫でつけ、非常に上品な雰囲気を醸《かも》し出していた。顔の下半分はマスクに覆われているので、表情ははっきりとは窺《うかが》えない。しかし銀縁の眼鏡の奥の目は、いかにも鋭い感じだった。濃紺のシャツにグレーのズボンという格好で、シャツの胸ポケットからはスマートフォンが少しだけはみ出している。

「松島です」

飯岡がまたうなずいたが、こちらを値踏みしているような目つきなので、どうにも落ち着かない。

「この辺で、お茶でも飲みながら話しませんか？」

「いや、この建物の脇に、座れる場所がある」

外か……今日は程よく春らしい陽気なので、特に不快なことにはならないだろう。何より本人の希望だから、ここは受け入れておかないと。

マンションとJRの高架の間が、歩行者専用の道路になっている。しかし地面はタイルが複雑な模様を描いて敷き詰められ、植栽もあって、細長い公園のようになっていた。ゴールデンウィークのせいか、人の姿はない。

飯岡はその中ほどまでゆっくりと歩き、木製のベンチに腰を下ろした。まずいな……隣り合わせに座ることになるので、相手の顔を見て話せない。しかし、上手く対面で話せるような場所もないので、松島は仕方なく話を始めた。

「東日の柏支局の者です」

名刺を差し出すと、飯岡が指先で摘《つま》むように受け取った。たぶん、マスクの下では唇が歪んでいるだろう。

「千葉からわざわざ？」

「三月の末に、埼玉と千葉にまたがる、連続女児失踪《しっそう》・殺人事件の記事を書きました。最初の事件は、飯岡さんが千葉県警の刑事部長だった時代に起きています」

「昔の事件を掘り起こそうとしているのか」

「事件そのものというより、どうして解決しなかったか、です。我々は、一連の事件が同一犯によるものではないかと見ています。最初の殺人事件で犯人が捕まっていれば、ここまで被害は拡大しなかったかもしれない。当時、捜査が中途半端《はんぱ》に終わってしまった理由を教えてもらえますか？」

「あなたは、警察がサボっていたような言い方をする」

「サボっていた、という表現はよくないかもしれません。捜査に手心を加えたと言うべきでしょうか」

「殺人事件で？」飯岡が驚いたように言った。「それはあり得ない。殺人事件は、あらゆる事件の中でももっとも重大なものだ。何があっても絶対に、未解決にしてはいけない」

「分かります。刑事畑をずっと歩かれた飯岡さんにすれば、当然のお考えかと思います。では、どうして解決しなかったんでしょうか」

「私が離任した時点では、まだ捜査は動いていた」

「比較的早い段階で、捜査に実質的にストップがかかったと聞いています。その辺の事情を、飯岡さんが知っているという情報があるんですが」

「馬鹿な」飯岡が低い声で吐き捨てる。

「馬鹿な……というのは、何も知らないという意味ですか」

「話すことは何もない」飯岡が立ち上がりかける。

「いったい誰が圧力をかけてきたんですか？　県警内部に問題があったのでないとすれば、誰かから頼まれたとしか考えられない」

飯岡が体の力を抜き、またベンチに腰を落ち着ける。この年齢にしては堂々としているように見えたのだが、急に体が萎《しぼ》んでしまったようだった。マスクをずらしてゆっくり深呼吸すると、背中を丸める。

「仮に県警内部の人間が犯人だったら、と考えました。警察官も罪を犯します。その場合、隠蔽《いんぺい》よりも問題の警察官を切る方が、自然でしょう。私は前後五年、警察庁を担当して、全国の警察の不祥事を見てきました。不祥事を隠しがちな県警と、そうではない県警がありますよね。千葉県警は本来、内輪の人間を庇《かば》って犯罪を揉《も》み消すようなことをする体質ではない」

そういう問題で大きなトラブルを起こしたのが神奈川県警だ。過去の不祥事で損なわれた信頼は、未だに回復されていないと言っていいだろう。

「あなたは警察庁の担当だったんですか」

「ええ。たまたま、飯岡さんとは被っていないんですが」

「私は……あの事件が起きた時には、まだキャリアの半《なか》ばだった」

「ええ」松島は姿勢を正した。

「警察庁の担当をしていたならよく分かっておられると思うが、まだ選別が始まる前だ。私は警察庁の中で、キャリアを全うするつもりでいた」

つまり、トップ——警察庁長官か警視総監を目指していたわけだ。あの頃彼は、まだ四十代。自分が脱落する立場に立たされているか、まだ上へ行ける状態にあるか、見極めるには早かっただろう。

「つまり、トラブルは避けたかったんですね？」

「地元の警察官は、我々を『無事に送り出す』とよく言うね」飯岡が皮肉っぽく言った。

「在職中、トラブルなく、できれば手柄の一つも立てさせて、無事に次の職場に送り出したい——それは、ずっと地元で警察官をやっている人たちの思いやりだと思いますよ」

「分かっている。ただし我々も、それにあぐらをかいているわけにはいかない。何かあったら自分が盾《たて》になって、地元で一生懸命市民のために尽くしている警察官を守る、という意識がある」

「あなたは脅《おど》されたんですね?」松島はずばり指摘した。「上からの要請を受け入れないと、地元に重大な被害が及ぶ。それを避けるために、殺人事件の捜査を実質的に閉じることにした」

「そんな命令はしていない」

あくまで命令ではない——抽象的な言葉で示唆《しさ》しただけだろう。部下はその言葉を忖度して、捜査本部の隅々にまで「ストップ」の意識が広まった。

「金ではないと思います。金や利権ではないと」

「失礼な」飯岡は本気で怒っているようだった。「我々は、そういうことでは動かない」

「動かれたら困ります」

「あなたは……だいぶ図々《ずうずう》しい」

「もうすぐ定年ですから、今さら誰かに怒られても何とも思いません。しかも私は持病を抱えていますから、この件をきちんと記事にできるか、私が死ぬか、どっちが先かの勝負です」

ふと、飯岡の強い視線を感じた。ちらりと横を見ると、まじまじと松島の顔を見ている。

「病気か……そういう話が本当かどうかは分からない」

「そんなことで嘘をついたら、バチが当たりますよ。この病気で苦しんでいる人は、世の中にたくさんいるでしょうから」

「それは……」

「申し上げることでもないでしょう」

「病気は辛いな」ふいに、飯岡の口調が弱くなった。

「何か、ご苦労されたんですか」

「病気がなければ、私のキャリアは全然違うものになっていたかもしれない。あなたは、定年近くで病気になって、これからどうするんですか?」

「まったく分かりません」松島は肩をすくめた。「手術していますし、この先どうなるかも分からない。定年になる前に死ぬかもしれませんね。いろいろ考えていたことはありますけど、一つも叶《かな》わない可能性もある。だから今、やれることをやっておきたいんです」

「正直に言えば、病気の話には心を揺さぶられる。ただ、私にはあの当時の事情について、言えることは特にない」

「倉橋さんですね」松島は指摘した。「当時、捜査二課長だった倉橋さん。今は総理秘書官」

「人によって、権力の捉《とら》え方は様々だ」突然飯岡が話を変えた。

「倉橋さんも、最初から政権中枢に入ろうと思っていたかどうかは分かりません。しかし今は、究極の権力の中枢にいますよね。政治家を裏から操るような仕事だ。黒子の方が本当の権力を行使できる——そんな風に考えていたんでしょうか」

「彼は、我々一般の警察庁職員とは、少し変わった考えの持ち主だった。そう、国家と国民に奉仕するという、警察庁職員に特有の考え方ではなく、権力に接近するための手段としてあの仕事を選んだのかもしれない」

「彼には、無茶な要求でも受け入れるだけの理由があったんですね? 見返りがあったから。違いますか?」

「育ちの悪い人間が権力を持つと、ろくなことにならない。彼の悪評は、あなたも聞いているのでは?」

急に倉橋批判が始まって、松島は戸惑った。「育ちが悪い」というのは、あまりにも強烈な言い方ではないだろうか。確かに、倉橋が幼い頃は、まだ日本全体に貧しさの――現在の貧しさとは別種の貧しさがあったのは間違いない。彼が生まれたのは一九六〇年、つまり、終戦からまだ十五年しか経っていなかったのだから。

「この件を攻めるなら、私の所へ来るのは筋違いだ」

自分に責任はないと言い逃れするつもりだろうか。しかしここで言い合い――彼に対する批判はできない。喋っている相手の腰を折るのはNGだ。

「倉橋さんを攻めるべきですか？　だったらなおさら、飯岡さんに事情を話していただきたい。あなたが倉橋さんのすぐ近くにいたのは間違いないんですから」

「私ではない。あなたは当たりどころを間違っている」

「では、誰なんですか」

「その人物はもう死んでいる。つい先日、亡くなった」

「まさか……」松島の脳裏に、すぐに小野の顔が浮かんだ。「自殺した野田署長ですか？」

「残念なことをした」飯岡が眼鏡を外し、指先で目尻《めじり》を拭《ぬぐ》った。かつての部下の自死に衝撃を受けている？　いや、よく見ると、皺《しわ》の多い彼の顔には、涙は見えなかった。

「小野さんが、当時捜査本部に入っていたのは知っています。捜査二課長は、指揮命令系統から外れた相手だったと思いますが」

「二課長が当時、広報担当をしていたことは知っているか？」

「ええ。一課長や署長が捜査に専念するためのサポート、でしたね」

「二課長が広報を担当するために、捜査一課の若手の刑事がサポートについた。それが小野君だ。私も話したことがある。前途有望な若い刑事だったよ」

「彼は何を知っていたんですか？」

飯岡が黙りこむ。知らないのか、知っていて黙っているのかは判断できない。しかし小野の死が、彼にある程度の衝撃を与えたのは間違いないようだ。

「今だから言いますけど、あの事件の前から、小野さんと私は知り合いでした」小野は、自分も捜査していたと言っていた。広報担当だったことは、わざと隠していたのだろうか。

「ネタ元、というやつか」

「実際にはネタをもらったことは一度もなくて、ただの呑み友だちだったんですけどね……彼は、野田署で今回の殺人事件の捜査を指揮していた。三十三年前の流山と同じ、小学生の女児が犠牲になった事件です。その最中に自ら死ぬというのは——私には動機が想像もつかない。つかなかった。でも今は、何となく想像がつきます」

「話してみたらどうだ？」

「小野さんは、三十三年前の事件の捜査がどうして手抜きになったか、その後各地で起きた女児の行方不明事件、殺人事件がどうして起きたかについても、知っていたんだと思います。もしかしたら、犯人を特定していたかもしれない。しかし捜査はできない。しかも東日が連続した事件として記事にしてしまったので、追いこまれたように感じたのかもしれません。うちの記事のネタ元と疑われ、責任を感じていた可能性もある。普通、警察は新聞への情報漏れをそれほど気にしませんよね？」

「それは事件の質による」

「警察も、自分たちが扱った事件が大きな記事になれば、嬉しいはずです。でも、絶対に秘密にしておいて、書かれたくない事件もある。この連続事件は、その最たるものじゃないですか？」

「そうかもしれない」

「どういうことなんですか？　三十年以上も、おそらく同じ犯人が子どもを誘拐したり、殺したりしているんですよ。その間、千葉県警も埼玉県警も、ろくな捜査をしていなかった。それほど長く、捜査に影響力を与えられる人がいるんですか？」

「倉橋は、コミットできる立場にあったんじゃないか？　途中までは警察官僚として、今は総理秘書官として」

「彼が事件を潰していたんですか？　誰のために？」

「彼に直接聞きたまえ」飯岡が両手で軽く腿《もも》を叩いた。そのままぎゅっと腿を摑み、立ち上がる。今度は躊躇《ちゅうちょ》せず、素早い動きだった。

「私は全てを知っているわけではない。知らないことの方が多い。全てを知るなら、彼に聞くべきだ」

「誰が倉橋さんを動かしていたか、ヒントをもらえませんか？　手ぶらで倉橋さんに当たるわけにはいかない」

「私には何も言えない」

「飯岡さん――」

「失礼する」飯岡が目礼する。眼鏡の奥の目が、一瞬柔らかくなった。「体には気をつけて下さい。病気の辛さは、私もよく知っている」

自分の体を蝕むがんも、今日は役に立ったと言っていいかもしれない。しかし飯岡は疑わなかったな、と不思議に思った。もしかしたら飯岡が苦しんだ病気もがんだったのかもしれない。部位は違っても、がん患者は、別の人間ががんなのか、見抜けるものなのだろうか。

どうせなら、目の前で倒れて見せてもよかったな、と思う。それぐらいやれば、彼ももっと情報を明かしてくれたかもしれない。勘だが、飯岡は真相を知らないわけではなく、ただ隠しているだけだ。本当に倉橋が中心になって捜査をねじ曲げたとしても、上司の刑事部長であった飯岡が何も知らないということはあり得ない。

もう一押しすべきだったな、と悔いる。昔だったらやっていたかもしれないが、今はどうしても集中力が途切れがちだ。

松島はゆっくりと胃の辺りを撫でた。こいつのせいで助けられたとも言えるが……もう少し頑張れよ、と自分に気合いを入れる。

第八章　成り上がり者

1

古山は今まで、政治部の記者と話したことは一度もなかった。地方支局にいると、そもそも本社の記者と一緒に取材すること自体、ほとんどない。松島にくっついて取材したのが唯一の経験だった。支局の先輩である黒崎《くろさき》は現在、政治部の与党担当。ゴールデンウィーク中で国会の動きも止まっているせいか、ランチの時間に会うのを了承してくれた。しかし気は重い……夜の時間を指定されなかったのでほっとする。黒崎は酒が大好きで、しかも酒癖《さけぐせ》が悪いのだ。宴会ではいつも後輩たちに絡《から》んで嫌われていた。セクハラ体質でもあり、特に女性記者からの評判が悪かった。二十代の頃《ころ》からそうだったから、三十代になった今はどうなっているだろう。

待ち合わせたのは、赤坂《あかさか》にある中華料理店だった。祝日で夕刊がないため、時間は午後一時。平日なら、夕刊に原稿を送るために、一時過ぎまでは身動きが取れず、現場の記者の昼食はだいたい午後一時半からになる。古山は気を遣《つか》って小さな個室を予約しておいた。ランチにしては大袈裟《おおげさ》なのだが、他人の目を気にせず話すにはこの方がいい。

黒崎は、約束の時間に五分遅れて現れた。久しぶり——三年ぶりに会うのだが、外見がすっかり変わっていて驚く。長身――たぶん百八十センチはある――は当然変わらないが、横幅が二倍ほどにも広がったようだ。本社勤務の方が、食事の時間も不規則で運動不足になりがちだから、あっという間に太ってしまったのだろうか。顔もパンパンに丸くなって、むくんでいるようにも見える。

「今日は休みか?」長袖《ながそで》のTシャツにジーンズという軽装の古山を見て、黒崎が訊《たず》ねた。

「ええ」

「社会部も、ゴールデンウィークには休みが取れるようになったのか。すごいな」

「黒崎さんは仕事ですよね」

「一応、な。今日は原稿は出ないと思うけど」黒崎が背広の上を脱いで、隣の椅子《いす》の背に引っかける。

「お前、異動直前に派手にやらかしたな」

「やらかしたって……」古山は思わず苦笑した。「別に、不祥事《ふしょうじ》を起こしたわけじゃないですよ」

「勲章《くんしょう》を胸に本社へ栄転ってか?」

相変わらず口が悪い。というか、強烈な上から目線だ。政治部に行って、昔からの性癖《せいへき》が悪化したのかもしれない。取材対象の雰囲気《ふんいき》が記者に移るのもよくある話で、政治部の記者は妙に威張っている印象がある。だったら社会部はというと、「疑り深い」。

「こっちへきても、その件は話題にもなりませんよ」

「気をつけろよ」黒崎が真顔で忠告した。「皆、お前がどんな感じなのか、観察してるんだから。どれぐらいできる奴《やつ》か、注目の的なんだぜ」

「特に、そういう視線は感じませんけどね」

「鈍いねえ……」ニヤリと笑い、黒崎がメニューを取り上げた。「それで今日は、お前の奢《おご》りだよな?」

「そのつもりで来ました」

「じゃあ、定食にしておくか。ここ、それなりに美味《うま》いぜ」

「行きつけなんですか?」

「国会に詰めてると、外で飯を食うのは赤坂——この辺が多くなるからな」

黒崎が、店員を呼ぶブザーを押した。店員に、さっさとエビチリの定食を頼む。こっちはまだメニューも見ていないのに……仕方なく古山も同じものにした。

「で? 何が知りたい?」

「総理秘書官で、倉橋っていう人がいますよね」

「ああ」一瞬、黒崎の顔が歪《ゆが》む。「倉橋さんがどうした?」

「どういう人なのか、知りたいんです」

「そう言われても、何から話していいやら」

「もともと警察官僚ですよね」

「そうだな。十年以上前に、秘書官に引っ張り上げられたんじゃなかったかな」

「自分で希望して、そこへ行ったわけじゃないんですよね?」

「そんなこと、できないさ」黒崎が声を上げて笑う。「官僚は所詮《しょせん》官僚だからな。人事権を最終的に握ってるのは政治家だ」

「そもそも誰《だれ》かの引きだったんですか?」

「さあ……かなり昔の話だろう」黒崎がとぼけた。

「ちょっと調べてもらうことって、できます? 黒崎さんなら電話一本で済みますよね」

「お前、こんな図々《ずうずう》しい奴だっけ?」黒崎が呆《あき》れたように言った。

「経験を積めば、それなりに図々しくなります」

「まあ……いいよ。その件は後でな」

「普段、倉橋さんに取材することって、あります？」

「あるよ。そんなに頻繁《ひんぱん》じゃないけど」

「どんな人ですか？」

「腰は低いね――表面上は」

「裏表があるってことですか？」

「官僚なんて、誰でもそうだろう。特に総理秘書官ともなると、いろいろな顔を使い分けないといけないだろうからな。総理に対しては平身低頭、しかし官邸の実質的な責任者として、他の官僚や若手の政治家には厳しい顔で接してるはずだ」

「なるほど……」

「とはいえ、基本的には田舎者《いなかもの》だよ」

「田舎者って……今時、そんな言い方します？」ずいぶんひどい評価だ。

「あの人、岩手の出身なんだよ。沿岸部の小さな町で……どこだったかな？　すぐに名前も出てこないようなマイナーな町だ。それが東京の大学へ進学して、警察庁に入って、今や総理秘書官だ。出世街道一直線だけど、どこか田舎っぽい雰囲気が残ってる人なんだ」

「そういうの、抜けないんですかね」

「今も地元との結びつきがあるみたいだしね。別に、利益誘導してるわけじゃないだろうけどさ。東日本大震災でかなり被害が出たところだから、秘書官を受けたのはその対策だったのかもしれないな。ある意味、故郷に錦《にしき》を飾る感じだったんじゃないかな」

そこで料理が運ばれてきて、話は中断した。食べている最中は難しい話をしたくないのか、黒崎は支局時代の同僚や後輩の話題に切り替えた。次々と名前をあげていく——近況を語る口調には、どこか相手を馬鹿にしたようなニュアンスが滲《にじ》む。

適当に受け流しながら、古山はエビチリの定食を食べた。エビチリは相当辛いが、卵が入っているので多少は辛さが緩和されている。このタレだけでご飯が二杯食べられそうだなと思った時には、額《ひたい》に汗が滲んでいた。

中華スープに焼売《シユウマイ》二個、それに杏仁豆腐《あんにんどうふ》もついて千二百円は、この辺の平均価格だろうか。黒崎は食べるのも速く——だから太るんだと皮肉に思った——さっさと食べ終えるとまた店員を呼び出し、担々麺《たんたんめん》を追加注文する。

「定食の後で麺ですか？」古山は思わず目を見開いた。

「ここは、本当は担々麺が名物なんだよ。でもそれだけじゃ、ちょっと物足りないからな。まず、定食で腹を膨《ふく》らませてから本番突入だ」

「すごいですね……」このデブが、と罵《のの》しりの言葉が喉《のど》まで上がってきたが、何とか吞《の》みこむ。この人、絶対に長生きできないだろうな。

もう客の少ない時間のせいか、担々麺はすぐに出てきた。オレンジ色のスープに浮いたラー油の量は相当なもの……真夏だったら絶対避けたいメニューだ。古山はまだ定食を食べ終えていなかったので、さらにペースを落として、黒崎が担々麺を食べる速さに合わせる。とはいっても黒崎は、辛く熱いはずの担々麺を、冷やし中華でも食べるようなスピードで啜《すす》っている。

ほぼ同時に食べ終えた。黒崎はようやく満足したようで、定食の中で残しておいた杏仁豆腐に手をつけた。

「担々麵の後に杏仁豆腐は天国だね」実に嬉《うれ》しそうに黒崎が言った。

「そうですか?」古山は杏仁豆腐があまり好きではない。

「辛さと甘さのバランスが取れて、元に戻る感じなんだよ」

「なるほど」この人の感覚がよく分からない。腹を割って酒を酌《く》み交《か》わすことは一生ないだろうな、と改めて思った。

「さて……倉橋さんの件ね」

「ええ。元々警察官僚だった人が、官邸に引っ張られて、というのは特に珍しくない話ですよね」

「官邸から見ても、警察とのつながりは大事なんだろうな。もちろん、それで捜査を手抜きしてもらおうとはしていないだろうけど……政治家を捜査するのは、東京地検だからな」

「ええ」

「ただ、警察はインテリジェンスという点では、日本最高の機関なんじゃないか? 何しろ人が多いから」

「つまり、情報収集のために警察官僚が必要なんですか?」

「表も、裏もな」黒崎がにやりと笑う。非常に嫌らしい笑い方で、古山は背筋がぞくりとするのを感じた。しかしその瞬間、黒崎の左の薬指に結婚指輪がはまっているのに気づいた。この人、結婚したのか? いったいどんな女性が、こういう性格の悪い男と結婚しようと思うのだろう。

「野党の連中、それに与党の中でも反主流派の連中に対する監視は厳しいよ。そういう連中の地元でどんな噂《うわさ》があるか、摑《つか》んでおく必要もある。もちろんそういうことは、仕事の一部に過ぎないけどな。普段の仕事は、官邸と各省庁の連絡・調整だ。総理に進言することもある」

「各省庁から見れば、目の上のタンコブみたいなものですか」

「そうとも言える」

黒崎が爪楊枝《つまようじ》をくわえ、ぶらぶらと揺らした。この人は何というか、圧が強い昭和の記者という感じがする。今や令和なのに……どこかのクラブのキャップにでもなったら、部下は戦々恐々ではないだろうか。もっとも、今時こういうパワハラ体質は許されないから、そのうちつまずくかもしれない。部下から突き上げられ、梯子《はしご》を外されてそれで終わり。後は取材現場から追い出され、取材とはまったく関係ない仕事をしながら定年を待つだけではないか。

「まあ、抑《おさ》えが利《き》く人っていう感じだな。そういうタイプ、分かるだろう？」

「ええ」

「だから、官邸からも総理からも信頼が厚い。今や、政権にとっては手放せない存在だろうな」

「官邸の陰の権力者というわけですね」

「その権力をどう振るっているかは、俺《おれ》たちには分からないけど」

「しかし……ずいぶん長いですよね。この前の民自党政権時代から始めて、政友党政権でも、その後の民自党政権でもずっと総理秘書官って、すごくないですか」

「確かに異例だな。不偏不党という意味では、いかにも官僚出身者らしいけど」

「有能な人だからなんでしょうけど、それだけですかね？」

「ああ？」

「誰かの強い引きがある――本当の権力者に重宝されてるんじゃないですか？　それは今の総理じゃないですよね」

「そりゃそうだ。あの人は、ただの飾りだからね」

黒崎があっさり言ったので、古山は驚いた。東日の論調は保守寄りで、政権との距離が近い。その与党担当記者が、総理を揶揄《やゆ》するような言葉を吐くとは……もっとも、今の総理が「軽い」のは事実で、ネット上でもよく「神輿《みこし》に乗っているだけ」「空気総理」とネタにされている。民自党の本当の実力者たちから見ると、こういう政治家の方が担ぎやすいのかもしれない。見場はよく、演説は上手《うま》いが中身がない。選挙の度に堂々たる公約をぶち上げるが、それが成功する確率はどの程度なのか。

日本は不思議な国だとつくづく思う。内閣総理大臣が最高権力者というわけではなく、実際には、総理を担ぎ上げている人たちが、ほとんどのことを決めている——そういう体制だろう。倉橋もこの国を実質的に動かしている権力者の一人ということだろうか。

権力が欲しければ、政治家になればよさそうなものだが、倉橋はあくまで官僚でいる道を選んだ。若い頃から身近に政治家を見てきてその実態を知り、本当に自分が力を振るえる場を探していたのかもしれない。

なかなか厄介《やっかい》な人物なのは間違いなさそうだ。そんな人に正面から質問をぶつけて、まともに返事が返ってくるとは思えない。

「権力欲が強いのは、出自も関係しているんですかね」

「まだ日本が貧しかった時代に生まれた人だからねえ。俺たちみたいに、生まれた時から不況だったっていうのとは、また違うんじゃないかな」黒崎が妙にしみじみと言った。「昔はインフラも整備されてなかったし、東京なんか遥《はる》か彼方《かなた》の国みたいに見えたんじゃないか？　そんな環境で生まれ育った人が、自分の能力だけに頼ってあそこまで成り上がったんだから、大したもんだとは思うよ。そういう育ち方をしたからこそ、権力志向が強いのかもしれないけど」

「成り上がるためには、不法なこともすると思いますか？」

「うん？」黒崎が烏龍《ウーロン》茶の入った茶碗《ちゃわん》を取り上げ、顔の高さで止めた。「何かそんな情報があるのか？」

「あったら、黒崎さんは書きます？」

「どうかなあ。書くか書かないか決めるのは、俺じゃないし。だけど、人殺しでもしてない限り、スルーじゃないかな」

人殺しはしていないだろう。しかし、それに間接的に関与している可能性はある。

「そんな生臭い話があるのか？」黒崎が疑わしげに訊ねた。

「どうなるか、今取材しているところです」

「埼玉と千葉の件じゃないだろうな？　あれはもう、お前の担当じゃないだろう。支局の最後で一発当てたからって言って、いつまでもそれに拘《こだわ》ってちゃ駄目だぜ。支局のネタは所詮支局のネタで、本社では仕事の質が違うんだから」

「小さな女の子が何人も殺されて、それで犯人が捕まっていないんですよ？　とんでもない事件だ。支局も本社もないでしょう」

「社会部的な発想は俺には分からないけど、犯人探しをするのは筋が違うんじゃないか？　あくまで警察が捜査を担当して、記者はそれを伝えるだけだろう。お前、自分を映画か小説の登場人物だとでも思ってないか？」

黒崎は、人にネタを投げてもらうだけで満足しているのかもしれない。しかし、権力のある人間が何をしているのか、何を隠しているのかを独自に探り出し、必要なら自分たちで「立件」するのが記者本来の仕事だと思う。もっとも黒崎のように「御用聞き」こそが仕事だと思っている記者は、全体の九割ぐらいいるのではないか。こういう状況が続くと、記者は当局の道具になり下がってしまう。

「俺は、倉橋さんに取材できますかね」

「お前が?」黒崎が呆れたように言った。「無理、無理。社会部の記者の取材なんか受けないよ」

「黒崎さんがつないでくれても?」

「そんなことして、俺に何のメリットがあるんだ?」

「ここの飯、奢りですよ。成功報酬《ほうしゅう》は、もっと高いところでもいいです」

「何考えてるんだよ、お前……」黒崎が溜息《ためいき》をつく。「総理秘書官が一人になれるのなんて、家にいる時だけだ。夜回りはできるかもしれないけど、絶対に取材は受けないだろうな」

「それは、やってみないと分からないんじゃないですか?」

しばらく「できる」「無理だ」と言い合いが続き、古山は完全にむきになっていた。できないと言われると、絶対にやってやろうという気になってくる。黒崎はつないでくれないだろうが、必ず何か手はあるはずだ。

この話は結論が出ないまま続いて、古山もさすがに疲れてしまった。ぬるくなった烏龍茶を飲んで、喉を湿らせる。

「――倉橋さんは、これから何がしたいんですかね?」

「何だよ、その質問」呆れたように黒崎が言った。

「いや、最後に目指すところは何なんでしょうね。今から政治家になろうとしても、ちょっと遅いですよね」

「六十を超えてるからな。金も組織もないし、政治家への転身は難しいと思うよ。たぶん、ある程度の年齢になるまでは総理秘書官を務めて、その後はどこか美味《おい》しいところへ天下りって感じじゃないかな。総理秘書官までやった人なら、企業から大学から選び放題だろう」

「このまま上手く秘書官を続けられると思いますか?」

「たぶんな。でも……まあ、それはいいや」

「何ですか」古山は身を乗り出した。「中途半端《はんぱ》はやめて下さいよ。気になるな」

「俺の妄想《もうそう》だよ。忘れてくれ」

「だけど……」

「いいから。お前みたいに地べたを這《は》いずり回って取材している人間には理解できないこともあるのさ」

何を言っているのか。古山は、黒崎を思い切り睨《にら》みつけた。さすがに言い過ぎたと思ったのか、黒崎が拳《こぶし》の中に咳払《せきばら》いする。

「倉橋さんは、誰とつながっているんですか？　総理と直接？」

「いや、総理は担がれているだけだから」

「民自党の中に、誰か倉橋さんを買っている人が他にいる？」

「正確にはいた、かな」

「もう辞めた人なんですか？」

「桂木一郎《いちろう》」

「誰ですか？」

「おいおい」黒崎は呆れた。「桂木一郎と言ったら、平成の民自党の大立者だよ。幹事長、政調会長、副総裁を歴任。民自党が政権に復活できたのは、桂木の手腕だって言われてるんだぜ。千葉の代議士だ」

「マジですか」

「隣の県の代議士ぐらい、覚えておけよ」

そんな暇はない。そもそも古山は県政を一度も担当しなかったから、政治家を取材する機会もほとんどなかった。埼玉県選出の代議士の名前を全部言えと言われたら、三人ぐらいで詰まる。

「その人が、倉橋さんを警察庁から引き抜いたんですか」

「そう言われてる」先ほどはとぼけていたが、黒崎はあっさり認めた。「どういう経緯でそうなったかは分からないけど、いろいろ重宝だったんだろうな」

「桂木さんは、いつ辞めたんですか」

「前々回——民自党が政権に返り咲いた選挙が最後だ。二〇一四年の選挙には出ないで引退して、息子に引き継いだ」

「結構な歳《とし》だったんですか?」

「引退表明した時に七十八……かな?」黒崎がスマートフォンを取り上げた。桂木一郎の経歴を検索したらしく「そう、七十八だった」と言ってうなずいた。

「まだ健在なんですかね」

「ウィキペディアには、死んだとは書かれてないいな」

そんなものに頼るなよ、と古山は呆れた。記者になって、支局に赴任する前にしばらく本社で研修をしていたのだが、最初に言われたのが「ウィキペディアを引いて記事を書くな」だった。ウィキペディアはかなり正確ではあるものの、裏が取れない内容もある。何かを調べる時は、まず記事データベースで。それを元に、話を聞ける人間を探して裏を取っていくこと。

なるほど——新聞の矜持《きょうじ》ここにあり、と密《ひそ》かに嬉しくなったものだが、実際には新聞記事にも間違いや曖昧《あいまい》な部分も多い。さすがに、本人に直接確認している人物データベースには、致命的な間違いはないと思うが。

「政友党政権時代にも総理秘書官を務めていたというのが、よく分からないんですが……」

「官僚っていうのは、どんな人間が政権を握っても関係ないんだと思うよ。極端な話、日本が共産主義国家になっても、政権を支えると思う。日本の官僚は、共産主義政権でこそ真の力を発揮しそうな気もするけどな」

皮肉もたいがいにして欲しい……しかし、イデオロギー色がないという黒崎の説明には納得がいった。上にどんな政治家が来てもしっかりサポートし、自分の能力を全面的に提供する。そうしながらも、自分が理想とする筋をしっかり押し通す。日本の官僚はそういうものではないだろうか。もっとも今は、人事権を完全に握られているので、ただ上の顔色を窺《うかが》い、ひたすら忖度《そんたく》しているだけだとよく批判されているが。古山は中央官庁の役人を取材したことがないから、本当かどうかは分からない。

いずれにせよ、倉橋が優秀で、政治家にも高く評価されているのは間違いない。しかし古山の頭には疑問が残った。

「倉橋さんは、基本的にずっと警察庁にいた人です。他の官庁への出向はなかった。桂木さんは、どこで倉橋さんを引っかけたんですかね？　桂木さんは、警察庁と何か関係があったんでしょうか」

それこそ、警察キャリアOBの政治家もいる。あるいは国家公安委員長として、警察庁に関《かか》わる政治家もいる。

「ウィキペディアで見た限り、直接の接点はないいな」一人納得したように、黒崎がうなずく。

「そうですか……」

「まあ、会うようにアレンジするのは難しいけど、倉橋さんのことを調べるぐらいはできるよ」

「お願いします」古山は頭を下げた。実際に会えるか、会えるとしてもいつになるかは分からないが、それまでにできるだけ情報を集めておいて損はない。

二人分のランチと担々麵の料金を払い、店の前で黒崎と別れる。赤坂駅の方へ向かって歩き出した瞬間、古山は突然、別の名前に思い至った。

いや、別の名前ではない。

桂木——桂木恭介。永幸塾の怪しい講師として、松島が名前を割り出してきた男。

2

「代議士?」松島が甲高い声を上げた。

「千葉に、桂木大吾《だいご》という代議士がいるでしょう」

「ああ、二世だな。今は大抜擢《だいばってき》されて官房副長官……そいつがどうした」

「永幸塾の講師の名前。桂木恭介ですよ」

「ああ?」短く言って、松島が絶句した。すぐに、気を取り直したように話を続ける。「……そいつが桂木大吾と何か関係あるのか?」

「分かりません。年齢的には桂木大吾ではなく、その父親の桂木一郎の息子——つまり桂木大吾の兄弟かもしれません」

「裏は取れてるのか」松島の声が尖《とが》る。

「いえ。単なる想定です」話しているうちに自信がなくなってきた。桂木というのも、それほど珍しい苗字《みようじ》ではないし。

「人物データベースは調べたか? 現役でも辞めた人でも、政治家なら必ずデータが残っているはずだ」

「人物データベースには、家族構成までは記載がないんですよ」

「そうか……いや、裏は取れないでもないな。政治家なら、候補者登録カードに必ず家族情報も書いてもらうから」

「そうなんですか？」

「何だい、君は登録カードも作ったことがないのか？」松島が呆れたように言った。

「たまたまです」言い訳めいて聞こえるかもしれないと思いながら、古山は言った。「この前の総選挙の時って、俺はまだ警察《サツ》回りで、候補者の取材をすることはなかったんです。その後も、解散風は全然吹いてないじゃないですか」

「まあ……そうだな。とにかくそれは、こっちで調べられる。しかし、何でこの名前が引っかかってきたんだ？」

「倉橋さんの取材をしていて、偶然にです。倉橋さんを、警察庁から総理秘書官に引き抜いたのが桂木さん――桂木一郎さんだったようです」

「なるほど。二人の関係は？」

「それははっきりしていません。それこそ周辺取材をするか、本人たちに直当《じかあ》たりしないと、どうしようもないでしょう」

「分かった。まず俺の方で登録カードをチェックしてみるよ。何か分かったらまた連絡する――それと、これも俺の勘なんだけど、この件の中心人物は飯岡じゃなくて倉橋だったんじゃないかな」

「どうしてそう思います？」

「飯岡に会ったんだ」

「ええ？」古山は思わずスマートフォンを握り締めた。「会えたんですか？　夜回りで？」

「いや、昼間」松島が軽く笑った。「もう引退した人だからな。自宅を訪ねて行ったらすぐに会えたよ」

「よく話ができましたね」どんなテクニックを使ったのだろう、と古山は感心した。

「まあ、そこは何とか……責任逃れみたいなものかもしれないけど、彼はこう言っていた。『倉橋は、コミットできる立場にあったんじゃないか。途中までは警察官僚として、今は総理秘書官として』……どう思う？」

「三十三年前の事件にコミット、ということですかね」

「その話の流れで出てきた台詞《せりふ》なんだ」

松島が指摘するように、責任逃れの感じがしないでもない。当時は飯岡が刑事部長で倉橋が捜査二課長。階級的にも年齢的にも、倉橋から見れば飯岡は絶対的な存在だったはずである。飯岡から倉橋に指示が降りてくるなら分かるが、倉橋が何かを画策して、直属の上司である飯岡に許可を求めたというストーリーはあまり想像できない。

「この線は、俺の方でちょっと調べてみる。君は、倉橋に会えそうか？」

「政治部の先輩に仲介《ちゅうかい》を頼みましたけど、やんわりと断られました」

「だろうね」松島が皮肉っぽく鼻を鳴らした。「政治部のイエスマンたちが、総理秘書官が不利になるような取材を仲介するはずがない」

「松島さん、何でそんなに政治部を嫌ってるんですか？」松島はこれまでも会話の端々に、政治部をディスる言葉をしばしば挟んできた。

「君らの年代だと想像もできないかもしれないけど、昔は社会部もそれなりに力があって、政治部や経済部とは、よく正面から喧嘩《けんか》してたんだよ」

「他の部と喧嘩？　マジですか？」古山は目を見開いた。

「政治部や経済部は、自分の取材先を守ろうとしがちなんだ。よほど大きなスキャンダルだったら別だけど、そうじゃなければ、大義のためには取材先に都合の悪い記事は潰《つぶ》してもいいと思ってる。それを暴きたい社会部と、本気で喧嘩することもよくあったよ」

「ちょっと信じられないですね」

「まあ、昔話だ……俺の方でも倉橋に取材する方法を考えるけど、君も頑張れよ。どうやら君は、ほとんどの記者が死んでも手に入れたいと思っているものを持っているのかもしれない」

「そんなもの、あるんですか」

「運」

やけに健康的な笑い声を上げて、松島は電話を切ってしまった。運って……そんなの、記者としての能力とは何の関係もないではないか。

そして運は、使えば使うほど減っていく感じがする。今のところ、自分は確かに運に恵まれてこの件の取材を進めてきた。その運は、まだ尽《つ》きていないのだろうか。それとももう、底が見えているのだろうか。


連休最終日。古山は社会部へ来てから初めての貴重な二連休を終えようとしていた。初日は黒崎と話して、その後調べ物をしたり、松島と打ち合わせをしたりで一日が終わってしまった。せめて最終日ぐらいは、何とかプライベートのために使いたい。

というわけで、休みの日には珍しく頑張って早起きし、午前中一杯をかけて、引っ越しの後始末をようやく終えた。昼飯を食べに行く途中で、冬物のスーツをクリーニング屋に出し、午後も洗濯《せんたく》、掃《そう》除《じ》と、寝に帰るだけの空間をできるだけ快適にする努力を続ける。
フル回転で家の雑用を済ませたので、すっかり疲れてしまった。洗濯機を回しているうちに、ソファでついうたた寝してしまう。洗濯の終了を告げるブザーで目が覚めた——いや、そのブザー音に別の音が混じる。スマートフォンにメールが着信したのだと分かった。
寝ぼけた頭を振って意識をはっきりさせ、床に放《ほう》り出してあったスマートフォンを取り上げる。まったく予想していなかった相手、本郷響だった。

本郷です。
その後いかがでしょうか。お会いできれば幸いです。

一瞬、混乱した。このメールは何だ？　まるでこちらの取材の進捗《しんちょく》状況を確認するような感じではないか。答える義務はないのだが、彼女の情報で取材が動き出した恩もある。それにどうせ、今夜も一人だ。響は秘密主義が過ぎる感じはするのだが、奇跡が起きて打ち解けられたら、話して面白い相手になるかもしれない。

古山です。
おかげさまで取材は進んでいます。その件で御礼《おれい》もしたいので、会うのは大歓迎です。今日はお休みでしょうか。

すぐに返信が来た。もしかしたらデスクに張りついて仕事中で、ずっとパソコンの画面を睨《にら》んでいるから返信が早いのだろうか。

十七時に、この前の恵比寿の店でどうでしょう。

伺います、と返信してから、古山は洗濯物を干しにかかった。今は、午後三時。恵比寿の店までは三十分見ておけばいいから、浴室乾燥をかける時間的余裕もある。干し終えて、古山は出かける準備を始めた。せっかく夏服を出したのだし、今日は少しこざっぱりとした格好で行こうか。そう、去年買ったシアサッカーのスーツでも……。

十歳も年上の女性作家にいい顔を見せたいと思っている自分に気づき、古山は何だか奇妙な気分になった。

響は、前回とは違う、淡いブルーというか、青にグリーンが混じったような色のワンピース姿で店に現れた。今日はストローハットはない。

「お休みなのに、ごめんなさい」響がさっと頭を下げる。

「いえ……今日は洗濯と掃除をしてただけですから」

「ゴールデンウィークなのに？」響が小首を傾《かし》げる。

「独身男のゴールデンウィークなんて、こんなものですよ」古山は肩をすくめた。「ようやく引っ越しの荷物も全部片づきました……今日は何にしますか？　またハンバーガーですか？」

「今日は……」響がメニューをさっと見た。「ステーキにします。肉の気分なので」

「じゃあ、私はハンバーガーにします。ここの名物ですよね」

「お勧《すす》めです」響がにこりと笑った。

この前とは微妙に雰囲気が違う。もしかしたら自分は響の「テスト」に合格したのだろうか。彼女は自分の正体を隠すために高い壁を張り巡らせているが、許されたごく少数の人間は、その中に入れるのかもしれない。

「この前、気づきましたね」

「……メモですか。ありがとうございます」古山は頭を下げた。「正直、回りくどいやり方だと思いましたけど」

「ジョン・ル・カレ的な？」

「ああ」スパイ小説の大家だ。古山はスパイ小説は好きでよく読むのだが、ル・カレはあまり好みではない。「分かります」

「真似《まね》できそうにないけど、ル・カレは尊敬してます。八十歳を過ぎても取材して、時事ネタを作品に盛りこんでいますからね」

「この前のあれは、ル・カレの小説の真似事なんですか？」

「メールもメッセンジャーも便利ですけど、本当に大事な情報をやり取りする時には使えません」響が真顔になった。「直接会っている時に、証拠が残らない形でやり取りするのが一番安全です。もちろん、会っているところを誰かに見られたらアウトですけど」

「完全に安全な方法はない、ということですね。とにかく、あの情報は役に立ちました。構図が見えてきた感じがします。それで、倉……Kさんが黒幕だったんですか？」

イニシャルトークは面倒臭いものだが、響もすぐに受け入れることにしたようだ。真顔でうなずく。

「当時何があったか、私は正確に知りません。でも、常軌《じょうき》から外れたことがあったら、伝説として残るんです」

「本郷さんは、千葉にいたことがあるんですか」

「いえ」

「もしかしたら、一度も地方に出ていないんじゃないですか？　出ていたら、新聞に人事の記事が載っていたはずです」データベースに名前がない——それが謎《なぞ》だった。

「体に問題があったんですよ」響が右手で胸を押さえた。「今は上手くコントロールできてますけど、昔は薬が欠かせなくて、地方での激務には耐えられない——そう判断されました。悔しかったですね。最初からつまずいたような感じで」

「千葉に赴任したことがないんだったら、どうしてその情報——伝説を知ったんですか？」

響が無言でうなずいた。これまでとは明らかに態度が違う。絶対的に避けていた自分のキャリアの情報を、あっさり認めたのだ。とはいえ、完全に気を許したとは思えないから、慎重《しんちょう》にいかないと。

「Kさんと接触はあったんですか？」

「いえ、直接は。古い人から噂を聞いていただけです」

古山は頭の中で素早く計算した。現在六十一歳の倉橋が総理秘書官に転身したのは、四十八歳の時。十三年前——二〇〇八年だ。響はそれ以前にこの「伝説」を聞いていたのだろうか。

「一つ、確認させて下さい」

古山は人差し指を立てた。響は何も言わないが、気にせず続けることにした。彼女の反応は、演技なのか自然なのか、人とは微妙にずれている。しかし、それを気にしていては話を進められない。

「噂を聞けば、Kさんがとんでもない人だということはすぐ分かると思います。真っ当な正義感の持ち主で、しかも利害関係がないとしたら、私に話してくれる気になったのも、理解できないではない。

でも、それだけだと動機として弱くないですか？」

「他に何かあると？」響が小首を傾げる。

「どうなんですか？」

堂々巡り、禅問答を続けるつもりだろうかと古山は訝《いぶか》った。彼女が何も言おうとしないので、こちらからさらに質問をぶつける。

「何か、許せないと思うことが、他にもあったのでは？」

「小説の話をしましょうか」

「はい？」

「こういう設定です。時期は二〇一一年三月十一日、場所は警察庁です。主人公は刑事局で働いている若手官僚で、この日は東日本大震災に関する情報収集で忙しく、帰宅できずにいた」

彼女は自分のことを語っている、と分かった。古山はうなずき、先を促した。響が、古山の右肩付近を凝視《ぎょうし》したまま続ける。

「既に午前二時ぐらいになっていました。間違いなく徹夜《てつや》で泊まりこみになると分かっていたので、その人は少しだけ休憩《きゅうけい》することにしました。トイレで仮眠ですね――嘘《うそ》だと思います？」

「いえ、私もやったことがあります」

新人時代のことだ。意識して眠ったわけではないが、座っているうちに二十分ほどうたた寝してしまったのだ。響がうなずき、続ける。

「ほんの十分ぐらいでしょうか。トイレを出た時、ふと気配に気づいて、反射的に柱の陰に身を隠したんです。そこで二人の男が話しているのを聞いてしまった」

「小説から離れてリアルな話をすれば」古山の頭の中で、彼女が話す「小説」と現実がつながる。

「その前日、埼玉県の松伏町で、小学校三年生、九歳の女の子が行方《ゆくえ》不明になっています。今も見つかっていません」

「二人はちょうどその話をしていました。というより、片方が命令していた感じです」

「内容は？」

「あなたが想像している通り」

「一生懸命捜索をする必要はない、ということですね？　東日本大震災への対応が、ちょうどいい言い訳になる。あの時は、被災地以外の県警も大変だったんじゃないですか」

古山の言葉に、響が素早くうなずいた。顔には、はっきりと嫌悪感《けんおかん》が浮かんでいる。

「後で調べて、話していたのが誰かは分かりました。命令を受けていたのは刑事局の然《しか》るべき立場の人物です。命令していたのは――」

「Kさんですね。外で別の仕事をしていたのに、わざわざ直接命令を下しにきた」大震災への対応中、総理秘書官の仕事を放り出して警察庁へ？　いや、警察庁との連絡役をしていたのかもしれない。そのついでに――。

「信じられませんでした。本当にそんな命令を――捜索をやめるように命令する人がいるなんて。でも、Kさんには千葉県での伝説がある。話を聞いた人物は、自分で状況を調べ始めました。でも、一人では上手くいかなかった。逆に、調べていることを嗅《か》ぎつけられて、圧力をかけられたんです。それで嫌気がさして、警察を辞めてしまった」

「そして数年後、作家になった」

「それは余計です」響が忠告した。

「失礼しました」古山はさっと頭を下げた。彼女はあくまで、自分のことではなく「仮の話」として進めたいらしい。だったら、徹底してつき合ってやろう。「その人は、辞めた後、Kさんについてどうにかしようとは考えなかったんですか」

「手がなかったんですね。その人にも生活がありました。母校へ戻って教え始めて、何とか生活を軌道に乗せました。ただ、その問題を忘れたことは一度もなかった」

「早い段階でマスコミに話すことは考えなかったんでしょうか」

「マスコミも、この件に巻きこまれていたんじゃないですか」響が指摘した。「警察の圧力に負けた人もいたと思います。だから、あなたが事件をほじくり返すまで、まったく字にならなかったんでしょう」

「圧力を受けた記者がいたんですか?」自分も同じだ。もしも……今回の本社への異動がなかったら、古山も忠告を受け入れて、記事にしなかったかもしれない。どうせ本社へ異動してしまうのだから、最後の置き土産《みやげ》として思い切って書いてしまおう、という意識があったのは間違いない。今後、以前事件を担当していた記者たちに厳しく話を聞かなければならないかもしれない。

「具体的なことは言いませんけど、警察がマスコミを抑える手はいろいろあります。それはあなたもよく知っていると思いますが」

「認めます」古山はうなずいた。「いずれにせよ、この件は三十年以上も埋もれていたわけです。真相に気づいたのはあなたが——その人が初めてだったかもしれない。どうして今になって、話す気になったんでしょう」

「いつかは何とかしたいと思っていたんでしょうね。そこへあなたがやってきた。取材は、いいポイントをついていた。これを利用しない手はないと考えてもおかしくないでしょう。正義は行われなければならないんです」

運ばれてきた料理は、いつの間にか冷えていた。古山が「取《と》り敢《あ》えず食べませんか」と勧めると、響がステーキにナイフを入れる。小指の先ほどに小さく切って口に運んだが、「肉の気分」と言っていた割には嬉しそうではなかった。

古山は巨大な——分厚いハンバーガーを袋に入れた。ぎゅっと押し潰すと、ソースが思い切り垂れて、袋から溢《あふ》れ出そうになる。慌てて齧《かじ》りつくと、肉々しいパテの歯応《はごた》えが強烈過ぎて、バンズの存在感はほとんど感じられない。野菜もたっぷり入っているので、これだけで完全食という感じである。しかし食べにくい……こういうのは、皿に戻したら負けだと判断し、黙々と食べ続ける。半分ほど食べて、袋に入れたままそっと皿に置く。慎重に食べたはずなのに、手がべとべとになっていた。

見ると、響のステーキはほんの少し減っているだけだった。

「小説の話はやめましょうか」彼女の方で切り出す。

「その方がありがたいです」古山は即座に同意した。

「私は、正義のために警察庁に入ったわけではないんです」

古山は眉《まゆ》をひそめ、唇を引き結んだ。この突然の打ち明け話の真意は何だ？　依然として響は微笑を浮かべたままで、本音が一切読めない。

「国家公務員になる——それは、大学へ入った時に決めていたことでした。どうせ仕事をするなら、できるだけ大きいところで、ということです」

「国のために、国民のために奉仕する」

「国民のために、国のために、です」響が順番をひっくり返して訂正した。「青臭いかもしれませんけど、官僚の多くはそういう感覚を持って入庁してきます。とにかく自分の力を試すためには、対象は大きい方がいい、ということですね。私は警察庁を選びました。お金の計算をするよりは性に合っていると思ったので」

「ええ」

そういえば、彼女の小説はどこか回りくどい表現が特徴だったな、と思い出した。響の存在を知ってから、結局シリーズ作品を全部読んでしまったのだが、時々、なかなか結論が出てこない文章に出くわしてイライラしたものだ。前置きがやたらと長く、だらだらと描写や会話が続く。結果、不思議とミステリアスな雰囲気が出てくるのだが。

「そういう気持ちで警察庁に入るのは、不純でしょうか」響が訊ねる。

「いや」否定してから、古山は一瞬考えた。「私が知っている警察官は、ほとんど地方採用です。統計を取ったわけではないから正確には分かりませんけど、彼らが警察官になった理由は、第一が安定した公務員職だから、だと思います。親が警察官なので、同じ道を選んだ人も少なくないですよね」

「採用する方としても、警察官の子どもなら身元も間違いない、ということですね」響がうなずく。

「採用試験では、本当の人間性を見抜けるわけではないでしょうから、ある程度の担保があった方が安心でしょう」それでも一定の割合で不祥事が起きるのだが。

「安定した仕事をしたかったのも本音です。Kさんとは育った場所も時代も違いますけど、私の実家も決して裕福ではないので」

まだKさんなのか、と思いながら古山は二度、首を縦に振った。

「Kさんは、岩手の小さな町の出身だと聞いています」

「実家は農家で、だいぶ苦労されたようですね。本人も贅沢《ぜいたく》は望まず、ひたすら勉強して立身出世の道を邁進《まいしん》した——昭和の後半には、そういうのはまだ普通だったんでしょう。私も、少なくとも実家には迷惑をかけたくなかった。できたら経済的に少しは援助したい。そのためには、業績で給料が左右される民間企業ではなく、国家公務員が一番でした。革命が起きて政府の体制が一変でもしない限り、雇用は保証されますからね」

金儲《かねもう》けより安定か……実際には、国家公務員の給与はそれほど高いわけではない。特に若手から中堅にかけての時期は、同年代のサラリーマンより低く抑えられているぐらいだ。ただし、そういう「奉公」の時代を終えると、人生の後半には「天下り」という美味しいご褒美《ほうび》が待っている。天下りを何回か続けて、その度に退職金をもらう「辞め太り」で老後の生活を安定させる人もいる。批判を受けて、今ではそういうことはあまりないはずだが。

「私の動機は不純なものだったかもしれません。でも、仕事をしているうちに、警察官僚としての面白さに目覚めたのも事実です。現場で汗を流すわけではなくても、現場の警察官が動きやすい環境を作ることも、大事な仕事でしょう」

「もちろんです」

「でも……Kさんのような存在を知ってしまった。あの人は、警察官僚という立場を、自分の出世や利益のために利用したんです」

一度タガが外れると、響の批判は止まらなくなった。彼女が倉橋から圧力を受け、結局辞めざるを得なくなった後、さらに正義感が高まってきたことも分かった。

「公務員志望だったあなたが、どうして作家になったんですか?」一気にまくしたてた彼女が少し疲れた様子だったので、古山は話題を変えた。今聞く必要はない話だが、気分転換も必要だろう。

「元々は文学少女だったんですよ」急に響の表情が柔らかくなる。「三十八歳になって少女もないでしょうけど、昔の話だから勘弁して下さいね」

「いえいえ……」反応しにくい話題を、と古山は苦笑した。

「国家公務員の試験は、勉強すれば何とかなるものです。でも小説を出版するには、『こうすればできる』という確実な方法はないでしょう？　だから、そういう夢は捨てていたんです。でも、警察庁を辞めた後は、そのキャリアを利用すればチャンスがあると分かりました。ちょっとずるい手かもしれませんけどね」

「元キャリア官僚が描く警察の闇《やみ》、ですか」彼女のデビュー作の帯に謳《うた》われた惹句《じゃっく》だった。「確かにそれなら話題になりますよね。覆面《ふくめん》作家を選んだのも、読者を惹《ひ》きつけるための作戦ですか？」

「結果的にそうなったかもしれませんけど、自分の身を守るためでもあったんです」

「倉——Kさんにばれたら、何か問題が起きる可能性もある」古山は指摘した。

「そうです」響が認める。「デビューして何年も経《た》ちますから、もうそういう心配はないと思いますけど、私は今もKさんを許したわけではありません。彼は、自分の権力欲のために正義をねじ曲げた。絶対に許されることではありません。だから——」

「だから？」

「彼を潰して下さい。徹底的に。それが、正義を実現する道なんです」

3

古山が引っ張ってきた材料は大きかった。これで、一連の事件の背景は明らかになったと言えるだろう。松島は若い記者の頑張りに感心しながら、自分も負けてはいられないと気持ちを奮い立たせた。

といっても、その後の仕事にはそれほど労力を要したわけではない。まず、千葉支局の県政担当者に頼んで、桂木の候補者カードを確認してもらう。桂木一郎、その地盤を継いだ長男の大吾、それぞれのカードに「桂木恭介」の名前があった。一郎にとっては次男、大吾にとっては弟になる。

この情報を得て、松島は県警キャップの諸田と話した。

「代議士の息子が犯人ですか？　いやあ……」諸田は最初から疑わしげだった。「それはどうなんですかね。そもそも、塾の講師の桂木恭介とこの桂木恭介が同一人物かどうかも分からないでしょう」

それを言われると痛い。候補者カードの家族欄には、それぞれの職業までは書いていないのだ。

「どうだろう、そこを調べてもらうわけにはいかないか？　君の方には何か伝手《つて》があるだろう」

「まあ、できないこともないでしょうけど……」

「君ぐらい優秀な記者なら、電話を何本かかけるだけで情報が取れるはずだ」こういうのは好きではないのだがと思いながら、松島は諸田を持ち上げにかかった。「ただし、警察にも政治関係者にも知られてはいけない」

「かなり難しい注文ですよ」

「俺は君の力を信じてるよ。それに、ここでもう一押し――この事件の真相を書ければ、君にも本社への道が開けるぞ」

この言葉はかなり強い刺激になるはずだ。彼と同期の古山は、特ダネを置き土産に本社へ上がって行った。しかし諸田には、まだ異動の話がない。特ダネを飛ばせば必ず本社へ上がれるわけではないのだが、弾《はず》みにはなる。そういう記者は、必ず注目を集めるのだ。

「まあ……記事が書ければ悪い話じゃないですよね」渋々といった感じながら、諸田が認めた。「ちょっと探ってみます」

「頼む。今は君が頼りだ」

電話を切って、一息つく。柏支局には自分一人……ゴールデンウィークも終わり、美菜は朝から取材に出ていて、今日はここに顔も出していない。お茶が飲みたいなと思ったが、湯を沸《わ》かすのも面倒臭かった。ゴールデンウィーク中にたっぷり休んだはずなのに、まだ疲れている。

松島はのろのろと立ち上がり、支局の外へ出た。支局が入るビルの一階には、自販機が何台か並んでいるのだ。そこでペットボトルのお茶を買い、階段で二階にある支局へ戻る。一階分上がるのにも苦労し、踊《おど》り場で一休みせざるを得なくなった。呼吸が乱れ、腿《もも》がきつい。ペットボトルの蓋《ふた》を開け、冷たいお茶を一口飲んで、何とか体を落ち着かせた。

階段を上がるのに苦労するようでは、本当にこの先が思いやられる。やはりさっさと入院して手術を受け、体調を万全にしてから復帰すべきではないか？　いや、手術となれば、復帰には相応の時間がかかるだろう。主治医も、今度は一ヶ月程度の入院を覚悟してくれ、と言っていた。一ヶ月入院している間に、この取材は終わってしまうかもしれない。

それは嫌だ。手をつけた以上、最後まで自分で見届けたい。

窓に近づき、外の風景を眺《なが》めた。国道十六号線に面したこの支局は、どこへ行くにも便利なのだが、立地的には味気ないとしか言いようがない。駅から少しだけ外れたこの辺りには見るべきものもなく、目の前を車がひっきりなしに走っていくだけだ。外環道の開通などで交通の流れが変わり、十六号線の慢性的な渋滞は緩和されるのではと言われていたのだが、松島の感覚では開通以前とほとんど変わらない。結局この辺は、郊外というか田舎なのだろうかとも思う。公共交通網も充実しているのに、多くの人が移動には車を使う。自分もその一人なわけだが。

階段一階分の残り半分をようやく上がり切り、自席につく。常時ついているテレビ——チャンネルは必ずＮＨＫに合わせてある——をぼんやりと見ながら、お茶をちびちびと飲んだ。体力は仕方ないにしても、気力まで失われてしまった感じがして怖い。治療と仕事のバランスを考えたが、すぐに行き止まってしまう。

いやいや、駄目だ。病気を抱えていると、心まで蝕《むしば》まれる。あれこれ考えているうちに他のことが考えられなくなり、大事な時間を奪われてしまうのだ。

こういう時は、とにかく動くに限る。今の松島には、動くにも限界があったが。

まず、古山が引っ張り出してきた情報について検討するため、三十三年前に発生した千葉市の汚職事件に関する記事を調べる。松島は県政担当で、この件には直接タッチしていなかったし、事件が弾《はじ》ける直前に本社に異動になったので、詳細はまったく知らなかった。

逮捕されたのは環境局の幹部で、ゴミ処理を巡り、業者から現金百万円を受け取っていたというものだった。まあ、地方の汚職としては中レベルというところだろう。首長にまで捜査の手が伸びることは滅多《めった》にないのだ。知事が逮捕されるとなると、これはもう県政史上に残るスキャンダルになる。そこまでのレベルの事件だと、警察ではなく検察主体になるのも普通だ。

事件の概要を頭に叩《たた》きこんだところで、松島は羽田《はだ》に電話をかけた。

「続報がないな」羽田がいきなり、きつい一発をかましてきた。

「どうも、だらしない話で申し訳ありません」自分が入院していた事実を明かす必要はないだろう、と松島は判断した。その話をすると長くなりそうだし、いかにも年寄り同士の会話っぽくて悲しくなる。

「これで終わりなのか?」

「いえ。犯人が捕まっていませんから。それで今日は、関連で教えていただきたいことがあるんですよ」

「何だ?」羽田の声は大きい。耳が不自由になってきているのかと思う。他人の声が聞き取りにくくなると、自分も大声で喋《しゃべ》るようになるものだ。

「三十三年前のサンズイです」

「三十三年前？　千葉市のサンズイだな？」羽田の記憶ははっきりしているようだった。

「ええ」

「それは、今回の件とは全然関係ないんじゃないか？」

「事件としては、ないでしょうね。サンズイとしても中規模だ。初報が夕刊社会面で二段の扱いですから」

「そんなものだろう」羽田の声にはあまり力がなかった。彼の記者人生の中でも、強烈に記憶に残るようなものではなかったということか。

「この件なんですけど、端緒《たんしょ》は何だったんですか？」

「うん？」

「捜査はどうして始まったんですかね」

「それは、垂れ込みだろう。こういう事件は、だいたい垂れ込みがきっかけだ」

「ですね……一般の捜査員が、情報収集の過程で垂れ込みを受けたという感じですか？」

「いや、違うと思う」羽田が自信なげに否定した。

「だったら、どういうことだったんですか」

「おかしな筋から垂れ込みがあったという噂があったんだ。おかしな筋というか、本来捜査する立場じゃないような人間が垂れ込みを受けた」

「二課長、ですね」松島は指摘した。

「知ってるのか？」

「今のは勘です」

「確かにそういう噂だった。おかしいとは思ったけどな……キャリアの二課長なんか、県警にとってはただの若いお客さんだ。黙って判子《はんこ》を押すだけで、捜査の指示もしないのが普通だからな。ましてや、自分で街に出て捜査するなんて、あり得ない」

「ただ、絶対に垂れ込みを受けないというわけではないでしょう。何か、独自の人間関係や情報のやり取りもあるかもしれない」

「話の上では——仮定の話ではあるかもしれないが、実際にはどうかな」羽田はこの件を疑っているようだった。

「羽田さんはどう判断しているんですか？　真偽《しんぎ》のほどは」

「あの二課長は、ちょっと変わってたからな」

「倉橋さん」

「ああ」

「どういう風に変わってたんですか？」

「何というか……本庁から送られてくる二課長はまだ若い。だいたい二十代だろう？　警察官としても官僚としても経験が少ない。だからだいたい、余計なことをしないで大人しくしてるものなんだ。ところが彼は、よく喋る男でね。もちろん事件のことは喋らないけど、それ以外は……何を喋ったかは忘れたけど、とにかくあまりいないタイプだった」

「今、総理秘書官なんですよ」

「そうなのか？」

「途中で転身したんですね。民自党の幹部から引き抜かれたようです」

「なるほど……本人は、警察庁ではもう上に行けないと思ったのかね」

「そういうことだと思います」

「権力が大好きなんだろうな。警察官僚の中にも、稀《まれ》にそういう人間がいる」

「その倉橋さんがサンズイのネタを摑んだ……あり得る話ですかね」

「思い出した。当時、こういう噂があったんだ」羽田が声を潜《ひそ》めた。自宅で話しているのだから、他人の耳を気にする必要はないはずだが。「政界筋からの情報が、二課長に渡ったんじゃないかってな」

「政界筋？」松島は首を傾げた。政治家も、情報を餌《えさ》に生きているような人種である。役所の汚職の情報が入ってきても、おかしくはない。しかしそれを警察の耳に入れるとは考えにくかった。いや、何らかの狙《ねら》いがあって――それこそライバル陣営にダメージを与えるためとか――警察を利用しようとした可能性もあるのではないか。

三十三年前の一件は――褒美？

その想像が、松島の頭の中でどんどん膨らんでいった。誰かが、それこそ桂木一郎本人が、殺人事件の捜査に手を抜くよう、倉橋を動かした。そのかなり無理な頼みを聞いてもらった見返りとして、桂木は汚職のネタを流した――あり得ない話ではない。実際今も、諸田が同じような目に遭《あ》っている。

「その件、裏、取れますかね」

「それは無理だろう。話が古過ぎる」羽田がすぐに否定した。「この件が、例の記事とつながっているのか？」

「あるいは」

「おいおい――」

「突拍子《とっぴょうし》もない想像だと思われるかもしれませんが、突拍子もないことが起きることこそ、事件なんじゃないでしょうか」

「――一理あるな」

三十三年前、尖っていた頃の羽田は、どうしてこの件を厳しく追及しなかったのだろう。いや、追及しても意味はないか。汚職の場合、端緒が何だったかを詳しく取材して記事にすることはあまりない。それに当時は、殺しから汚職と、事実関係を取材していくだけで手一杯だったはずだ。

「そう言えば――そう、思い出した」

「何ですか?」

「当時、倉橋二課長は、問題の殺しの広報担当をやっていたんだ」

「それは俺も聞いています。本来会見すべき一課長や署長を捜査に専念させるため、ですよね」

「それぐらい、県警もあの事件を重視していたんだろうな。しかしすぐにサンズイの捜査が弾けて、倉橋二課長はそっちの指揮に戻った。本当に指揮ができていたかどうかは分からないが」羽田が皮肉を挟む。「その前後に、彼が日本新報の警察回りと話しているのを見たんだよ」

「庁舎内ですか?」

「いや、官舎。そうだ、間違いない。あれはまだ、サンズイが弾ける前だ。殺しの捜査が行き詰まっていたんで、俺は夜回りに行ったんだよ。二課長に夜回りして何か出てくるとも思えなかったけど、こっちも完全に行き詰まってたんだな。その時に、先に来ていた日本新報の記者とぶつかった」

「ああ……」気まずかったであろうことは容易に想像できる。警視庁の場合、捜査一課長の官舎への夜回りは順番制になっている。一社五分、十分と決めて、交代で話を聞くのだ。実質的に夜の記者会見と言っていいが、今もあの習慣は残っているのだろうか。考えてみれば、松島が最後に警視庁を担当していたのは、サブキャップをしていた頃――もう二十年も前になる。

「その時、新報の奴が気になることを言ってたんだよな。殺しの方、もう終わりのようだ、みたいなことを」

「その時、発生からどれぐらい経ってたんですか？」

「二週間……そう、二週間ぐらいだな。いくら何でも、見切りをつけるには早過ぎるんじゃないか？どういうことだって確認したんだけど、そいつは何も言わなかった。たぶん、倉橋二課長から何か言われたんだろうがな。直後に俺も倉橋に確認したけど、彼は否定も肯定《こうてい》もしなかった」

「もしかしたら、あの事件で一番熱心に取材していたのは新報だったんじゃないですか？」

　三十年以上前というと、日本新報もまだ元気だった頃だ。東日とともに「二大紙」と言われ、あらゆるフィールドで特ダネ合戦を繰り広げていた。東日の方が伝統的に事件に強いとは言われていたが、どこの社にも事件取材が好きな記者はいる。日本新報も例外ではない。

「新報には、圧力があったんじゃないですか」松島は指摘した。「圧力というか、これ以上取材しても無駄だと言われたとか」

「あんたに言われると、そういう気がしてきたよ。まったく、情けない話だ。打ち明け話をすると、俺はあの頃腐ってた。本社から追い出されて支局へ——モチベーションを保つのは難しいよな」

「分かりますよ」松島は同調した。

「もしも社会部であの事件とぶつかっていたら、もっと厳しく取材していただろうな。この件を眠らせてしまったのは、俺かもしれない」

　そんなことはない、と否定することもできた。しかし松島は、敢えてそうしなかった。

　羽田の言う通りなのだ。もしも彼が突っこんだ取材を続けていたら、事態はまったく変わっていたかもしれない。殺人事件は無事に解決し、その後犠牲者は一人も出なかった可能性もあるのだ。

新聞記者は、取材対象を追いかけ、ただネタをもらうだけの存在だと揶揄する人がいる。取材対象に完全にコントロールされ、正義感も何もないのだろう、と。実際、権力がマスコミをコントロールするのは珍しくも難しくもない。複数の全国紙が常に競い合っている状況で、何が一番怖いかというと「特オチ」だ。そうならないためには、取材相手の機嫌《きげん》を損ねないのが一番大事である。そうやってなあなあの関係を続けていくうちに、ネタを投げてもらうだけで満足し、批判精神を失っていく。戦後のマスコミは、そうやってゆるゆると転落の歴史を辿《たど》ってきたのかもしれない。いや、これは近代マスコミが生まれた明治時代から続く流れか。

もはやこの流れに抗することは不可能かもしれない。自分一人が頑張ったところで、何も変わらないのではないか。

しかしやらねばならない。何より、真相を明らかにして記事にしたいという欲望に変わりはない。それが、権力とマスコミの力関係に一石を投じる結果になれば、そこで自分は倒れても構わない。

自分の中にまだそういう気持ち——気力が残っていることに気づき、松島は少しだけ前向きになれた。

その日の夕方、諸田から連絡が入った。

「間違いないですね。桂木恭介は、ずっと永幸塾で講師をしています」

「さすが、早いな」褒めておいてから、松島は疑念を口にした。「この件、どこから情報を取った?」

「心配しないで下さい」少しむっとした口調で諸田が言った。「警察にも塾にも、桂木の陣営にも当たっていません」

「だったらどこから?」

「政友党の県支部に知り合いがいましてね」

なるほど、その手か。松島は納得してうなずいた。ライバル政党——同じ選挙区で選挙を戦う陣営同士は、常に情報の探り合いをしているものだ。

「そういう情報だったら、まず正確だな」

「どうも、大学を卒業してからずっと、永幸塾で働いているみたいです」

「今……五十五歳か」

「ですね」

もちろん、塾の講師も立派な仕事だ。大手予備校の人気講師ともなればタレント扱いで、テレビ出演などで本業より金を稼ぐ人もいるだろう。それに少子化が進んでいるとは言え、教育産業に直《ただ》ちに影響が出るとは思えないから、安定した職業と言えるのではないか。純粋に子どもを教えて成績を上げさせることに、喜びを感じる人間もいるだろう——しかし、桂木恭介は民自党の大立者の次男なのだ。跡目は長男が継いでいるとはいえ、もう少し父親に近いところで仕事をするのが普通の感覚ではないだろうか。政治家は基本的に疑り深く、そのためスタッフを身内で固めがちだ。家族を秘書にするのは、自分の後を継がせるためだろうが、裏切らないだろうという計算も当然あるはずだ。長男が議席を継ぐにしても、次男も政治に関係した仕事をしてもおかしくない——いや、その方が普通だと思う。

「分かった。とにかく、ありがとう」

「本当にこいつが犯人だと思ってるんですか？」諸田が声を潜めて訊ねる。

「はっきりした証拠はない。ただ、女子の生徒の間では悪い評判があったんだ」

「ロリコン野郎ですか？　そうなると明らかに怪しいですね」

「それに、何度も教室を変わっている。人事異動というわけではなく、評判が悪くて変わるということもあるそうだ。親御さんにクレームを入れられたりしてな」

「その辺を突いていけば、何か出てくるかもしれませんね」

「いや、それは相当難しいぞ」松島は指摘した。「生徒の名簿を入手することはできるかもしれないけど、実際に被害に遭った生徒を割り出すのは相当難しい。それに、そういう取材を続けていたら、いずれ情報が広がってしまう」

「ちょっとこっちにやらせて下さい」

「おいおい――」

「絶対にヘマしませんよ。これはうちの事件なんですから、俺がやるのが筋です。新人のいい訓練にもなりますしね」

そうか、そういう季節なのだ、と思う。東日では、新入社員は四月半ばぐらいまでは本社で研修を受ける。それから各地の支局に赴任し、ゴールデンウィーク明けからはいよいよ本格的に取材活動を始める。新人が来ると先輩記者も張り切るもので、諸田も例外ではないようだ。

「分かった。そっちに任せるよ」

「松島さんは無理しないで下さいよ」

ちょっと前なら「余計なお世話だ」と突っぱねているところだが、松島は素直に「ありがとう」と言った。

電話を切った時、ひどく疲れているのに気づく。話すだけでもエネルギーを使うものだ。午前に買ったお茶が少しだけ残っていたので、それを一気に飲み干す。何だか胃に染みるような痛みがあるのは……気のせいだと自分に言い聞かせる。神経質になっているだけなのだ。

リズミカルに響いていたキーボードの音が途切れる。気づくと、美菜がこちらを見ていた。

「支局長、大丈夫ですか？」

「何が？」

「お疲れみたいですけど」

病気になる前なら、こんなことを言われたら、「ふざけるな」と怒鳴っていただろう。しかし今は、そういう気になれない。「まあ、歳だよな」とつい自虐的に言ってしまう。

「引き上げたらどうですか？　今日、もう何もないですよ」

「君は原稿を書いてたじゃないか」

「これは連載の準備です」

「ああ、そうか」千葉支局では、近く大型連載「明日の医療」を始めることになっている。コロナ禍《か》がきっかけで明るみに出た様々な医療の問題を、改めてまとめて検証しようという狙いである。松島はこの連載の取材班には入っていないが、美菜は参加している。「将来は医療問題を取材したい」と聞いたことがあるから、自分で手を上げたのかもしれない。

「パソコン、変わったのか？」松島は話題を変えた。先ほどのキーボードの音は、聞き慣れないものだった。

「あ、外づけのキーボードを買ったんですよ。うるさいですか？」

「うるさいってほどじゃないけど、音は結構大きいね」

「メカニカルキーボードなので……ストロークが長くて反発が軽いから、速く打つのにいいんです」

「ああ……」パソコンはただ「使っている」だけで、詳しいことがまったく分からない松島にはついていけない話題だ。実際彼女は、デスクの上を片づけて、ノートパソコンの手前に大きなキーボードを置いているが。

美菜が、キーボードの違いについて急に熱弁を振るい始めた。今はメンブレンが圧倒的に主流。メカニカルは価格的にも高いけど、打ちやすさでは絶対にメンブレンよりも上で、ノートパソコンのキーボードなんか問題外――。

適当に相槌《あいづち》を打っていたが、スマートフォンが鳴ったのでほっとしてそちらに逃げる。しかし、いったんぐっと下がった緊張感は、相手の声を聞いた瞬間、いきなり最高点を突破しそうになった。

「朽木《くちき》です」

今までどこにいたんだ？

4

朽木とは、また手賀沼湖畔《てがぬまこはん》の公園の駐車場で落ち合うことにした。この前会った時にはコートが必須《ひっす》の気温だったのに、今は夏物のスーツでも暑い。

約束の午後八時になっても朽木が現れないので、不安になってきた。電話では謝っていたが、彼の真意はまだ分からない。何らかの意図《いと》があって、こちらをからかってやろう、あるいは貶《おとし》めようとしているのかもしれない。そうだとしたら、一人で来てしまったのがいかにも心細い。とはいえ、誰かと一緒だと、今度は朽木を用心させてしまうだろう。少し離れた場所で美菜に待機していてもらうことも考えたが、荒事《あらごと》になったら彼女のヘルプは期待できない。

八時十分。松島は車の外へ出て、周囲をぐるりと見回した。誰もいない。この辺は基本的に住宅街で、夜になると人通りも絶えるようだ。

さて、どうしたものか。松島は、最高二時間、人を待ったことがある。まだ携帯が一般に普及する前、九〇年代の半ば頃だったが、ある大学教授と駅で待ち合わせたものの、向こうがいつまで経っても現れなかったのだ。真冬で、しかも東西通路で貫かれた駅の構内は吹きさらし、ずっと寒風に体を貫かれ続けていたのだが、帰るつもりはなかった。なかなか取材に応じないと評判の教授だったので、せっかく取れたアポを逃すわけにはいかないと張り切ったのである。だったらどうしても、ここで摑まえたい――それが三十分になり、一時間になり、次第に意地になってきた。結局二時間を過ぎ、次の電車から降りてこなかったら帰ろうと諦《あきら》めかけた瞬間、その教授は軽い足取りで改札から出てきたのだった。単に「十四時」を「四時」と勘違いしていただけだと分かって、思い切り力が抜けた……。

あの時に比べれば、遅れはまだ十分だ。とにかく腰を据えて待とうと決めた瞬間、走って来る人の姿が目に入った。朽木？　朽木だ。この前は自転車で姿を現したのだが、今日はジョギング。めくらましのつもりかもしれないが、やり過ぎではないだろうか。

朽木も松島に気づいたようで、走るスピードを緩めた。ゆっくり歩きながら、ウエストポーチから小さなペットボトルを取り出す。松島の二メートル前で立ち止まると、ペットボトルを開けて素早く水を飲んだ。上下真っ黒なジャージ姿、首元にはタオル、足下はミズノのジョギングシューズという完全なランニングスタイルで、額が汗で光っている。

「いったいどこから来たんですか」

「二つ向こうのバス停です」

「偽装工作？」

「まあ……そんなところで」

バスを乗り継いで、最後は走って来たわけか。確かにこれなら、尾行はやりにくいだろう。用心し過ぎだと笑いたくなったが、彼は大真面目《おおまじめ》な表情を浮かべている。

「車の中で話しますか？」松島は右手に持ったキーを軽く投げ上げて見せた。

「その方が目立ちませんかね」

「そもそも誰もいないでしょうけどね。誰か監視していたら、分かるはずだ」

「でも、車の中にしましょう」

ドアをロックしていなかったので、二人はすぐにポロの車内に体を滑りこませた。念のため、ドアはロックしておく。サイドミラーとバックミラーを使い、周囲の様子を確認してから話し始めた。

「いったいどこに隠れていたんですか」松島は非難のニュアンスを滲ませて訊ねた。

「隠れていたわけじゃありません」朽木が落ち着いた口調で答える。「用心して、あなたと連絡を取らないようにしていただけです」

「あれは、小野さんが亡くなったタイミングだった」

「小野さんは、追いこまれたようなものです」

「誰かが吊《つ》るし上げたんですね？　吊るし上げた連中は、自殺教唆《きょうさ》に問われてもおかしくない」

「そこまでではなかったと思います。でも、小野さんは以前から精神的に相当追いこまれていた。胸の中にずっと、苦しい本音を抱えていたんです」

「一連の事件の黒幕が分かったんですよ」

「そうですか」朽木がふっと息を吐いた。「いつかは分かるだろうと思っていました」

「当時の捜査二課長の倉橋さん。彼が全《すべ》てをコントロールしていたんだと思う」

「そのまま聞かせてもらえますか」

えらく図々しい態度だと思ったが、彼の方でもこちらがどこまで情報を摑んでいるか、本気で考えているのだろうと判断する。もちろん、彼が県警のスパイである可能性もあるが、それはあくまでこちらの想像ではないかと考えた。それこそ感触に過ぎないのだが。

「例の殺人事件の捜査には、倉橋二課長も噛《か》んでいた。彼が捜査したわけではないが、状況が混乱していたので、彼が特別に広報担当になって、マスコミ対応を一手に引き受けていた。その時、捜査を適当に終わらせるよう、彼に要請してきた人間がいたようです」

「さすがですね」朽木が口を挟んできた。「そこまで調べ上げるとは……それで、要請してきた人間というのは誰なんですか？」

「それはまだはっきりしていない。事件の犯人と直接結びつく話だ——とにかく、倉橋二課長はこの要請を受け、代わりに褒美をもらった。殺しの直後に発覚した、千葉市役所を舞台にした汚職です。極めて異例なことだが、捜査二課長自身が垂れ込みを受けて事件の捜査に着手した——そういう構図です」

「確かに、普通はあり得ないですね」

「そして彼は、その一件を見事にステップボードにした。出世の足がかりです」

「そして今は、総理秘書官として、官邸で権勢をふるっている」朽木が続けた。

「この構図、あなたは最初から知っていたんですね？」松島は苛《いら》ついた。情報を出し惜《お》しみするから、取材も中途半端に止まって犠牲者まで出たではないか。

「一気には話せません。私は、こういうことで辞めるつもりはないですから」朽木が弱気に言い訳した。

「……話を戻します。その時捜査一課にいた小野さんは、特別に倉橋二課長の補佐役を務めていた。実際は、一課と倉橋二課長の連絡役のようなものだったと思います。ということは、小野さんは裏の事情を全て知っていたはずだ。間近で、自分で全部見ていた可能性もあります。もしもそうなら、倉橋二課長は小野さんに徹底して圧力をかけたでしょうね。自分が異動していなくなった後も、絶対に誰にも話さないような圧力を。そんなことがなくても、小野さんは絶対に話さなかったと思いますけどね。下手《へた》したら県警全体を敵に回すことになりかねない。でも彼は、その件をずっと気に病んでいた。捜査一課に上がって最初の捜査本部事件でしたからね」

「小野さんは、警察官として頑張っていたんです。署長にまでなったのが、その証拠でしょう」

過去の悪を胸にしまいこみ、ひたすら仕事に邁進してきた結果がこれか……と虚《むな》しくなる。死んだら何にもならないのに。小野は結局、心に抱え続けた闇に殺されたのだ。

「小野さんは、私に話す気になっていたと思う。でもその前に、自ら死を選んだ」

「あれは……県警内部の圧力だけじゃない」朽木がぼそりと言った。

「まさか、倉橋さんが？」

「本人かどうかは分かりませんよ。倉橋さんは今、どんな人間でも自由に使える立場でしょう。県警は、その辺についてもある程度摑んでいます。小野さんが亡くなった後、密かに通信記録なんかを調べましたからね。話の内容までは分かりませんでしたが、いかにも怪しい――小野さんとは接点がなさそうな倉橋さんと、何度も電話で話していたことが分かった。でも、それ以上は追及していない」

「千葉県警は腰抜けですか？」

強烈な皮肉に対して、朽木が反論してくるかと思ったが、無言のままだった。ちらりと横目で見ると、情けない表情を浮かべてうつむいている。挑発されても、言い返す元気もないようだった。

「私は、普通の公務員ですよ」朽木が言い訳する。「自分が属している組織が、どんなに悪いことをしていても、正面切って反論はできない。せいぜいあなたに情報提供するぐらいが限界だ」

「無理は言いませんよ」

「今回は、いつ上から呼ばれるか、ずっとびびっていましたけどね……そろそろほとぼりが冷めたと思ったんです」

これぐらい用心深くなるのは当然だろう。こっちだって、相手が馘《くび》になったら寝覚めが悪くなる。

「声をかけてくれたのは、ありがたい限りですよ」松島は、一応礼のつもりで言った。

「これ……渡すチャンスがなかったんですけど」

朽木は、ウェストポーチから封筒を取り出した。かなり皺《しわ》が寄っているのは、何度も中身を取り出して読んだからだろう。宛先《あてさき》は朽木、普通の郵便だった。

「いいんですか？　あなた宛でしょう」

「私宛に来たんですけど、中身は松島さんに向けたものでした。小野さんは、あなたに直接情報を渡すのを恐れたんです。どこから二人の関係が漏れるか、分かりませんからね……だから私経由であなたに情報を渡そうとしたんです」

「これは、いつ受け取ったんですか？」車内灯を点《つ》けて消印を確認しようとしたが、かすれていてほとんど読めない。

「亡くなる前日です。その時にはもう、自分は逃れられないと覚悟していたのかもしれない。その辺のことが書かれた、私宛のメモは抜いてあります」

松島は封筒を受け取った。見た目よりもずっとへたっていて、端を持つと垂れ下がってしまうぐらいだった。慎重に中身を引っ張り出すと、小野の丁寧《ていねい》な手書きの文字が確認できる。

手紙ではなかった。冒頭にこそ、「松島様」とあり、「以下、私が知っている情報を全て書きます」とあったが、そこから先は端的な箇条書きだった。手紙は三枚に及び、最後まで読んだ松島は手が震え出すのを感じた。自分たちが今までに掘り出してきた情報も含まれている。そして一番重要なのが、犯人を名指ししていたことだった。

これは最悪だ。松島はこれまで、県警は犯人を割り出せないまま捜査を緩めたと考えていたのだが、実際には犯人が誰だか分かっていて、捜査をストップさせたようだ。警察にとっては、自己否定に他ならない。一線の刑事たちは、これだけひどいことを命じられて、反乱を起こす気にならなかったのだろうか。警察は上からの命令が絶対の組織ではあるが、何十人もの刑事たちが関わっていて、全員が完全に口をつぐんでしまうようなことがあるだろうか。もしかしたら自分は、青臭い正義感をまだ信じているのかもしれない……いや、一線の刑事たちには、容疑者の存在が知らされていなかった可能性もある。上層部だけが全て呑みこみ、捜査の情報を隠蔽《いんぺい》していたとしたら――。

いずれにせよ、自分たちの方向性は間違っていなかったことが分かったが、この情報を全て自分の中だけにとどめておいた小野の苦しみを想像すると、胸が潰れるような思いだった。話すとまずい情報を抱えこんでいる人は、常にその事実に悩まされている。松島たちは、話を聞くことしかできないのだが、向こうは話すことで多少は気が楽になるかもしれない。

長いメモの最後には、「これは私が見聞きしたことであり、物的な証拠は一切ありません」と書いてあった。かっちりした小野らしい……いや、刑事らしいと言うべきか。今時、証言だけで事件を組み立てていく刑事はいない。必ず物証を探して、裁判で弁護側から余計な突っこみを受けないように気をつけるものだ。その背景には、多くの冤罪《えんざい》事件を生んだ、終戦直後の自白偏重主義がある。

「小野さん、苦しんでたんですね」松島は手紙を畳《たた》んで封筒に戻した。

「ええ」

「あなたは、小野さんが情報に一番近いところにいたことを、いつ知ったんですか?」

「この件は、千葉県警の中では伝説のようになっています。先輩から密かに聞かされることが多い。私もそうでした。ただし、『余計な詮索《せんさく》はするなよ』と忠告されましたけどね……そもそも三十三年も前の事件ですから、当時の捜査幹部は一人も残っていない。小野さんのように、駆け出しだった刑事が何人か、定年間際でいるぐらいでしょうけど、そういう人たちは詳しい事情は知らないはずです。小野さんだけが特別な存在だったんです」

松島は相槌も打たずに朽木の話を聞いた。一人語りしているようだが、話の筋はしっかりしている。自分と話すように決めるまで、頭の中で何回もシミュレーションを繰り返していたのかもしれない。今も、緊張の只中《ただなか》にいる。腹のところで組んだ両手を、一時も休まず動かしているのが分かった。

「私は松戸署の刑事課に赴任した時に、小野さんの下につきました」

「その時小野さんは？」

「刑事課長でした。平の刑事としては、絶対頭が上がらない存在です。でも小野さんは私の高校の先輩で、気を遣って仕事のいろはを叩きこんでくれた。一生の恩人ですよ。小野さんも後輩ということで気を許していたのかもしれない。その時に、曖昧にですが、三十三年前の事件のことを話してくれたんです」

「じゃあ、あなたはずいぶん前からこの情報を知っていたわけだ。本部の捜査一課に上がる前から」

「そうなりますね。最初は軽く考えていました。何しろ当時でも古い事件だったし、今さら自分が何かできるわけでもない。だから記憶の片隅《かたすみ》にとどめておくだけにしておいたんですが、今回のことがあって……」

「小野さんが亡くなったことを無駄にはしませんよ」松島はメモを封筒に入れて、スーツのポケットに落としこんだ。急に胸元が熱くなった感じがする。この情報は、新たな火元になる……。

「これで何とかなるんですか？」

「警察としては難しいかもしれませんね。時効になった事件を捜査するのは法的に不可能だし、証拠もない。でも新聞だったら、証言をつなぎ合わせて記事にすることはできる」

「ただ……」朽木が言い淀《よど》んだ。「私が言うのも何ですけど、これはあくまで発端の事件です。他のことまでは分からない。ましてや埼玉県警のこととなると、どうしようもないですよ」

「向こうにも、話を聞ける人はいるはずです。探しますよ。あなたは、このまま頭を下げておいた方がいい。これから、千葉県警は大荒れになるかもしれない。責任問題を問われる人も出てくる可能性があります。その時あなたは、絶対に火の粉を浴びてはいけない。県警を立て直す時に、必ずあなたのような人材が必要になるんですよ」

「人材って……私はただの刑事ですよ」

「一線の刑事がしっかりしないと、警察は潰れます。そして警察は、絶対に潰れてはいけない。常に正義を実現して欲しい。長年警察取材を担当した記者として、それはお願いでもあります」


その夜は長くなった。松島は気力を奮い起こし、千葉支局で打ち合わせをするために車を走らせた。美菜に運転してもらおうかと思うぐらい疲れていたが、いざハンドルを握ると何とかなる。ここは勝負所なのだ。何としても走りきらなくては。

途中、電話がかかってきた。古山。柏支局を出る前に、小野のメモをスキャンして、画像として送っておいたので、その連絡だろう。改めて文字起こしをする余裕はなかったのだが、小野の字は丁寧で筆致が太いから、画像でも読みやすいはずだ。

このままハンズフリーでも話せるのだが、できれば落ち着いた状況で会話を交わしたかった。「かけ直すからちょっと待ってくれ」と言って、国道十六号線沿いのコンビニエンスストアに車を乗り入れる。広い駐車場の片隅に停め、エンジンをかけたまま、古山にコールバックした。

「さっきのメール……信用していいんですか」古山の声は少しだけ震えていた。

「ああ」松島は短く認めた。

「爆弾じゃないですか」

「そうだな。でも、これだけじゃまだ書けない。しっかり裏を取る必要がある」

「分かりますけど、今が攻め時ですよ。クソ、俺も参加したいな」

「無理するなよ。今までも、社会部の仕事をだいぶはみ出してやってきたんだから」

「こっちの方がはるかに大事ですよ。とんでもない事件だ。そうだ、社会部に話を上げたらどうですかね。官邸が絡んだ事件なんですから、本社が取材するのが筋でしょう」

「官邸が絡んでいる、とは言えないけどな……できるだけこっちで完成まで持っていきたい」松島はスマートフォンをぐっと握った。「俺はだいぶ前から、政治担当の編集委員から忠告を受けている。要するに、余計な取材をするな、ということだ。そいつが事件の実態を知っているかどうかは分からない。単なるメッセンジャーになっているだけだとは思うけど……個人的な問題とはいえ、官邸内部に手を突っこむとしたら、政治部が邪魔してくるかもしれない」

「事件ですよ？　政治問題じゃない。それだったら政治部だって口を出さないでしょう」

「そうもいかないんじゃないかな。政治部の記者と政治家、官僚の関係は、複雑に絡み合っている」

「冗談じゃないですよ」古山は本気で怒っているようだった。「人を殺して、それが隠蔽されるなんてこと、あるんですか？」

「ある」

松島が低い声で断じると、古山が黙りこんだ。彼もまだ記者としては五年目だ。支局でたっぷり経験を積んではきただろうが、人間の本当に醜《みにく》い部分や解決不能な社会の矛盾《むじゅん》をどれだけ目の当たりにしてきただろう。この段階でどうしようもない現実にぶつかったのは、かえってよかったのかもしれない。

「君に一つ、お願いがある」

「何ですか？」

「初報を書いてから、大きい記事はまったく出ていない。世間も忘れているだろう。今、千葉支局と埼玉支局の連携も切れている。ここはもう一度初心に立ち帰って、二つの支局で協力して一気に攻めたい」

「公式の話だったら、俺は噛めませんよ」

「裏で手を貸してくれ。千葉県警が手を抜いていた理由は分かった。埼玉県警も、同じ理由で捜査を抑えていたんだと思う。誰が圧力を受けていたか、調べられないだろうか」

「それは……」

「君なら、電話一本で情報が取れるはずだ。その辺を材料にして、第二段階に進みたい」

「俺が取材するなら、倉橋だと思ってました」古山はあくまで、中心人物に直当たりしたいと思っているようだ。

「分かってる。それが最終目標だ——いや、最終目標の一歩手前かもしれないけどな。倉橋を動かした人間まで辿り着けたら、言うことはない」

「相手は政治家ですよ」

「政治家なら、大抵のことは隠せる。公文書を破棄してしまえば、歴史の一部が消えることになるけど、そういうことさえ日常的に行われている。もちろん、官僚が忖度してやっているんだろうけど、これじゃ国の体をなさないだろう」

「公文書が、必ず歴史に残るとは限らないんじゃないですか」古山が指摘した。「歴史は、勝った人間が残した記述です。そしてそれは、必ずしも正しいとは限らない。勝った方に都合のいいことしか書かれていない」

「君は理屈っぽいねえ」松島は思わず苦笑した。「そういう議論は俺も嫌いじゃないけど、時間がある時にしよう。この件を無事に記事にして、俺の病気が治ったら、だ」

「松島さん……」

「湿っぽい声を出すな。俺は現代医学を信じてる。いずれは、こんな風に意味はないけど高尚《こうしよう》な議論をたっぷりやろうじゃないか。でもその前に、とにかくこの件に決着をつけなければいけない」

それが人生の決着になるかもしれないが、記者として最後にでかい記事を書ければ、良い人生だったと言えるのではないか。


千葉支局での打ち合わせは長引いた。県警キャップの諸田だけでなく、デスクの長原、さらに支局長の菊田も加わっての話し合い。四人だけなので話が積極的に飛び交う——しかし議論は沸騰《ふつとう》するものの、なかなか結論が出ない。

松島と諸田は前のめりだった。最初はあまりこの件に乗り気でなかった諸田の変わりように松島は驚いたが、彼も「火が点いた」感覚なのだろう。誰が始めた取材であっても、自分も参加して、大きな記事が書ければ大抵の記者は満足する。だいたい、長く続く取材なら、途中で記者が入れ替わることも珍しくないのだ。

慎重派はデスクの長原だった。ネタが弱いと感じているわけではなく、自分の手に負えないのでは、と心配している様子である。話し合いは一時間に及び、松島は体力の限界に達しつつあるのを感じた。時間がなく、夕飯時にコンビニエンスストアのサンドウィッチを一つ食べただけである。相変わらず食欲がない――すぐに腹が一杯になってしまうのだが、それでも今夜は、動き続けるためのエネルギーが切れかけている。

「まあ、この状態でも書けないことはないかな」菊田が遠慮がちに話を締めにかかった。「関係者がこういうメモを残した、というリードにして、裏が取れたことだけ報じていけばいい。全部の裏を取るのは相当難しいから、できるところだけでいいんじゃないか？　それでも十分記事になる」

「いや、それはどうなんですか」長原が反論する。「中途半端にしたら、意味が分からない記事になります。メモの情報全部の裏が取れたら記事にする、取れなかったら黙殺する、それぐらいの覚悟でいかないと。時間との勝負にもなりますよ。この件を隠蔽してしまおうとする人間も少なくないんだから」

「そう、時間との勝負だ」菊田がうなずく。「だから、書ける部分で勝負する、ということでどうだろう」

「そもそも、このメモを本当に野田署長が書いたかどうかも分からないじゃないですか」長原がさらに反論する。

「筆跡鑑定はできるだろう。民間でもやってくれるところはある」

「比較材料としては、俺が受け取った年賀状がある」菊田の言に気をよくして、松島は言った。「筆跡鑑定も可能だと思う」

「しかしなあ……」長原はまだ渋い表情だった。腕を組み、うつむいてじっと考える。

「松島さん、このメモの件も含めて、短くレポートにまとめてくれませんか。明日、首都圏の支局長会議で本社へ行くから、その時に地方部のデスクと相談しますよ」菊田が言った。

「了解。すぐに取りかかるよ」

「まあ、そう焦らず」菊田が苦笑する。「明日昼までに上げてくれればいいですから」

判断を上に投げるのは、菊田としても願ったり叶《かな》ったりだろう。これだけややこしい話になると、一支局レベルではどうしようもない。埼玉支局、それに本社との連携は必須だ。本社では地方部が主役になるだろうが、もしかしたら古山も引っ張りこめるかもしれない。あいつも、この件をきっちり取材しきった方が、胸を張って先へ進めるはずだ。

この件には、多くの人の人生がかかっている。

「松島さん」

一度支局長室から出たのだが、呼ばれて松島はもう一度中に入った。煙草《たばこ》の煙がこもるのを嫌ったのか、菊田が窓を大きく開け放つ。五月の夜の爽《さわ》やかな風が室内を洗い、松島も深呼吸できるようになった。応接セットのソファに腰を下ろし、菊田と正面から対峙《たいじ》する。

「体調はどうですか」

「まあ、何とか」松島は自然に胃の辺りに手をやった。

「あまり無理しないで欲しいですけど、松島さんは、私なんかが何か言っても聞かないでしょうね」

菊田が自嘲《じちょう》気味に言った。

「いやいや……支局長の御命令には従うよ」松島は苦笑した。菊田は十歳年下なのだが、今は自分の上司である。とはいえ、記者としての実績は自分の方がはるかに上。微妙な関係なのだ。

「何とか物にしたいですね」窓を開け放ったまま、菊田が煙草に火を点ける。

「まあ、頑張りどころだね」

「俺がこんなことを言うとおかしいかもしれませんけど、チャンスですよ」

「チャンス？」急に何の話だと松島は訝った。

「今、新聞業界には逆風が吹いている。でもこのままいっても潰れるわけじゃないでしょう。少なくともあと十年ぐらいは」

「四半世紀前から、『あと十年』と言われてたけどな」

主に経済的な理由によって、だ。

インターネットの普及で、新聞が一番影響を受けたのは、広告に関してだった。インターネットという新たな媒体の登場で、二十世紀後半の広告業界は活気づいていた。しかし、新しい媒体が出現すれば、既存のメディアに流れる金は減る——決まった量のパイの取り合いになるのだから、当たり前の話だ。新聞もその煽《あお》りを受け、広告収入ががくんと減った。新聞にとって、購読収入と広告収入は二本柱である。部数も減り、広告収入も減り、となれば新聞の経営基盤は脆《もろ》くなっていく。その話をすると、菊田が一々うなずいた。

「確かにそうでした。ただ、最終的には社員の給料を減らせば、紙の新聞はもう少し頑張れますよ。だいたい、今までがもらい過ぎだったんじゃないですか」

今度は松島が苦笑する番だった。金のことについては、冷静に自己評価できるものではないが、同年代の他業種のサラリーマンに比べて、生涯《しょうがい》賃金が高いのは間違いないだろう。

「今更、新聞の信頼を取り戻すのは難しいかもしれない。俺は、一番の原因は、権力に対する真っ当な批判がなくなったことじゃないかと思うんです」菊田が言った。「新聞記事が政治家を追いこんだことなんか、もう長いことないでしょう。今は、そういうスキャンダルは雑誌の独擅場《どくせんじょう》だ。権力の不祥事を監視している、批判している——そういう姿勢が大事なんじゃないですか」

「確かに」

「やり遂《と》げましょう」菊田がうなずく。「私も、老骨に鞭《むち》打って頑張りますよ」

「あんた、まだ五十になってないじゃないか」

「サバ読みみたいなものですかね」

ベテラン記者二人の低い笑い声が、狭い支局長室にこだました。

第九章　内なる戦い

1

午後四時四十五分。古山が渋谷中央署の記者室に入った瞬間、スマートフォンが鳴った。

「ちょっと本社に上がって来てくれ」社会部の遊軍担当デスク、今岡《いまおか》だった。

「はい……何かありましたか？」

また召し上げか。これで連続殺人事件の取材ができなくなると思うとがっくりくるが、拒否もできない。

「五時半で間に合うか？」

「何とか大丈夫です」渋谷中央署から銀座の本社まで、四十五分あれば行けるだろう。

「四〇四会議室」

「会議室……ですか？」おかしい。何か仕事を振られる時は、社会部へ出頭するように命じられそうなものだが。

「そうだ。遅れるなよ」

今岡はいきなり電話を切ってしまった。肝心の用件を聞き忘れたが、電話をかけ直して確認している暇《ひま》はない。時間に遅れないよう、すぐに出かけないと。

午後五時半ちょうどに、四〇四会議室に飛びこむ。渋谷から銀座までは、東京メトロの銀座線で直通——それはよかったのだが、四〇四会議室の場所が分からず、ぎりぎりになってしまったのだ。東日の本社は古く、中は改装に改装を重ねて迷路のようになっている。本社に上がってまだ一ヶ月少しの古山は、どこに何があるか、まだ把握《はあく》していない。

中に入ると、数人の人間が座っていた。というより、自分以外の人間は既に全員集合している様子である。五分前行動が基本だよな、と焦りながら、一番ドアに近い席に急いで腰を下ろす。やたらと広い会議室だったが、数えてみると参加しているのは五人。それぞれが広く距離を取って座っている。しかも窓が何ヶ所か開いているので、銀座の喧騒《けんそう》が嫌でも入ってくる。かなり声を張り上げないと、まともに話はできそうにない。

「揃《そろ》ったな」

仕切っているのは今岡だった。他は、知らない顔ばかり。年齢層高めで、現場の記者はいないようだ。一体何の会合だろう。

「古山、俺《おれ》の隣に移ってくれ」

言われるまま、席を移動する。目の前には、マイク。見ると、全員がマイクの設置された席についている。

「埼玉千葉連続女児行方《ゆくえ》不明・殺害事件か——特捜じゃないんだから、このクソ長い名前はいらないな、ええ?」今岡が誰《だれ》にともなく言った。「面倒臭いから、これから内輪では江戸川事件と呼ぼう。それでいいな、古山?」

「あ、はい」

その名前だけはやめようと、松島と話していたことを思い出す。あまりにも安直というかダサいネーミングだし、埼玉でも千葉でもなく、江戸川区で起きた事件と勘違いされるかもしれない。

「この江戸川事件に関して、新しい動きがあった。今日、千葉支局長から地方部に報告があったが、地方部から相談を受けて、社会部でも取材することにしたい。というより、地方部と社会部の合同チームだな。急遽《きゅうきょ》決まったから、埼玉支局とはオンラインでつないでいる」今岡が、マイクに顔を近づけて呼びかけた。「聞こえてますか？」

「大丈夫です」聞こえてきたのは、デスクの徳永の声だった。そうか、参加者全員がマイクの設置された席に座っているのはオンライン会議をするためだったのだ、とようやく分かった。この部屋は、元々そういう目的のために整備されたのだろう。

「では、菊田支局長……まず、概要をご説明願えますか」

昨夜松島から連絡があった件だ、とすぐにピンときた。あれは確かに衝撃的な情報——死ぬ直前の人間が残した情報だから信用できると思う——で、そのまま記事にできたら、とんでもない内容になる。

菊田「支局長」は千葉支局長だろう。この場に埼玉支局の人間がいないのは少し心細かったが、徳永も自席にいながら参加しているのだから、何かあったらフォローしてもらえるかもしれない。もっとも徳永は、そもそもあの件にはあまり身を入れていなかったが。

小柄な菊田が、背中を丸めるようにしてマイクに近づき、低い声で話し始める。内容的には、昨夜古山が読んだメモをなぞる形だった。そして最後に爆弾——既に古山は知っていたが——を投下する。

「問題のメモには、三十三年前に既に容疑者を特定していたとあって、名前も記載されています。桂木恭介。千葉支局で確認しましたが、元民自党代議士の桂木一郎の次男です。桂木一郎の跡を継いだ長男で、官房副長官の大吾の弟ですね」

改めて話を聞くと、状況の重大さが頭に染みてくる。父親は引退しても、兄が民自党の代議士で官房副長官――つまり恭介は、今も権力者一族の人間なのだ。

「桂木恭介は大学を卒業後、千葉に本部のある学習塾、永幸塾の講師になりました。何故《なぜ》父親の仕事を手伝わなかったか、一般の会社に就職しなかったかは分かりませんが、働いているこの塾では度々悪評が立っていました。事件化されたものはありませんが、教室に通う小学生の女子児童に対しての態度が悪いということで、保護者の抗議を受けて、何度も教室を変わっています」

「つまり、ロリコンですか？」今岡がずばり質問した。

「有り体に言えば……時間はかかりますが、証言を集めることは不可能ではないと思います」

「それも念頭に置きましょう」今岡が手元のノートに何か書きつける。「続けて下さい」

「永幸塾への取材は慎重に行わないといけませんが、状況を知っていて、家族からの批判をかわすために、桂木を頻繁《ひんぱん》に異動させていた可能性が高いと思います」

「三十三年前の捜査担当者の証言と合致するわけですね」今岡が指摘する。

「そうなります」

「分かりました。ただ、これだけではまだ書けない。問題はこの証言の裏が取れるかどうかだ。要するに、きちんと犯人を特定しないと話にならない。江戸川事件が本当に同一犯による連続した事件だとして、直近の野田の事件はまだアクティブだ。少なくともこれに関しては、きちんと立件しなければならない。問題は、警察がこれまでまともに捜査をしていなかった一連の事件だ。だから江戸川事件には、正確には二本の線がある。事件そのもの――いわば本筋と、警察の問題だ。敢《あ》えて言えば、警察が事件を捜査していなかった問題の方が大きい。警察が、特定の事件に関して捜査を放棄するなんていうのは前代未聞です。しかもその裏に権力が絡んでいたとしたら……絶対に許せないことだ。きっちり仕上げて記事にしなければならない。菊田支局長、この件、警察庁の方ではどうなんですか？　把握していたんですか？」

「うちの記者の取材では、一部の人間は知っていた可能性がありますが、警察庁としては、把握していなかったのでは、ということです」

「それは松島さん情報ですか？」

「ええ」菊田がうなずく。

「松島さんだったら間違いないな。今でも警察庁にお友だちがいるはずだから……だったら、最終的には警察庁に大掃除《おおそうじ》をしてもらうのが筋でしょう。警察庁自体がこの件の隠蔽《いんぺい》に嚙《か》んでいたら、相当難しくなるが……それで、この件で地方部と社会部合同で取材チームを作ることは、部長同士の打ち合わせで決まりました」

よし、と古山はテーブルの下で拳《こぶし》を握った。今まで、社会部の仕事の合間に隠れてやっていたことを、今度は「本番」の仕事として堂々とやれる。この件を最初に取材し始めたのは自分だし、松島のためにも、絶対に決着をつけなければ。

「社会部からは、古山」今岡が指名した。

「はい」

「あとは埼玉、千葉の両支局、それに地方部の遊軍からも人を出す。状況によって、社会部の警察庁担当、遊軍もサポートに入ります。それで、全体のキャップは地方部の白川《しらかわ》デスク。お願いします」

白川は見た目が百戦錬磨《ひゃくせんれんま》というか、とにかく顔に年輪が刻《きざ》まれたような男だった。濃い髭《ひげ》が顔の下半分を覆い、よく日焼けした顔には深い皺《しわ》が刻まれているが、年齢は判然としない。もしかしたら

「山記者」なのだろうか。新聞社には昔から、山岳取材を専門にする記者がいると聞いたことがある。

「よろしくお願いします」どっしりした佇《たたず》まいに似合わぬ、少し甲高いよく通る声。座り直すと、マイクに顔を近づけて話し続ける。

「千葉支局には、引き続き桂木恭介の身辺取材をお願いします。言うまでもありませんが、桂木陣営にはばれないように……埼玉支局の方ですが、警察側から内部の証言が取れませんか？　こういう件では、県警が一丸になって情報を隠蔽したとは考えられない。小野メモによると、一部の幹部によって方針が決められ、現場の人間は詳しい事情は何も知らされていなかった。ただし、何かあったらしいという話は、三十年以上も脈々と語り継がれている。埼玉県警にも、同じような話があるはずです。野田署の小野署長と同じように、その状況に疑問と不満を持っている警察官が必ずいるはずです。そういう人間を探し出して、証言を拾ってもらいたい」

「一人、心当たりがいます」古山は遠慮がちに手を上げた。

「誰だ？」白川が鋭《するど》い目つきで睨《にら》みつける。

「埼玉でネタ元にしていたサツ官です。今回の件でも情報をもらいました」

「その人はどこまで知っているんだろう？」

響の存在を教えてくれた森も、おそらく事件の全容は知らないだろう。しかし彼の伝手《つて》を辿《たど》っていけば、古い事件について話してくれる人が見つかるはずだ。彼も顔は広い。

「入り口としては使えるはずです」

「分かった。だったら君は、まずそのサツ官ともう一度接触してくれ」

「了解です」

古山はメモ帳を広げた。そうしてから、まだメモするようなことは何もないと気づく。既に頭に入っていることばかりだったし、今のところ指示も明確で分かりやすい。

その後、それぞれの取材分担について打ち合わせが続いた。最後に今岡が締める。

「今回の最終ターゲットは、一連の事件を揉《も》み潰《つぶ》し続けた倉橋総理秘書官、状況によっては桂木一家全体に及ぶ。でかい相手だが、こんな事件を起こしておいて、罪を問われないでは許されない。絶対に記事にする。それで……この取材班については、別の名目を考える」

別の名目？　何の話だと古山は首を傾《かし》げた。今岡が出席者全員の顔を見渡し、厳しい表情で言い渡す。

「この件が政治部の耳に入ると、取材自体が潰れてしまう可能性がある。倉橋は一部の政治部記者とかなり懇意《こんい》だし、今の編集局長は政治部出身で、民自党幹部との間には太いパイプがあるからな」

「まさか」

古山は思わず低い声でつぶやいた。今岡がそれを聞きとがめる。

「まさか、じゃない。今までもこういうことは何度もあった。社会部で取材を続けてきた政治家のスキャンダルが、政治部の横槍《よこやり》で潰れるようなことが……今回は、絶対にそうはさせない。俺たちのように真っ当な感覚を持った記者が真っ当に記事を書けないのは、百パーセント間違っている。これで民自党の有力政治家が退場することになっても、だから何だ？　クソ野郎は潰れて当たり前なんだ。ぶっ潰してやる――それぐらいの気持ちでかかってくれ。そのために、何かダミーの名目を考える」

今岡の気合いは理解できる。社会部の取材が何度も政治部に潰されてきたというのも本当だろう。松島なら、具体的な話も知っているはずだ。六時半までかかった会議から解放された後、古山は廊下の片隅《かたすみ》でスマートフォンを取り出し、松島に電話を入れた。

「会議、終わったか?」松島は会議が開かれることも知っていたようだ。

「ええ」

「菊田支局長も上手《うま》くやってくれたみたいだな」松島は満足そうだった。

「ずいぶん急な話でしたね。俺もいきなり呼び出されたんです。事前に、ちょっと耳に入れて欲しかったな」思わず恨《うら》み節が出る。こっちにも心の準備が……という感覚は間違いなくあった。

「今日、首都圏の支局長会議があったんだよ。その後で菊田支局長が話を出して、いきなり合同取材が決まったらしい。俺も後から聞いたんだ」

「そうなんですか……」納得して、古山は心に残った澱《おり》のようなものが少しだけ消えるのを感じた。

「走り出す時は、こんな風にいきなりだから。慣れておけよ」

「はあ……取り敢えず、埼玉の方で警察官のネタ元に接触します」

「やれるか?」

「伝手があるので、何とか……でも、また松島さんと一緒に仕事できて、嬉《うれ》しいですよ」

「気持ち悪いな」松島が声を上げて笑う。「まあ、でもやる気のある若い記者がいるのはありがたい。ジイさんみたいなことを言うのは気が進まないけど、最近は言われたことしかやらない、機械みたいな記者が多いからな。うちの娘の婚約者もそんな感じだよ」

「あ……娘さん、結婚されるんですか」考えてみれば、松島の私生活についてはほとんど知らない。病気について打ち明けられたぐらいだ。

「相手は君よりちょっと年上かな? 東経新聞の記者で、真面目《まじめ》なんだけどちょっと食い足りない。どうせなら、君が相手なら面白かったんだけどな。そうだ、次女がいるんだけど、どうだ? 今、彼氏もいないみたいだし」

できる。

「勘弁して下さいよ」古山は思わず言ってしまった。

「俺みたいな口うるさい人間が父親になるのは困るか」

「いや、そういうわけじゃないですけど……」会えば仕事の話ばかりして気疲れするのは容易に想像できる。

「まあ、いいよ。たまには気楽に馬鹿話もしたいよな」

「はい」

「とにかく、頑張れ。ここが勝負所なんだから。一回の打ち上げ花火で満足するなよ」

気合いを入れられ、気持ちが前を向いた。そう言えば、肝心の政治部の取材介入について聞き忘れたと気づいたが、まあ、いいだろう。だいたい、今岡は少し大袈裟《おおげさ》に言っているのではないか？　会社内で取材を妨害して、何の得があるか分からない。

そんなことより、仕事、仕事だ。古山は両手を擦《こす》り合わせた。

森は会うのを了承してくれた。ただし、時刻は午後九時。場所は、東武線新越谷《しんこしがや》駅に近い、ショッピングモールの向かいの駐車場を指定された。場所は何となく記憶にある。午後九時ぐらいになると人の出入りが少なくなり、車の中で男二人が話していても目立たないはずだ。

社のハイヤーに乗るのは、未《いま》だに慣れない。ずっと自分で車を運転して取材していたので、後部座席でじっとしているのはかすかに苦痛でもあるのだ。先輩記者は「寝不足を取り戻すにはハイヤーに限る」と言っていたが、これからシビアな取材が始まるとあって、とても寝る気にはなれない。

現場へ来てみて、埼玉支局時代に何度か利用したことがある駐車場だと思い出した。コイン式のパーキングで、ショッピングモールと提携している。一度通り過ぎ、東武線の高架の前の交差点を右折したところで車を停《と》めてもらう。さらに遠く離れて待っているように運転手に指示した。少し歩いて駐車場に入って行くと、すぐに森を見つけた。腕組みをして、愛車のCR－Vに寄りかかるように立っている。

「お待たせしました」古山は小声で挨拶《あいさつ》した。

「ちょっと前に、ここをハイヤーで通っただろう」森が鋭い口調で訊《たず》ねる。

「ええ」見えていたのか？　刑事の観察眼に驚く。

「そのハイヤー、近くにいないだろうな」

「離れた場所で待機しています」

「それならいい。記者と会ってるのがバレるとまずいからな」

場所を確認しておきたかったのだが、別経路で来て駐車場の前は通らない方がよかった、と一瞬後悔する。

森が無言で車のドアを開ける。古山は助手席に腰を下ろした。四駆というと無骨なイメージがあるのだが、運転席周りはすっきり整理されていて、普通の乗用車という感じだった。これなら、ファミリーセダンから乗り換えても、あまり違和感はないだろう。

「しかし、本社勤務になると偉いもんだな。自分で運転しないで、ハイヤー出勤か？」

「まさか。毎日満員電車に揺られてますよ」古山は話を膨《ふく》らませた。本当は満員というわけではない。普通に警察署回りをしている時は、署に入るのは午前十時と決められているから、通勤ラッシュの時間はとうに過ぎている。「遠くへ取材に行く時とか、遅い時、早い時だけ車を使うんです」

松島の昔話では、以前は警察《サツ》回り、それに警視庁の担当記者などには、ほとんど専属で運転手がついていたそうだ。一日中乗り回していても文句は言われない。遠くへ――千葉の奥の方や茨城《いばらき》まで行くのも、むしろ歓迎されていたようだ。その後は全社的な経費削減の傾向が続き、そんな風に車は使えなくなったようだが。

「例の件、ありがとうございました」古山はまず礼を言った。

「接触できたのか？」

「ええ」

「たまげたね」森が大袈裟に両腕を広げる。「紹介しておいて何だけど、まず会えないと思ってたよ。相当難しい人だから……どうやって落とした？」

「落としたって……」古山は苦笑した。「そんな、大変な話じゃなかったですよ。たぶん向こうも、ずっと話したがっていたんじゃないかと思います。今まで、いい機会がなかっただけで」

「じゃあ、あんたはちょうどいいタイミングで突っこんだわけだ」

「そうなりますね。森さんのお陰です。取材はしっかり進みました。だけど、どうして小松優希さん――本郷響さんのことを知ってたんですか？」

「向こうから俺に接触してきたのさ」森が打ち明ける。「当時の事情を知りたいって」

「なるほど」

古山はすぐに納得した。響は疑念を抱いて、過去の事件についても自分なりに調べたと言っていた。まさか、県警の刑事にまで話を聞いていたとは思わなかったが。それを指摘すると、森が渋い表情でうなずく。

「その件は、もういいだろう。とにかくあの人は本気だった。本気故にヤバい感じがしたけど、結局辞めちゃっただろう？」

「圧力があったそうです」

「聞いてる。その後作家になったことには驚いたけど、辞めたことの方がショックだったな。あれは、本当にヤバい話なんだ。俺みたいな中間管理職が中途半端《はんぱ》に情報を知ってると、ろくなことにならない」

「俺も、森さんは慎重《しんちょう》に、大人しくしていた方がいいと思います」古山は同調した。「たぶんこれから、埼玉県警も千葉県警も大揺れになるでしょう。その後は大掃除……こっちの狙《ねら》い通りになれば、大量処分もありうると思います」

「怖いことを言うんだな」

いつも強気な森らしくなく、今夜は完全に腰が引けていた。結局この人も、地方の役人に過ぎないということか……しかし古山は、特にがっかりはしなかった。森にだって守るものがあるだろうし、逆の立場だったら自分だってビビる。

「大掃除の後は、必ず立て直しが必要になります。そういう時に、森さんみたいな警察官が必要になるんじゃないですか？　巻きこまれていない――詳しい事情を知らない人が」

「警察の中の話にまで首を突っこむつもりか？　やめておけよ。それは記者の仕事じゃないだろう」

「もちろんこっちは、記事を書くのが仕事です」古山はうなずいた。「ここから先のことは、すぐに忘れて下さい。今回の一連の事件の黒幕が誰だったか、分かったと思います」

「ああ」彼の口調を聞いている限り、森も知ってはいたようだ。あくまで「伝説」としてだろうが。

「これから、その黒幕を潰しに行きます。そのためのかなりしっかりした証拠は手に入れましたが、それは千葉県警の話です。埼玉県警で、もっとしっかりした証拠――証言が欲しい」

「どんな？」

「上からの圧力で捜査をストップした――それをはっきり証言してくれる人を探しているんです。森さん、誰か心当たりはないですか？」

「いや、いきなりそんなことを言われても」森は完全に腰が引けていた。

「埼玉の事件で一番古いのは、二十九年前の三郷の殺人事件です。その後越谷、松伏、吉川……計四件ですね。一番近いのが、四年前の吉川の行方不明事件です。四件もあれば、関《かか》わっていた警察官もそれなりに多いはずです。圧力を受けたのは幹部だけだと思いますけど、その中で、誰か話してくれそうな人はいませんか？」

「難しい注文だな」森が唸《うな》る。「命令された方は、さっさと忘れたいと思うのが普通だろう。それを今さら証言しろと言われても困るはずだ」

「千葉県警では、自殺した人もいるんですよ」

古山の言葉が、車内に沈黙をもたらした。森は両手でしっかりハンドルを握り、前方の闇《やみ》を凝視《ぎょうし》している。

「その件は聞いてる。あくまで噂《うわさ》として、な」森が認めた。「それにしても、自分の命まで賭《か》けなくちゃいけないことなんだぞ？　そんなに簡単に証言できるわけがない」

「今がチャンスなんです。こっちにとっては追い風が吹いてる。こういうチャンスを逃したら、もう証言もできません。俺は……この件の黒幕を潰すのが、正しいことだと思います。もちろん、圧力を受けて捜査をストップさせたのは、褒められた話じゃない。でも、多くの人は同情も感じるんじゃないですか？　働いている人は多かれ少なかれ、いろいろなところから圧力を受けている。今回の件を自分のことのように感じるかもしれません。俺たちも、そういう風に書いて世論を誘導したいと思います。本当に好き勝手に、自分の利益のためだけに重要な捜査をねじ曲げた奴《やつ》がいる。現場の警察官も、ある意味被害者ですよね」

「警察には、そんなことは許されない」森が厳しい口調で言った。「本当は、圧力なんか撥《は》ね除《の》けて捜査すべきだったんだ。それを今になって反省するというのは……相当の覚悟がいる。俺だったら無理だ」

「でも、まだ正義を実行するチャンスはあります」

「うん？」

「犯人は野放しなんですよ。行方不明になっている女の子たちも、殺されて、どこかに遺棄されている可能性が高い。だから、これからきちんと捜査すればいいじゃないですか。捜査して、しっかり事件として仕上げる。犯人を逮捕して、然《しか》るべく罰《ばつ》を与える。それさえできれば、警察としては面目《めんぼく》を取り戻せると思います」

「そう上手くいくかな」森は不安そうだった。

「今はネットの方が強いかもしれませんけど、新聞だって、ある程度は世論を誘導できますよ。そこは頑張りますから」

「越谷署の一件だけどな」森が唐突に言った。

「はい」古山はシートの中で背筋を伸ばした。

「あれがもう二十二年前か……たぶん、圧力を受けたのは本部の幹部だろうな。所轄《しょかつ》に直接圧力をかけるのはなかなか難しい。そもそも、小さい子どもが行方不明になれば、本部が捜索の指揮を執《と》る」

「はい」

「だけど、当時の越谷署の幹部も何か事情を知っているのは間違いないだろう。内部では、相当大きな問題になったはずだから」

「幹部同士の間では……そうでしょうね」古山はうなずいた。かなり激しいやり取りがあったのも想像できる。

「その時の越谷署長は、その直後の異動で本部の捜査一課長になった」

「そうなんですか?」

「間違いないよ。俺が本部に上がって初めて仕《つか》えた捜査一課長だから」

そういう人なら、森の記憶は間違いないだろう。たとえ平刑事と課長の関係で、一言も言葉を交わさなかったとしても。

「今は何をされてるんですか?」

「とっくに辞めてるよ。もう七十代後半ぐらいかな?」そう言ってから、突然森が顔をしかめる。嫌なことを思い出したようだった。

「何か?」不安になって古山は訊ねた。

「話が聞けるかどうかは分からない。ちょっと前に聞いた話では、入院中だった」

2

古山は、まだ自分にはツキがあると実感した。この件の取材ではずっとそうだったが、これがゴールまで続いてくれることを祈る。

森は「話が聞けるかどうかは分からない」と言ったが、調べてみると、二十年前に埼玉県警の捜査一課長だった岩住《いわすみ》は、既に退院して自宅療養中だった。心臓の病気だったようだが、退院できたということは、それほど重篤《じゅうとく》ではなかったのだろう。少し迷ったが、古山は翌日の午後、直接自宅を訪ねてみることにした。

埼玉県警で長く奉職した人の終《つい》の住処《すみか》は、川口市《かわぐち》だった。荒川《あらかわ》の河川敷にも近い住宅地に建つ一戸建て。それなりに古く、岩住の年齢を意識する。

今日は一気に夏っぽさを感じる一日で、最高気温は二十五度を超える予想だった。上着を脱いで、ワイシャツ一枚でちょうどいい。車を降りてから上着を肩に引っかけ、歩き出した。しかし、マスクはきつい。時々引っ張って新鮮な空気を導き入れたが、こういうのにはいつまで経《た》っても慣れないものだ。マスクが面倒臭くて、オンラインでの取材になることもあるわけだが……こういうややこしい取材は、直接顔を合わせないと話にならない。パソコンの画面越しでは、相手の本音は読めないのだ。

玄関先には古びた日産のスカイライン——いつのモデルだろう——と自転車が二台。外から見ても、誰かが中にいるかどうか、分からなかった。本人しかいないと面倒だなと思ったが、迷っても仕方がない。古山は一呼吸おいて、インタフォンを鳴らした。

返事がない。しばらく待ってもう一回。やはり誰も応答しなかった。外出中——退院したとはいえ、病院にでも行っているのかもしれないと思って踵《きびす》を返したが、何となく気になる。本当はやるべきではないのだが、思い切ってドアハンドルに手をかけた。

鍵《かぎ》がかかっていない。

田舎《いなか》ならともかく、この辺では外出する時にドアに鍵をかけない人はいないだろう。ましてや岩住は元警察官——防犯意識の高い人のはずである。深呼吸してから、ゆっくりとドアを引き開ける。

「ごめんください」と言った瞬間、異変に気づいた。

玄関先で男が倒れている。携帯電話を握り締めているが、それを使うこともできずにもがいていた。細い呻《うめ》き声が、死の訪れを意識させる。

「大丈夫ですか！」

古山は叫んで、玄関に飛びこんだ。返事はない。この男が岩住なのだろうが、顔色は紙のように白く、ひどく苦しそうだ。

「岩住さん！」古山はしゃがみこみ、彼の肩に手をかけた。着ているシャツにはじっとりと汗が滲《にじ》んでいる。額《ひたい》にも汗が浮かび、目は虚《うつ》ろ……一刻を争う事態だ。

「誰かいませんか！」家の中に向かって叫ぶ。しんとして返事はない。これはもう、待てない。人命救助優先だ。

古山はしゃがみこんだままスマートフォンを取り出し、一一九番通報した。できるだけ冷静に状況を説明して、と思うが、情けないことに何度も話が詰まってしまう。それでも症状と住所についてはきちんと話せた。

東京では、一一九番通報してから救急車が到着するまでの平均は七分台だったはずだ。埼玉も同じぐらいだろうが、時間が流れるのがどうにも遅い。岩住は少しだけ苦しさが薄れたようで、顔に血の気が戻ってきたが、それでもまだ痛みから完全に解放されたわけではなく、時折呻き声が廊下に響く。その呻き声に力がないのが気になった。のたうちまわれるぐらいなら、まだ体力に余裕がある。

時折ハンカチで額の汗を拭《ぬぐ》ってやり、何度も話しかける。しかし岩住は、古山を認識している様子さえなかった。肉体的な痛みだけでなく、意識障害があるなら、事態は相当深刻だと考えねばならないだろう。

埼玉県の救急のレスポンスタイムは東京とさほど変わらないはずだと自分に言い聞かせながら、ひたすら待つ。ようやくサイレンの音が聞こえてきた時にはほっとして、膝《ひざ》から力が抜けてしまったほどだった。ずっとしゃがみこんでいたので、自分の体も凝《こ》り固まってしまったように感じたが、何とか立ち上がり、スマートフォンのストップウォッチで、通報してからの時間を確認する。六分四十五秒。よし、と何故か口に出してしまった。東京の平均レスポンスタイムより早いのが微妙に嬉しい。自分はまだ、埼玉県の人間だという意識が強いのかもしれない。

外へ出ると、救急車のサイレンは耐えがたいほど大きくなっており、すぐ近くまで迫っていた。古山は両手を大きく上げて振り、必死の形相《ぎょうそう》で訴えた。ここです、ここに死にかけている人がいる！

大柄な救急隊員の姿を見た時には、ほっとして膝から崩れ落ちそうになった。二人が、ストレッチャーを押して玄関に入って行く。もう一人が古山に近づいてきて、状況を確認した。

「通報された方ですね？」

「はい」

「ご家族ですか？」

「いえ……」一一九番通報した時に、名前とスマートフォンの番号は告げたのだが、岩住との関係や職業は喋《しゃべ》らなかった。聞かれもしていないから当然なのだが、ここから先、どうやって動くかは難しい。正直に打ち明けることにした。「東日の記者です」

「記者さん？」救急隊員の表情が一瞬歪《ゆが》む。「取材ですか？」

「内容は言えませんが、取材です」ここが譲歩できる限界だ。

「ご家族はいないんですか？」

「声はかけたんですけど、返事がありません。出かけているのかもしれません」自転車は二台あったが、歩きで出てもおかしくない。

救急隊員たちの処置はテキパキしていて、それを見ているだけで古山の鼓動は平常に戻った。岩住を乗せたストレッチャーを押して出て来ると、すぐに救急車に収容する。流れるような動きだった。プロのやり方は、いつでも人を安心させるんだよなとほっとしつつ、ここから先、どうやって話を進めるかは難しい。まずは、何としても岩住にくっついて行って、容態《ようだい》を見届けなければならない。

「救急車に同乗していきたいんですけど、まずいですか」

「いや、それは……」救急隊員が渋い表情を浮かべた。「ご家族でないと」

「無理なら、搬送先の病院を教えてもらえれば、そちらへ行きますが」

「それはこれから決めますけど、規則で関係者以外には話せないんです」

自分も関係者だと説《と》き伏せようとしたが、そうすると取材内容まで話すことになってしまうかもしれない。救急隊員から警察に余計な情報が流れるとは考えにくかったが、ここは気をつけないと。そう言えば、と古山は昔の取材を思い出した。前の年、甲子園に出場したチームにいた双子の兄弟が、一人はさいたま市の消防局に、一人が県警に採用されたことを記事にしたのだ。「市民守る　双子の絆《きずな》」。見出しまでしっかり覚えている。消防と警察は必ずしも密な関係にあるわけではないが、人間的なつながりはどこにあるか、分かったものではない。

古山は一歩引いて「分かりました」と言った。搬送先が決まるまでには、少し時間がかかるだろう。その間を利用して、乗ってきたハイヤーの運転手に電話をかけ、すぐに先ほどの家の前まで来て欲しいと頼んだ。念のためにと、一度家の前を通り過ぎてもらっていたので、場所は分かるはずだ。

救急隊員には何も言わず、救急車のすぐ後ろに停まったハイヤーに乗りこむ。

「前の救急車についていって下さい」

「そういうのは、あまりよくないですね」運転手がちらりと振り返って言った。本気で困っている様子だった。

「取材相手が乗っているんです」

「たまに後をつけてくれと言われますけど、そういうことはしないように、会社の方からきつく申し渡されているんです」ハイヤーは、あくまでタクシー会社から派遣されているのだ。東日の車、運転手ではない。

「無理しない程度で……信号無視までする必要はないですから」

「見逃すかもしれませんよ」

「その時はその時で何とかします」

救急車が動き出した。バックミラーに映る運転手の顔は不安そうだったが、それでもすぐに車を出す。救急車はサイレンを鳴らしたが、家の前は細い道路なのでスピードは出せない。しかも古山には、まだツキが残っていた。奇跡的に一度も信号に引っかからず、途中の交差点で左折してきた車を一台間に挟んだだけで、救急車の追跡を続けられたのだ。しかも、搬送先の病院までは、わずか五分。いつの間にか汗をかいていたことに気づき、車が停まるとほっと息を吐く。

「離されなくてよかったですね」運転手も安心したように言った。

「すみません、無理言って」古山は頭を下げた。

「まあ、こういうことはなるべくなしでお願いします。実際に事故を起こした人もいるので」

「今後気をつけます」

礼を言って、車から飛び出す。岩住は救急搬送口に運びこまれているはずで、ここから先は病院側との交渉になる。

ここまでツキがあったのだから、まだ何とかなるのではないか——しかし、病院側の壁は予想以上に高かった。

東日の記者だと名乗り、一一九番通報したのは自分だと説明したのだが、病院側からすると、そういうことはほとんど関係がないようだ。応対してくれた事務の人間は冷たく、何を頼んでも絶対に

「イエス」と言いそうにないタイプだった。まあ、病院が患者のプライバシーを守ろうとするのは当然だろう――そうやって古山は自分を納得させようとしたが、どうしても釈然としない感じは残る。自分の力が及ばなかったことに対する怒りだ。

こうなったら、偶然に頼るしかない。いずれは家族が連絡をもらい、駆けつけてくるだろう。それを摑《つか》まえて、何とか事情を説明するしかない。とはいえ、見分けることができるかどうか。

古山は待合室に陣取った。病院にいると気が滅入《めい》るのだが、仕方がない。とにかく周囲の観察を続ける。

三十分後、慌てて病院に駆けこんで来た女性が二人……一人は七十代、もう一人は四十代だろうか。年長の方が岩住の妻、若い方が娘だろうと見当をつける。声をかけられる状況ではないので、ゆっくり立ち上がり、二人の後を追った。待合室の前にある受付に駆けこむと、若い方の女性が慌てて話し始める。年上の方――母親らしき女性は、おろおろしていて何も言えない様子だった。娘の方はしっかりしていて、「大丈夫だから、お母さん!」とかなり大きな声で励《はげ》ます。

二人が、看護師に誘導されて動き出した。古山は十分距離を保ちながら二人の後を追う。エレベーターに乗りこんでしまった……三階で止まったので、隣にある階段を二段飛ばしで上がり、三階の廊下に出る。間に合った。看護師に先導された二人は、ちょうど病室に入るところだった。

少し意外だった。玄関先で見つけた時、岩住は今にも死にそうだった。それなのに、病院に運びこまれてからまだ三十分ほどしか経っていないにもかかわらず、救急治療室を出て普通の病室に入っている。古山が考えていたよりも軽症だったのか? あの苦しみようを思い出すと、とても話ができる状態ではないはずだが。

古山は、病室から少し離れた場所にあるベンチに腰を下ろした。すぐに医師が中に入って行き、五分ほどすると看護師と一緒に出て来る。二人の表情、それに歩き方を見る限り、命に別状はなさそうだ。さて、あとは家族にどう話すか……。

それからさらに五分ほどして、若い方の女性が出て来た。手にはスマートフォンを持っている。どこかに電話しようとしているようで、歩きながら画面を操作していた。古山は立ち上がり、彼女に近づいた。

「岩住さんですか?」

「はい? いえ——はい、そうです」混乱しているのは、彼女が結婚して姓が変わったためだろうと判断する。左手の薬指には、結婚指輪があった。

「東日新聞の古山と言います」

「新聞って……」女性の顔が歪む。

「私が一一九番通報しました」

「あ、あなただったんですか」女性の顔がぱっと明るくなり、勢いよく頭を下げる。「お手数おかけして、どうもすみません。ありがとうございました」

「容態はどうですか?」

「大丈夫です。ちょっと気分が悪くなっただけですから」

「ずいぶん苦しんでいましたけど、本当に大丈夫なんですか?」ちょっと、という感じではなかった。

「はい。でも、搬送が遅れたら危なかったかもしれません」

「大丈夫なんですね?」念押しする。

「大丈夫です」

「電話ですか?」彼女のスマートフォンを見ながら確認する。

「はい、ちょっと家族に……待って下さい、母を呼んできますから」

彼女が病室に走って行って、勢いよくドアを引く。中に顔を突っこみ、「お母さん！」と元気な声で呼びかける。安静にしている必要のある病人がいる前で、あんなに大声を出していいのだろうかと心配になったが、それだけ岩住が元気な証拠だろうと自分に言い聞かせる。

ほどなく、年長の女性が病室から出て来る。改めて見ると小柄で、ひどく疲れて不安そうだった。娘が顔を近づけ、小声でごそごそと説明する。女性の顔が少しだけ明るくなった。

「どうもありがとうございます」女性が頭を下げる。「本当に、危ないところを助けていただいて……」

「奥さんですか？」

「はい」

「容態はどうなんですか？」

「今は、薬で眠っています」

「心臓の病気で入院していたと聞きました。本当に大丈夫なんですか？」

「すっかり体が弱ってしまって……本当は、もう少し入院していなければいけなかったんですけど、本人がどうしても家に帰りたいと言い張りまして」

死ぬ時は家で、とでも考えたのだろうか。そういう風に思う人は珍しくないと聞く。ここでは余計なことは言うまい、と古山は唇を引き結んだ。

「あの、家に何かご用件だったんですか？」

「ええ。実はご主人に取材を——話を伺いたいと思って来ました。約束はしていませんでした」

「そうなんですか……でも、ちょっと今は、話ができそうにないです」

「出直しても構いません。返事がなかったのでドアに手をかけてみたら、鍵がかかっていなかったので、開けてご主人を見つけました。勝手に中に入ってすみません」

「いいえ、おかげで助かりました。普段から、家に誰かいる時は鍵をかけないんです」

「お出かけだったんですね？」

「娘と、ちょっと買い物に出ていたんです。行くべきじゃなかったですね」

「ご自分を責めないで下さい……ご主人はまだ、眠っているんですね？」古山は確認した。

「はい。すぐに目を覚ますと思いますけど」

「これからどうするんですか？」

「二、三日入院すると思います。一応、もう一度しっかり検査をしたいというので。ここ、主人が入院していた病院なんですよ」

「だったら安心ですね」そこでふと思いついて、古山は申し出た。「入院の準備で、家に戻られますか？」

「ええ。着替えとか」

「だったら、車を持ってきていますので、使って下さい。タクシーを呼んだりしたら、時間がかかるでしょう」本当はまずい。取材で使うハイヤーに、勝手に他人を乗せるのは禁じられているのだ。ただし、記者が同乗する分にはそれほど煩《うるさ》く言われない。取材相手をどこかへ送っていく場合などだ。

「お送りしますよ」

「いえ、そこまでお世話になったら申し訳ないです」

「大丈夫です。今まで、たくさんの新聞記者がご主人の――奥さんにもお世話になってますよね？恩返しということで」

「じゃあ……いいですか?」

「もちろんです」

家まで車で往復する間に、古山はある程度情報を聞き出した。妻の名前は香津子《かつこ》。岩住自身は、二ヶ月前に心筋梗塞《しんきんこうそく》の発作《ほっさ》を起こし、この病院で手術を受けてしばらく入院した。退院したものの体調は思わしくなく、今でも病院側からは再入院を勧められている——。

「お酒と煙草《たばこ》なんでしょうね」香津子が溜息《ためいき》をついた。「現役の頃《ころ》から、ずっとうるさく言っていたんですけど、どうしても……」

急に居心地が悪くなって、古山はシャツの胸ポケットを押さえた。煙草と百円ライターが入っている。何度も一時禁煙したのだから、今度は本格的にやめよう、と決めた。

「今日は、どういったご用件なんですか? お急ぎですか?」

「ええ、まあ」

「でも主人は、もうずいぶん前に警察を辞めているんですよ。今さら記者の方の取材を受けることなんてないと思いますけど……」

「古い話なんです。昔の事件を改めて取材していまして」古山は曖昧《あいまい》に話した。香津子と話しても何か分かる訳ではないだろうし、秘密が広がってしまうのもまずい。

「ああ、そうなんですか」

「私は今、本社にいるんですけど、三月までは埼玉支局に在籍していました。警察の取材もずいぶんしました。ご主人、現職の頃は大変だったんじゃないですか? 夜回りとか、毎日のようにあったでしょう」

「それは、もう」香津子の声が少しだけ緩んだ。「捜査一課長の時は特に大変でした。事件がない時でも、記者さんは夜回りするんですね」

「用心みたいなものです……先輩たちがご面倒をおかけしまして」古山は真剣に頭を下げた。

「主人は、記者さんとのつき合いがあまり好きではなくて、結構困ってました。記者さんたちにも、陰では『鬼の一課長』と呼ばれていたそうです。そのうち、冬場は冷たい麦茶を、夏は熱いお茶を出すように言われまして……申し訳ないことをしました」

「いえ……ご面倒をおかけしているのは我々の方なので」

何だかおかしな方へ話が流れてしまった。家の前で香津子を下ろし、古山は車の中で彼女が戻って来るのを待った。何もできない中途半端な時間。結局香津子は、十分ほどで戻って来た。両手に、大きな紙袋を二つ持っている。急いで車を降りて、一個を引き受けた。

「すみません、こんなにお世話になってしまって」

「いえ、とんでもありません」

病院に戻ると、病室の前で一騒動起きていた。

「帰る！　帰ると言ってるんだ！」

「無理ですよ。ベッドに戻って下さい」

「冗談じゃない。こんなところに縛りつけられてたまるか！」

香津子が蒼《あお》い顔になって、病室に飛びこむ。それでもまだ、岩住は怒鳴り散らした。どうやら前回の入院中に不快な経験をしたようで、この病院が気に食わないらしい。しかし、無茶な……あれだけ苦しんでいて、先ほどまで薬で眠っていたはずなのに、目を覚ました途端にこれか。まさにモンスター・ペイシェントだ。

古山は、そっと病室を覗《のぞ》きこんでいた。ベッドに腰かけた岩住が、真っ赤な顔でぶつぶつつぶやいている。傍《そば》に立った香津子が、肩に手を当てて何とかなだめていた。現役時代は「鬼の一課長」だったかもしれないが、こうなるとただのわがままな年寄りだな、と古山は少し悲しくなった。

香津子の説得が功を奏したのか、岩住はようやくベッドに横になった。しかし依然として、不機嫌《ふきげん》な表情を浮かべている。ドアの方をちらりと見て古山に気づき、また顔を赤く染める。

「見せ物じゃないぞ！」

「お父さん！」香津子が低いが鋭い声で注意を飛ばす。「一一九番通報してくれた方よ。命の恩人ですよ」

「ああ……」岩住が深呼吸する。「どうも」

どうも、という挨拶はないだろうと思いながら、古山は頭を下げた。しかしこれは、またとないチャンスだ。自分は今、着替えなどが入った紙袋の片方を持っている。病室の中に入る言い訳になるではないか。

無理な退院を止めに来ていた看護師二人が、病室を出る。入れ替わりに病室へ入った古山は、香津子に紙袋を手渡した。

「すみません、何から何までお世話になって」香津子が丁寧《ていねい》に頭を下げる。

「うちへ来たんですか？」岩住が不思議そうな表情を浮かべる。「どこかでお会いしましたか？」

「いえ、初めてです」

「どちら様ですか？」

「東日の古山と申します」病室で取材するわけにもいかないが、古山は名刺を渡した。

「社会部……」岩住が目を細め、受け取った名刺を凝視する。「何事ですか」

ここが勝負ポイントだ。体調の悪い岩住に難しい問題をぶつけたら、ショックを受けてさらに体調が悪化するかもしれない。しかし一度挨拶してしまったら、今後は逃げ回られる可能性もある。

賭けだ。

「古い話です。二十二年前になりますが、越谷署管内で、八歳の女児が行方不明になる事件がありました。まだ発見されていません。今、あの件を取材しているんです」

「思い出した」岩住が目を見開く。「あなたは署名入りで記事を書いていたな」

「はい」古山はうなずいた。彼があの記事を認知しているのが、古山にとって幸運なことかどうか。もしかしたら、自分のところに取材があるかもしれないと思って、これまで想定問答を重ねてきた可能性もある。「私たちはその後も、追加取材を重ねてきました。あの事件は、中途半端に終わっていますが、どうしてそんなことが起きたのか、今では分かっていると思います。圧力です」

「帰ってくれ」岩住が、急に冷たい声を出した。

「すみません。体調が悪いのは分かっています。でもこれは、重要なことなんです」

「帰ってくれ！」岩住が繰り返した。「そんな話は知らない」

「現場での、捜査の最高責任者だったのに、ですか？　行方不明者の捜索は、所轄が中心に――」

「帰ってくれ！」これで三度目。岩住の声は、ほとんど悲鳴になっていた。

「お父さん！」香津子が突然ピシャリと言った。「この方は、命の恩人なんですよ。たまたま訪ねてくれなかったら、今頃大変なことになっていたかもしれないんですよ！」

岩住が香津子を一睨みしたが、さっとうつむいてしまう。鬼の一課長も、奥さんには頭が上がらないわけか。現役時代も、こんな風に窘《たしな》められていたのかもしれない。

さて……今日はここまでツキが続いてきた。これを生かしていかないと。古山は椅子《いす》を引いてきて、ベッドの脇《わき》に腰かけた。

「改めてお聞きします。二十二年前の失踪《しっそう》事件のことです――」

3

新聞を閉じ、デスクに積み重ねる。これはそろそろ政局だな、と松島は思った。一面左肩を飾った記事は世論調査の結果で、内閣支持率が二六パーセントまで落ちこんだことを伝えている。一般に、支持率が三割を切ると「危険水域」と言われていることぐらいは、政治取材の経験がない松島でも知っている。しかも東日だけではない。各紙、それにテレビ局の世論調査でも、内閣支持率は揃って二〇パーセント台に入っている。今年に入ってから大臣のスキャンダルが続発し、総理の任命責任が問われる事態が続いているのだ。

「衆院選になるかもしれないな」松島が言うと、途端に美菜が嫌そうな表情を浮かべる。

「また選挙ですか……この前知事選が終わったばかりだし、すぐにまた千葉市長選じゃないですか」

「千葉市長選は、千葉支局に任せておけばいいよ」そういえば自分は、県知事選の時は入院中で何もできなかった。候補者が多くなる国政選挙に比べれば知事選の取材は面倒ではないが、それでも戦線離脱していたのは申し訳なく思う。自分が政治嫌いかどうかとは関係ないのだ。

「まあ、いい加減、総理も賞味期限切れだろう」松島は置いたばかりの新聞を平手で軽く叩《たた》いた。一面トップの世論調査の記事の見出しが、その下で歪む。

「この人、結局何もやってないんですよね」

お、この娘《こ》もずいぶんすれてきたな、と松島は内心ニヤリとした。新聞記者になって四年目、地方で揉《も》まれ続けていると、だいたい世の中の出来事を斜《しゃ》に構えて見るようになる。

「まあ、イメージ優先、民自党にとっては軽くて担ぎやすいだけの総理だったからな。スキャンダルが続いたら、いつか引き摺《ず》り下ろされるのは、最初から分かっていた。あとは本当に、解散か辞職かのタイミングを狙ってるんじゃないか」

ただ、どちらも難しいだろう。解散は大義名分がない。しかしこのまま秋の臨時国会まで政権にしがみつき続けていたら、間違いなくレイムダックになり、総理の影響力はどんどん失われる。神輿《みこし》に乗っただけの総理なのは間違いないが、後継問題などでは、何とか自分の意向を影響させたいだろう。そのためにどうするかは、当然考えているはずだ。今後の流れとしては、総理の辞任、民自党の総裁選を経て、臨時国会冒頭で新しい総理が決まるはずだが、その後いきなりの解散総選挙も念頭に置いておいた方がいいだろう。民自党としては、総理がかわってフレッシュなイメージがあるうちに、選挙に打って出たいはずだ。

今は政治部の連中の動きも忙しくなっているだろう。党幹部の本音を探り、時にはメッセンジャー役になって情報を伝えたりしながら、総理の辞職、さらには解散・総選挙の時期を見極める。ありがちなことだが、長く務めた総理の後だから、民自党は揺蕩《ようとう》期に入るかもしれない。

こういう話題は、社会部の人間としては、酒でも呑《の》みながら無責任に話すのが面白いだけで、自分で取材はしたくないのだが。

松島はパソコンを立ち上げ、社内のイントラネットに入った。今回の事件――本当に「江戸川事件」の名称がついてしまった――の取材班は専用の掲示板を立ち上げ、そこに情報を書きこむことになっている。情報漏れを防ぐために、セキュリティが強固なイントラネットを使うよう指示されたのだ。イントラネットに入る際と掲示板を利用する際の二度、ログインが必要だから、安心といえば安心だろう。政治部の連中に覗かれる心配もまずない。ただし松島は、掲示板のパスワードをまだ覚えていなかった。昨日送られてきたのは、十桁《けた》の数字とアルファベットのランダムな組み合わせ——こんなもの、記憶できるわけがない。松島はパスワードをプリントアウトして、デスクの大きな引き出しの底に貼《は》りつけておいた。まったく、こういうのは苦手だ……。

東日の記者が本格的にパソコンを使い始めたのは、九〇年代も後半になってからである。松島が入社した頃は、まだ手書きで原稿を書いていた時代で、それが後にワープロ専用機に変わった。その時代が十年ぐらい続いただろうか。ようやくワープロを自在に使いこなせるようになったと思ったら、三十代後半になって、パソコンという新しい黒船がやってきた。やすやすと使いこなしている同年代の同僚もいるが、松島はパソコンとは最低限のつき合いしかしてこなかった。

掲示板を覗いて驚く。古山が昨夜、極めて重大な情報を書きこんでいたのだ。埼玉県警のかつての捜査一課長が、越谷署長時代に上から圧力を受け、行方不明者の捜索を縮小していたと認めたのである。

・証言者は元越谷署長で、後に捜査一課長などを歴任した岩住和雄《かずお》氏。
・越谷署長時代に浜浦美南《はまうらみなみ》ちゃんが行方不明になった事件の陣頭指揮を執ったが、発生から三日後、捜索規模を縮小するようにと県警地域部長から唐突に指示を受けた。
・岩住氏は「捜索を続けたい」と食い下がったが、「ずっとこの規模で捜索を続ける必要はない」と却下《きやつか》された。岩住氏はわずかに人員を削減しただけで、本部に対しては「大幅に縮小した」と虚偽《きよぎ》報告をして捜索を続けたが、ほどなく本部に実情が漏れ、厳しい指導を受けた。
・後に捜査一課長になった時に、地域部長に実情を問いただしたが、地域部長は「上からの指示」「察してくれ」というだけで詳細の説明を避けた。岩住氏は独自に調査を続けたが、詳細は分からず。

・その七年前、一九九二年に三郷で起きた殺人事件についても、同様の指示が上層部からあったことを把握（当時の岩住氏は秩父《ちちぶ》署の副署長で捜査にはノータッチ）して、関連性を疑っていたという。
・その後埼玉県で行方不明事件が発生（松伏、二〇一一年）した際には岩住氏は既に退職しており、状況はまったく把握していないと証言した。
・越谷事件発生時の地域部長は既に死亡。岩住氏の感触では、完全トップダウンで、地域部長以外には誰が指示したか知っている人間はいないようだという。

やるな……やはり古山は使える男だ。正式にチーム取材が動き出したばかりだというのに、もうこんな重要な証言を引き出してきたとは。こういう証言があと一つ入手できれば、「圧力があった」と書ける。松島はすぐに古山に電話をかけた。メールでもいいのだが、どうしても直接話して褒めておきたい。やはり自分は古い人間なのだな、と苦笑した。

「おはようございます」いいネタを引っかけてきたせいか、古山は上機嫌で声のトーンも高かった。

「掲示板を読んだよ。いいネタじゃないか。この元捜査一課長、君の知り合いなのか？」

「いえ、紹介してもらいました。ちょっとラッキーが重なったんです」

訪問した時に、たまたま倒れた相手を助けた――そんなことがあるものか、と松島は唸ってしまった。古山は優秀な男だが、それ以上に強烈な運の持ち主だ。いや、必死にあちこちを回ってまめに取材をしているから、こういう場面にぶち当たるのかもしれない。

「これは、千葉支局としても負けていられないね」

「別に競争してるわけじゃないでしょう」古山が苦笑する。

「いやいや、どっちが決定的な証拠を摑むかだ。今のところ、うちの方が有利だろうな。何しろ犯人はこっちにいるんだから」

「ということは……最終的にどうするんでしょうね。一番いいのは、野田署に今回の事件の犯人として逮捕させることでしょうけど」

「そういうことだな」

「できるんですか?」

「圧力をかければいいんだ。サツは、基本的に圧力に弱いんだよ」

「でも、マスコミが脅《おど》しをかけても、相手にしないんじゃ……」

「だから、さっさと書いちまえばいいんだよ。犯人の名前を出すわけにはいかないけど、分かる人には分かる書き方でさ。そうすれば警察も、動かないわけにはいかなくなる」

「分かりました。埼玉の方でも、引き続き証言してくれる人を探します」

「ああ。とにかく——よくやったよ。さすがだ」

「一つ、気になることがあります」古山が切り出した。

「何だ?」

「最初に圧力をかけてきたのは埼玉県警でした。千葉の方はのらりくらり、という感じでしたよね? これ、どう考えればいいんでしょう」

「うーん……」松島は答えに詰まった。確かに疑問だが、明確な答えが得られるとは思えない。「すり合わせしたわけじゃないだろうから、たまたまじゃないかな。ずっと分からないかもしれない。取材は、常に百パーセントぴったりはまるわけじゃない。パズルじゃないんだから」

「そうですよね……」言ったものの、古山は納得した様子ではなかった。

「考え過ぎるなよ」

忙しそうにしている古山といつまでも話しているわけにはいかず、松島は電話を切った。椅子を回して、後ろに座っている美菜に話しかける。

「最近、野田署に行ったか？」

「ええ」

「新しい署長、どんな感じだ？」松島は退院して以来——ということは、新署長が赴任して以来、野田署には顔を出していない。正直、行きにくかった。

「警務畑の人ですからね。何となく大人しいというか……捜査の実務経験はほとんどない人です」

「そうか。取り敢えず、ショートリリーフとして送ってきたんだろうな。署長不在のままではまずいから」もちろん、今回の人事はイレギュラーである。難事件の指揮を執らせるために、満を持してベテラン捜査官でもある人間を送りこむわけにもいかなかったのだろう。こんな状況になっても、本部には本気で捜査する気はないわけか。

「しばらく、野田署に毎日顔を出して、様子を探ってくれないか？　署長は今、署の中では浮いてると思う」

「浮いてる？」

「警務出身の署長っていうのは、どうしても現場には馴染《なじ》めないのさ。本部では金勘定《かねかんじょう》とか人事しかやってないから、捜査の微妙なところは分からない。そうすると、百戦錬磨、うるさ型の刑事さんたちからは軽んじられる」

「キャリアの人みたいなものですか」

「そんな感じだな。そうやって、部下から尊敬されない状態が続くと……こっちとしては狙い目じゃないか？」

「ですね」美菜が嬉しそうにうなずく。「部下に嫌われて弱っているところでちょっと慰《なぐさ》めてあげれば、一気に喋るかもしれませんよ」

「だったら俺みたいなオッサンが慰めるより、君がやった方がいい結果が出るだろう」

「任せて下さい」妙に自信たっぷりに美菜が言った。「慰めるのは得意ですから」

「何だ、それ」そんなことを得意技にしている人間がいるのだろうか。

「高校の時、野球部のマネージャーだったんですよ」

「そうなのか?」初耳だった。

「私がいた頃、うちの野球部、結構強かったんですよ。でも、もう一つ運がなくて、三年連続県大会の決勝で負けてるんです」

「それは……残酷物語じゃないか」〝あと一歩で甲子園〟が三年続くよりも、三年連続一回戦でコールド負けの方が、まだ精神的ダメージが少ないかもしれない。

「だから、マネージャーとしての活動で覚えているのは、号泣してる選手を慰めてることだけなんです」

「それは……メンタル的には選手よりきついな」

「でも、別に私が負けたわけじゃないですから」さらりと言って美菜が立ち上がる。「じゃあ、野田署に行って、署長を慰めてきます」

「頼むよ、マネージャー」

美菜が一瞬、嫌そうな表情を浮かべた。彼女は本当は、相当嫌な思いをしてきたのでは、と松島は想像した。自分でプレーしていたのでないから、苦しみと悲しみを正面から受け止められるわけでもなく、骨折したような記憶として根づいているのかもしれない。

スマートフォンが鳴る。同期の編集委員、佐野だった。嫌なタイミングで電話をかけてきやがる……無視しようかと思ったが、この男は同期の中でも人一倍粘《ねば》り強い——しつこい。こっちが反応するまで、何度でも電話をかけてくるだろう。スマートフォンなら、こいつも頭はよくないな、と松島は皮肉に思った。支局の電話にかけてくれればいい。スマートフォンに手を伸ばしながら、着信拒否されるかもしれないのに。絶対に電話に呼び出したいなら、支局の電話にかけてくれればいい。

まあ、いい。何の話か分からないが、適当にあしらっておこう。

「よう、どうだ」佐野の口調は軽かった。

「何だよ、こんな朝っぱらから」

「支局の朝は早いんじゃないか?」

「お前がまだ寝てる時間から仕事してるよ」

佐野が軽く笑う。何だかわざとらしい笑い……演技しているようにしか聞こえなかった。

「どうだい、体の方は」

「まあ、何とかな」

「無理するなよ。オッサンなんだから、若い頃みたいに無理は利かないぜ」

「お前だって十分オッサンじゃないか」

「まあまあ……軽く飯でも食わないか?」

「何で」松島は一気に警戒心を高めた。

「いや、飯は飯だろう」

「また何か、余計な忠告をするつもりか?」

「そういうわけじゃない」

「生々しい話だったら、勘弁してくれ。俺は今、取材からは外れてる」松島はさらりと嘘をついた。

「退院したけど、まだリハビリ中なんだからさ」

「まあ、そう言うなよ。そうだ、退院祝いでもいいじゃないか」

断り続けることもできるのだが、それはそれで面倒だ。病気になる前だったら、こういうややこしい相手に対して、のらりくらりと攻撃をかわしながら、時にはからかい、最終的には逆にネタを引き出すのは楽しみでもあったが、今は、そういう神経戦を闘う気力はない。

仕方なく、今夜一緒に食事をすることにした。向こうが柏まで来るというから、こちらは時間も体力も無駄にしなくて済む。こうやってだんだん動かなくなって、最後は固まるように死んでしまうのか、と松島は軽い恐怖を覚えた。


佐野は、柏駅の近くにある割烹《かっぽう》を指定してきた。割烹ねえ……本当は、純粋に酒と料理を味わうような店で、じっくり話をするには適していない。もしかしたら佐野は、本当に退院祝いをしてくれる気になっているのかもしれない。

その予感は外れた。佐野は個室を予約しており、最初からいかにも密談をしたがっている様子だった。

「お前らはやっぱり、こういう所が好きなのか？　料亭とか」

「それは政治家の話だ。俺らは料亭の外で、政治家が出て来るのを待ってるだけだよ」

「政治家と料亭で密談したりしないのか？」

「そういうのは、政治部長とか編集局長の仕事だ。現場の記者には関係ない」

現場の記者ね、と少し白けた気分になったが、佐野が「生涯《しょうがい》一記者」を貫いてきたのは間違いない。

政治部にいたのは、デスク時代まで。四十代前半に、社説を担当する論説委員に転じ、その後は編集委員になってずっと現場で政治家の取材を続けている。

「酒はどうする？」

「ドクターストップだ。料理も、脂《あぶら》っこいものは避けるように言われてる」

「いろいろ制限が多くてきつくないか？」佐野が一瞬、丸顔に真剣な表情を浮かべる。

「まあ……そういうことには慣れるよ。お前こそ、大丈夫なのか？　春の健康診断、どうだった？」

佐野が嫌そうな表情を浮かべる。やはり思わしくなかったのか……東日では、記者は毎年春と秋、二回の健康診断を義務づけられる。受診率は九割五分になるというが、項目が少なくチェックが甘いので、自費で人間ドックを受ける者も少なくない。松島もそうだった。会社の健康診断ではなく、最初に受けた人間ドックで異常が見つかったのは、むしろ幸運だったと言っていいだろう。生まれて初めて胃カメラを呑んだのだが、医者からは「バリウムでは発見できないぐらいだった」と言われていた。

病気の話なら、永遠に続けられる。これで誤魔化《ごまか》してしまおうかと思った。相手の様子を見ながらだが……佐野は特に焦る様子も見せず、松島には烏龍茶《ウーロン》、自分はハイボールを頼んだ。料理はお任せにしたようだが「揚げ物は避けてくれ」と念押しする。そういえば……どちらかというと下品で図々《ずうずう》しい男なのだが、こういう細かい気遣《きづか》いはできる人間だった。

ハイボールをぐっと一口呑むと、佐野はいきなり切り出した。

「地方部と社会部が、合同で取材班を組んだそうだな」

「さあ。本社の話は俺は知らないよ」やはりこの男は切れ者だ。この取材活動については「社内でも極秘にしておくように」と厳しい通達が出ている。政治部を意識しての指示なのは間違いなかったが、こんなに早く情報が漏れてしまうとは……。

「いやいや、とぼけないでくれよ。もう分かってるんだ。で、どうなんだよ。この件のとっかかりを作ったお前としては、どこまで取材できると思ってる？」

「俺は取材してないよ」少なくとも、取材班が発足《ほっそく》してからは。本社の地方部デスクに尻《しり》を叩かれて走り回っているのは、若い記者たちだ。松島はフリーハンドを与えられているが、他の記者がシステマティックに取材している中で自由に動くのはなかなか難しい。

「またまた。お前が、黙って見てるわけないだろう」

「俺は退院したばかりなんだぜ？　お前みたいに元気一杯じゃないんだ」

「元気じゃないか」

「見た目はな」

「そんなに悪いのか？」

佐野がふいに、ひどく心配そうな表情を浮かべる。こういうところは同期らしい、という感じだろうか。

「用心してるだけだ」

「室崎《むろさき》も入院したんだ」

「室崎が？　どうした？」室崎は二人の同期で、今は読者相談室にいる。読者からの問い合わせや苦情の電話をさばくのが仕事だ。

「詳しいことは分からないけど、お前と同じらしい」

「そうか……」

ふと、三十数年に及ぶサラリーマン生活の長さを意識した。五十代後半、定年間近になると、若く生意気だった同期の記者たちもくたびれてくる。七十数人いた同期のうち十人は、もう定年で会社を離れている。四十代で病死したのが一人。自分と室崎も、死者の列に加わることになるのだろうか。

「あいつも、後半は不運だったよな。上司と合わなかっただけなのに」佐野がしみじみと言った。

ひと昔前の新聞社には、癖《くせ》の強い人間が多かった。今だったらパワハラで処分を受けるような人間が、堂々と出世して、部下を怒鳴り散らすのも普通だったのである。室崎は、そういう悪い上司に引っかかったのだ。

室崎は、真面目で大人しい男だった。堅実な仕事ぶりを買われて経済部でデスクになったのだが、新しくきた部長とまったく合わず、結局追い出されるように異動してしまった。その後は取材部門ではない閑職《かんしょく》を転々……自分や佐野のように自己主張の強い人間だったら、何とか現場に戻れるように動いていただろうが、室崎はそこまで頑張る人間ではなかった。たまに社内で会って、一言二言話す時もあったのだが、いつも元気がないのが気になっていた。体よりメンタルをやられてしまうのではないかと心配していたのだが……。

「とにかくお前は元気じゃないか。当然、この件でも中心になってるんだろう?」佐野が急に話を変えた。

「それはお前の思いこみだけど、だから何だ?　政治担当の編集委員が、どうしてこの件にこんなに興味を持つんだ?」

「正直に言おうか。お前たちが動くと、困る人間がいる」

「一番困ってるのは被害者の家族だ。ずっと長く苦しんでいるんだぜ」

「まあ、お前がそういう風に言うのは分かるけどさ」

「お前は誰の代理人なんだ」

「馬鹿言うな」佐野が吐き捨てたが、勢いはなかった。「俺は誰の代理もしていない」

「だったら忖度か」

口喧嘩《くちげんか》になりかかったところで、最初の料理が運ばれてきた。ホワイトアスパラに薄い茶色のソースがかかったものと、プチトマトと青紫蘇《あおじそ》を和《あ》えたものだ。食べていないと間が持たない感じがして、松島はすぐに料理に手を伸ばした。ホワイトアスパラにかかっているソースは、マヨネーズをベースに練りゴマを混ぜたもののようで、こってりした味わいがアスパラガスの淡白さに合う。プチトマトの方には酸味の効いたドレッシングがかかっていて、トマトの甘みが引き出されていた。

「お前、ここへ来たことあるのか？」松島は思わず訊ねた。

「いや、食べログで点数が上の店を選んだ。あと、個室があるのが条件で」

「何だ、お前もネット頼りか」若い連中が、店選びでこういう口コミサイトを当てにしているのは、松島もよく知っている。自分の足で歩いて、時には失敗もしていい店を見つける方が楽しいと思うのだが、今は何より効率優先ということだろう。というより誰もが、失敗を恐れている。

料理が次々に出てくるので、ややこしい話をする暇がなくなった。まあ、これもいい。料理は野菜中心で、さっぱりしているのに美味《うま》いし、佐野の話を聞かずに済めば、それに越したことはない。

しかし、次は焼き物というタイミングで料理の間が空いた。佐野がすかさず話を蒸し返す。

「この件は無理なんだよ。絶対に書けないんだから、諦《あきら》めろ」

「どうして」

「こんなでかい事件の原稿だったら、編集局長も局次長も目を通す。そこで、絶対にストップがかかる。そうなったら困るだろう？　せっかく取材して原稿も出したのに掲載されなかったら、ダメージ甚大《じんだい》じゃないか。だったら、今のうちにやめておいた方がいい。俺は、お前のことを思って言ってるんだぞ」

「世間的には、それを大きなお世話って言うんだ」

「俺はお前に傷ついて欲しくないんだ。社内で問題視されたら、定年前にダメージが大き過ぎる。お前、定年になってもまだ、シニア記者で働きたいんだろう？」

「そのつもりだ」

「希望しても、できない時もあるぞ」

「そういう風に言うように、誰かから圧力をかけられたのか？」

「まさか」佐野がハイボールを一口啜《すす》った。いつもはペースが早いのに、今日は背の高いグラスの三分の一ぐらいしか減っていない。「だけど、編集局長も政治部出身だ。どこに気を遣うかは分かるだろう。そして『検証が甘い』の一言で、原稿はボツにできる」

「あのな、政治担当編集委員っていうのは、どの辺の政治家をネタ元にしてるんだ？　若手の頃に可《か》愛《わい》がってくれた人は、とっくに引退しているだろう？」二十代の政治部の記者のネタ元が、六十代の党の重鎮でもおかしくない。

「そうだな。よくある話だ」

「政治家だけじゃなくて、各省庁の事務方の上の方とも親しくなるだろう」

「そうじゃないと行政関連のネタは取れないからな」佐野が認めた。

「はっきり聞こうか。お前を動かしてるのは、総理秘書官の倉橋か？　それとも官房副長官の桂木大吾か？」

「だから嫌だったんだよ、俺は」佐野が溜息をつく。「お前だったら、いつかはそこに辿り着くと思っていた。そして絶対に、大きなトラブルになる。もっと強く止めておけばよかった」

「ふざけるな」松島は低い声で脅しにかかった。「お前は、指示は受けていないかもしれない。でも誰かに忖度して、俺を止めようとした。お前の大好きな政治家や官僚、それに会社の上層部に気を遣ってるんだろうが、大きなお世話だよ」

「おい――」

「お前はクソ野郎だ。何が一番大事なのか、分かっていない。仮にこれから民自党のクソ政権が戦争に突っ走っても、お前は止めないだろう。戦争に反対する人間を抑圧する側に回るよ。戦争が終わった後で何が起きるかも想像できないでな」

「言い過ぎだぞ」佐野の顔が紅潮《こうちょう》する。

「ああ、言い過ぎだ」松島は認めた。「でもな、俺たちはずっと、クソみたいな仕事しかしてこなかった。権力の監視がマスコミの仕事なんて言いながら、実際には権力に取りこまれていた。俺だってそうだ。長く警察庁の担当をしていたのに、サツの不祥事《ふしょうじ》を抜いたことは一度もない。むしろ、週刊誌に抜かれた。あの連中の取材力は、今や新聞より上かもしれない。ただ、奴らは正義感や義務感からやってるわけじゃない。問題は金だ。でかい見出しで週刊誌が売れるかどうかだけがポイントなんだ。どんなにいいネタでも、そういう姿勢である限り、俺は週刊誌の報道は認めない。俺たち新聞記者だからこそ、できることがある――青臭いだろうが、まだ信じてるんだ。それを、内輪から潰されたんじゃかなわない。お前は黙って引っこんでろ」

「俺は、お前のためを思って言ってるんだぞ」佐野の顔が強張《こわば》った。

「それが本当ならありがたい話だけど、そもそもの考えが間違ってるんだから、受け入れられない」

松島は尻ポケットから財布を抜き、一万円札をテーブルに叩きつけた。

「帰る」

「おい——」

「お前、いい記者人生だったって、胸を張って言えるか？」

捨て台詞《ぜりふ》としては最悪だ。自分の言っていることがあまりにも青臭く、時代遅れなことも自覚している。今時、新聞に正義や公正な批評を求める人などいないだろう。これからは、そういう傾向がますます強くなるはずだ。

こんなことを堂々と言う記者は、俺が最後になるかもしれない。

しかし、街に出て外の風に吹かれた時には、妙に爽《さわ》やかな気分だった。言いたいことを言ったからではない。真実を言ったからだ。

4

時間がない。問題は、六月に迫っている千葉市長選だ。支局総出の取材というわけではないが、何人かはその取材に専念することになるだろう。人手が減ったら、こちらの事件の取材は厳しくなる。埼玉支局の方は、特に忙しいわけではなく、取材は続けられるはずだが、松島としてはあくまで千葉支局の方がこの事件の震源地だという意識が強い。

それは他の記者も分かっているようで、県警クラブも他の事件の取材は最低限にして、この件に集中していた。松島は永幸塾の関係者に当たり続け、桂木に対する複数の証言を得ることに成功した。桂木の犯行を直接裏づけるものではないが、彼に対する疑いはじりじりと高まってくる。

佐野に捨て台詞を吐いた快感は、しばらくは残っていたが、やがて苦い気分が快感を侵食し始める。こういう愚痴《ぐち》を零《こぼ》せるのは、取材班の中では社会部デスクの今岡だけだ。今岡とはだいぶ年齢が離れているが、松島が社会部でデスクをしていた時に、原稿の面倒を見たことがある。また、編集委員になってからは、何度か一緒に取材をしたこともあった。

電話をかけると、今岡が平然とした口調で応答する。

「ああ、松島さん、どうも」

「今回は、いろいろ迷惑をかけるな」

「いや、地方発のでかい記事は歓迎ですよ。社会部も刺激を受けるし」

「そうだといいんだが……少し面倒な話がしたいんだけど、いいか？」

「ちょっと待って下さい、かけ直します。今、柏支局ですか？」

「ああ」

「後ほど」

電話を切って一分後、支局の電話が鳴った。社会部の大部屋を離れ、遊軍の分室かどこかへ移動したのだろう。そういう場所なら、周囲の目を気にせず話ができる。

「で、どうしました？」

「この件、政治部にばれてるぞ」

「マジですか」今岡が声を潜《ひそ》める。「情報漏れしないように、あれだけ注意してたのに」

「こういう話は、どこからか漏れるものさ」松島は佐野の名前を伏せて、社内の人間から忠告を受けたことを説明した。

「三月？　そんなに前から？」

「ああ。実際に記事が出る前から、動きが漏れていたんだ。政治部の連中が知っているということは、編集幹部の耳にも入っていると考えた方がいい。政治部から編集局長までは、情報は直通だろうから」

「局長は、腹に一物ある人ですからね」

「そうなのか?」自分より年下の今の編集局長のことを、松島はよく知らない。向こうが政治部長、こちらが編集委員の時に、会議などで顔を合わせることはあったが、会話を交わしたことすらなかったと思う。

「この二十年ぐらいで、最年少の編集局長でしょう? 上の方に気に入られているんでしょう」

「いかにもありそうな話だな」記者という人種は、基本的にあまり上昇志向が強くない。普通の会社なら「社長になりたい」という若い社員は一定数いるはずだが、そんなことを考えている記者はほとんどいないだろう。そこそこ給料をもらえていれば、あとは自分の好きなことだけを取材していきたいと思う。自分がまさにそうだった。逆に言えば、少しでも上昇志向がある人間は上から見れば目立ち、「引き立ててやろう」と思われるものだ。

「しかし、局長が知ってるとしたらまずいですね」今岡は不安そうだった。「あの人、民自党とはずぶずぶだし、総理と直接話せるパイプもあります」

「総理はどうでもいい——そろそろ退陣じゃないか?」

「最新の世論調査の結果を見たら、もう完全にレイムダックですよね。多少なりとも影響力のあるうちに辞めたいだろうけど、神輿を担いでいる人たちがどう判断するかな」

「——とにかく、この件は無視できない。無視できないけど、どうしようもない」

「下手《へた》に動いたら、先に潰されますからね」

「一気に動くしかないか……ただ、難しいですね。情報はたくさんあるし、警察関係者の証言も集まっている。どういう切り口で書くかで、さらに取材が必要か、それともすぐに出せるかが変わってくる」

「分かるよ」松島はうなずいた。「本当は、サツが動いてすぐに犯人逮捕までいってくれたら確実なんだけどな。新聞が特定の人間を犯人だと断定して、そのまま逮捕されなかったら、大問題になる」

「社会部長もそれを気にしてますよ」

「だったらどうかな、思い切って倉橋に当たってみたら。誰かの要請を受けて、捜査しないように指示したはず——今まで集まっている情報をぶつけたら、否定できないんじゃないか?」

「うーん……否定はできますよ。そして、否定されたらこちらは反論しようがない」

「分かってる。でも、ここは勝負だ。いつまでも周辺取材を続けていても仕方がない。俺みたいな年寄りが出ていってても困るかもしれないけど、直接倉橋に当たってもいい」

「しかしねえ……」今岡はなお慎重だった。

「今岡、ここは勝負なんだ。今勝負しないと、いい記事は書けない」

「分かってますよ」少しむっとした調子で今岡が言った。

「いいから、俺にやらせてくれ。できれば、古山とコンビで」

「古山をずいぶん買ってるんですね」

「この件を最初に引っ張ってきたのはあいつだ。だから、最後まで見届ける権利があると思う。上でちょっと話し合ってくれよ。倉橋を追い詰める材料は十分あるはずだ」

今岡はまだぶつぶつ言っていたが、松島は電話を切った。何だかんだ言って、今岡は決断してくれるだろう。その背後には、社会部長の存在がある。松島が警視庁のサブキャップだった時に公安担当の記者だった現在の社会部長は、昔から危なっかしいほどイケイケだった。今はとにかく慎重に、少しでも危ういと思ったら記事にしないのが会社全体の方針なのに、社会部長はあっさりゴーサインを出してしまう。周りのデスクが必死に抑えて、何とか危ない記事を出さずに済んだ、という話も何度も聞いていた。そもそも魑魅魍魎《ちみもうりよう》の住む世界、何が本当で何が嘘かも分からないような警視庁の公安担当だった記者が、どうしてそんな風になったのかが分からない。「公安担当は、取材したことを一切記事にできないぐらいが本当」と言われているので、その反動がきたのかもしれない。

新聞社には実にいろいろな人間がいる。だからこそ面白いのだ。最近は、とにかく無理をしない、ただ紙面を埋めるだけの記事を書いていればいいんでしょう、とでも言いたげな若い記者が多いが、そんな記者が増えたら新聞は死んでしまう。待ってろよ。オッサンが本気を出したら、どれだけとんでもない記事が出るか、見せてやる。

その日の夜、早くも今岡から電話がかかってきた。

「部長がOKしましたよ」いかにも嫌そうな口調だった。

「だろうな」予想できてはいたことだが、松島は表情が崩れるのを意識した。

「地方部長と相当激しいバトルになって、傍で見ていて大変でした」

「お前が、それぐらいのことで動揺するとは思えないけどな」

「いやいや、あれは東日新聞龍虎《りゆうこ》の戦いとして、未来へ記録しておくべきです。録画しておけばよかったな」

おいおい……自分は今岡の精神力を低く見ていたのだ、と気づく。数時間前の、かなり凄絶《せいぜつ》だったであろう戦いを、既に呑気《のんき》な思い出話として語っている。

「とにかく、倉橋に話をぶつけてみましょう」今岡が引き締まった口調で言った。

「手は?」総理秘書官となると、どうやって接触していいか、分からない。

「倉橋はあくまで官僚ですから、自宅に住んでいます。政治部の連中の夜討ち朝駆けは受けているようですが、原則的に週末は会わない。総理の出張に伴って東京を離れている時は別ですけど」

「記者サービスはいい？」

「結構話すけど、中身はないってやつですね」

「ああ……一番たちが悪いタイプか」長い記者生活の中で、松島もそのような情報源に何人も会っている。一時間も二時間も話題豊富に喋りまくり、こちらの言うこともよく聞いてくれる。話は盛り上がり、いかにもたっぷり取材したように思えて、いざ後でまとめてみると、有益な情報は一つもないのだ。ただ話好きなのか、それとも人を煙に巻くための手段として話術を使っているのか。

「狙うなら、土日の朝ですね。朝は必ず犬の散歩に出るそうですから、その時がチャンスです」

「分かった。予定が分かったらすぐ教えてくれ」

「松島さん、マジで取材するつもりですか？」

「こんな美味《おい》しい話、逃すわけがないだろう」松島は声を上げて笑った。「ただ、俺は犬が苦手なんだけどな」

　今岡が絶句した。どう答えていいか分からない様子なので、松島は「じゃあ、連絡してくれよ」と言って電話を切った。そのまま視線を壁に向け、カレンダーを確認する。今日は木曜……早ければ明後日《あさって》には倉橋に直当《じかあ》たりできる。時間帯によっては夕刊に記事が書けるが、朝刊まで待つべきだろう。今は、夕刊を購読している家庭も少なくなり、部数も減っているから、書いたところで影響力は大きくない。やはり朝刊でドカンとぶち上げて、他社と関係者を慌てさせたいものだ。基本は事件原稿だから、一面トップとはいかないだろうが、左肩で準トップは狙える。そして社会面は見開きで大展開だ。地方版の「受け」の記事も考えなくてはならない。

大変な取材が待っているのに、ついにやけてしまう。記者の習い性は、いつまで経っても変わらないようだ。

土曜日の朝七時、松島は倉橋の家の前で古山と落ち合った。さすがに眠いし、体もきつい。絶対に遅れてはならじと、朝五時起きで、電車を乗り継いできたのだ。

古山は、妙に不機嫌だった。

「何かあったのか？」松島は思わず訊ねた。誰かに圧力をかけられたとか……。

「いや……倉橋が隣駅に住んでるとは思いませんでした」

倉橋の自宅は、目黒区中町《なかちょう》——最寄《もより》駅は東急線の祐天寺《ゆうてんじ》だ。いかにもの高級住宅地で、周りには大きな一戸建てが多い。

「君、どこだっけ？」

「中目黒です」

「ずいぶんいいところに住んでるな。独身貴族……は死語か」

「ですね。家賃が高くて、貴族の生活なんか無理ですよ」

古山のぼやきに、松島は思わず笑ってしまった。家賃が高ければ、引っ越せばいいだけの話ではないか。もっともそれで、また金がかかるのだが。

「後は、何時に出てくるかだな」

「朝方犬の散歩をする人は、早いと思いますけど……もう出てるかもしれませんね。六時に待ち合わせでよかったかもしれない」

「それじゃ俺は、常磐線の始発に乗らなくちゃいけなかった」

「何だったら、うちに泊まってもらってもよかったですけど」

「男二人で雑魚寝《ざこね》はきついなあ」昔はそういうこともよくあった……妙に懐かしくなったが、さすがに六十歳近くになって、狭い部屋で若手記者と眠る気にはなれない。

「来ました」

一気に緊張感が高まった声で古山が告げる。松島は倉橋の家の玄関口に視線を向けた。まさに倉橋――顔は記事などで確認していた――が出てきたところだった。動きやすい黒いジャージの上下ということは、犬の散歩を兼ねたウォーキングだろう。アディダスの本格的なジョギングシューズだった。家の中から抱いてきた柴犬《しばいぬ》を道路に下ろし、足早にこちらに向かって来る。古山が、スマートフォンを持ったまま素早く歩き出した。松島も慌ててスマートフォンのボイスメモアプリを起動する。取材中に録音する時は、相手の了承を得るのが礼儀だが、今回はそれを無視することにしていた。とにかく倉橋を警戒させないことが大事だ。

倉橋は中肉中背の男で、六十歳を超えている割に足取りは軽い。元気な犬に引っ張られることもなく、かなりの早足で歩いていた。松島は何十年も前に千葉で会っているのだが、当時の顔の記憶はない。二人の前を通り過ぎる直前、気づいて顔を上げる。松島はすかさず「東日の松島です」と名乗った。

「東日さん……」倉橋が怪訝《けげん》そうに眼鏡《めがね》の奥の目を細め、マスクをかけ直す。まるで正体を隠そうとするように。「申し訳ないが、土日は取材は受けないという約束……紳士協定になってます」

「政治部じゃありません」松島は言った。「千葉支局です」

「千葉支局？」

「社会部の古山です」古山もすかさず名乗りを上げる。

「一体何事ですか」

目を見ているだけでは本音が読めない。しかし「マスクを外して下さい」とも言えない。コロナ禍《か》は、取材のノウハウ、というか記者の感覚にも修正を強《し》いた。

「ちょっとお伺いしたいことが。確認させていただきたいんです」

「まあ、構いませんけど……歩きながらでは何ですから、近くの公園にでも行きましょうか」

手応《てごた》えありだ、と松島は期待した。怒りを見せて「取材は受けない」と家に戻ってしまえばいいのにそうしないのは、喋る気はあるからだろう。「千葉支局」と「社会部」と聞いただけでピンときたはずだ。

五十メートルほど歩き、倉橋は道路から階段を数段上がって公園に入った。小さな遊具などが置いてある、都心部にはよくあるポケットパークだ。朝七時過ぎとあって、人はいない。倉橋は、木の幹に犬をつないだ。犬は盛んに尻尾《しっぽ》を振っているが、まったく吠《ほ》えようとしない。知らない人間が二人現れたにしては、落ち着いたものだった。

松島は、以前自分たちが社会面に書いた記事のコピーを取り出し、倉橋に示した。倉橋はコピーを受け取ろうともせず、一瞥《いちべつ》しただけで、「ああ、この件ですか」と短く言った。

「倉橋さんは、一連の事件の最初——流山市で女児殺害事件が起きた時に、千葉県警の捜査二課長でした」

「確かに」倉橋が認めてうなずく。「まさか、そんな古い事件について、私に聞きたいんですか」

「ええ」

「あれは確かにひどい事件だった。私のキャリアの最初の頃に出会った事件ですから、印象に残っていますよ。捜査自体は一課と所轄が担当しましたが、マスコミの取材が激しかったので、私が臨時に広報担当を命じられました」倉橋がすらすらと説明する。

「私も当時、千葉支局にいました」

「現場でお会いしましたか？」倉橋が目を細める。

「いえ、当時は県政担当だったもので」

倉橋の演技力というか、胆力《たんりょく》は相当なものだと思う。今のところ一つも嘘をつかず、自分に不利になる情報も漏らさず、こちらの質問に答えている。

「だったら、面識がないのも当然ですね」

「一つ、確認させて下さい」松島は本題に切りこんだ。「あの事件に関しては、突然捜査の手が緩みました。後で確認してみると、まともに捜査する必要はないというような指示で、激怒した現場の刑事たちが、上司を吊《つ》るし上げようとしていた、とも聞きました」

「それは知らないな」

「あなたは捜査の中核にいたはずです」

「いや、ただの広報担当ですよ」

「それでも、捜査状況を把握していないとマスコミはコントロールできない……捜査をストップさせたのは、あなたじゃないんですか」松島は「小野メモ」の内容を一から思い出していた。「誰かの指示を受けて、実質的に捜査をやめさせた」

「まさか」倉橋が本当に驚いたように目を見開いた。

「その誰かとは、当時民自党の大物代議士だった桂木一郎さんです。捜査本部は、既に容疑者を絞りこんでいました。それが桂木代議士の次男である恭介氏です」

「これはまた……ずいぶん突拍子もない話ですね。つまり、桂木氏が子どもの犯罪を隠すために、私に捜査をストップさせるように依頼してきたと？」

「その直後、千葉市を舞台にした汚職事件が発生しました」

「今度は汚職ですか」マスクをしていても、倉橋が溜息をついたのが分かった。「いったいこの話はどこへ飛ぶんですか」

「この汚職事件の端緒を摑んだのは、倉橋さん、あなただと言われています。キャリアの二課長が、こういう事件の情報を摑んでくるということは、絶対にあり得ない。しかし実際、あなたがネタを持ってきたのは間違いない」

「それについては、言えることは何もありません。捜査の秘密については、守秘義務がある」

「既に裁判で判決が確定したことでもですか？」

「信義の問題もありますからね。ペラペラ喋る人間は、どこへ行っても信用されない」真顔で倉橋がうなずいた。

「話を戻します。あなたは桂木一郎氏から依頼を受け、彼の次男が逮捕されないように手を打った。問題は、それで重大事件の犯人が野放しになってしまったことです。その後、千葉と埼玉で、数年おきに小学生女児の行方不明事件、殺人事件が起きている。我々は同一犯によるものと見ていますが、毎回警察の捜査は中途半端に終わっている。桂木氏の依頼を受けて、あなたが圧力をかけ続けたんじゃないですか？　あなたは警察庁の官僚、そして総理秘書官という地位を歩いてきたから、現地の警察に圧力をかけることは難しくなかったはずです。桂木一郎さんが引退した後は、長男の大吾さんが引き継いだ。一族の暗部を隠すために、あなたが手を貸した――その見返りとして、あなたは権力を手に入れた。桂木大吾さんは官房副長官、あなたは総理秘書官。事件をめぐって関係のある二人が、今や官邸を動かす両輪になっているのではないですか」

「否定します」倉橋があっさり言った。「そんな馬鹿な依頼は受けていない」

「まったくなかったんですか？」

「ありません……あなたたちが、私を黒幕のようにして記事を書くのは勝手ですが、すぐに訂正《ていせい》を出すことになりますよ。こんな重大な事件で飛ばし記事を書いたら、あなたたちの首が飛ぶぐらいでは済まないでしょう。御身を大事にされたらいかがですか」

「絶対に信じられる証言があります。それを裏づける証言も確保できています」古山が割って入って食い下がった。「あなたも警察官僚だったんでしょう？　だったら、我々が追い求めている正義については、よく分かってくれるはずです」

「あなたたちよりもずっと、正義に関しては分かっていますよ」ちらりと視線を下に向ける。「スマホでの録音はやめた方がいい。どうせ使えない話だ。リソースの無駄遣いです」

「倉橋さん……」

「名誉毀損《きそん》で訴える、などとは言いませんよ」倉橋が急に穏《おだ》やかな声で言った。「ただ、無駄なことはしない方がいい。記事を書いて、その後で事態の収拾に苦労するのは馬鹿馬鹿しいでしょう。そもそも、その記事は出ません。絶対に」

「それはどういう――」

古山が前に出て詰め寄ろうとしたので、松島はさっと腕を上げて彼の動きを制した。肉体的な接触は絶対に不可だ。殴ったわけでなくても「手を出した」となると後々問題になる。

「これでよろしいですか？　私にとっても貴重な週末なので」

倉橋が、木の幹に結んだ犬のリードを解《ほど》き、公園を出て行った。古山が「いいんですか、松島さん」と不安げに訊ねる。

「突っこむことは全部突っこんだ」松島は顎《あご》が強張るのを感じた。

「今ので、記事になると思いますか？」

「倉橋のことは、匿名《とくめい》で書くしかないだろうな」それでは意味がないが、記事のテクニックとしては他に考えられない。

「弱いですね」

「分かってる」松島は厳しく言った。「しかし、どうしようもない。今は手持ちの材料で勝負するしかないんだ」

「クソ！」古山が低い声で吐き捨てる。

こういうこともある……松島も、容疑者と目される人間に直当たりしたことは何度もあるが、相手が容疑を認めたことは一度たりともない。警察の取り調べ室で、自由を奪われた状態で刑事と対峙《たいじ》するのとは訳が違うのだ。

それより松島は、気になっていることがあった。「その記事は出ません」。あれはどういう意味だ？

第十章　神の手

1

　結局その日の夕刊、そして翌日の朝刊への記事掲載は見送りになった。古山は松島と一緒に本社に上がり、取材班の二人のデスクと議論――激論を交わしたのだが、二人のデスクは「本人が全面的に否定していたら記事にはできない」との判断を崩さなかった。

「匿名《とくめい》でもいいから書けばいいじゃないですか」先ほど松島が言っていたのを思い出し、古山は食い下がった。

「肩書きをぼかして書いても、すぐにバレる」今岡が指摘する。「今は、多くの人がセンシティブになってるんだぞ」

「政治面の記事では、誰《だれ》が喋《しゃべ》ったかバレバレなのに、『政府高官によると』ってクレジットするじゃないですか」

「あれは、バレる前提で書いてるから、どうでもいいんだよ。取材相手とのお約束ってやつだ」今岡がうんざりしたように言って、松島に話を振る。「どうですか、松島さん？　やっぱり、この曖昧《あいまい》な状況で書くのはまずいんじゃないですか？」

「そうだな」松島がそれまでの持論を突然引っこめた。「一番の証拠の小野メモを突きつけてやればいいんだが、メモの存在はまだ倉橋に知られたくないんだ。ベストは、警察が動いて犯人を逮捕することなんだが……」

「警察の方はどうなんですか？　まだ倉橋のコントロール下にある？」今岡が質問を続ける。質問というより尋問《じんもん》という感じのきつい口調だった。

「はっきりしないが、そう考えた方がいいだろう。これだけ大騒ぎになって、しかも野田の事件はまだアクティブだ。それなのに手を打たないのは、圧力がかかっているからだとしか思えない。どうせなら、いきなり逮捕してもらった方がいいよ」

「それじゃ、他紙と同着になります」古山は抗議した。

「逮捕が問題じゃないんだ。『明日逮捕』なんて、抜いてもしょうがない」今岡は譲らない。

「しかし……」古山は頭から抑えつけられたように感じた。

「そういうのは、もう流行《はや》らないんだよ。『明日逮捕』ででかい見出しが取れたのは、三十年前だ。サツのケツを追いかけてネタを貰《もら》ってるようじゃ、いつまで経《た》っても御用聞きだぜ。サツのケツを蹴《け》飛《と》ばして走らせるぐらいじゃないと」

「だったら、犯人も指摘して、思い切って書いていけばいいじゃないですか。どうせサツが動かないんだったら、こっちが犯人に直当《じかあ》たりして聞き出したらどうですか」古山も一歩も引かなかった。仲間内で引いたら負けだ、と思う。

「それは危険だ」今岡が指摘した。「それで逃げられたら、身も蓋《ふた》もない」

「じゃあ、これ以上どうしようもないっていうことですか！」古山は思わず声を荒らげた。

「まあ、待て」松島が落ち着いた声で言った。「絶対に突破口はある。まだ諦《あきら》めちゃ駄目だ」

「とにかく考えましょう」今岡が話をまとめにかかった。「諦めはしない。でも、焦ってもいけない」

要するに、単なる「待て」かと古山は白けた。こうやって足踏みしているうちに、他社が追いついてくる可能性もある。どれだけでかいネタで抜かれても、記者は決してへこたれるわけではないのだ。特に危ないのは日本新報……あそこは昔から、抜かれてもすぐには追いかけてこないという奇妙な伝統がある。しばらく経って関係者も忘れた頃《ころ》に書いてくる。しかも元ネタに独自の材料を加味して、さらに大きい記事に。意味の分からない伝統だが、ただそのまま抜かれを追いかけるのはプライドが許さないということだろうか。そんなことをしているから、経営が悪化して会社が傾くのだ。

会議がお開きになっても、古山の怒りは鎮《しず》まらなかった。怒りと同時に悔しさもある。ここまで材料を集めてきて、それでも書けないとは……いったいどれだけ情報を手にしたら原稿にできるのだろうか。

「ちょっと頭を冷やそうか」松島が声をかけてきた。

「冷静ですよ」古山は敢《あ》えてぶっきらぼうな声で言った。

「いや、頭から湯気が出てる」

古山は反射的に頭に手をやった。それを見た松島が、声を上げて笑う。

「まあまあ……朝飯、食ってないだろう?」

「ええ」いつの間にか九時になっている。夕刊に原稿を出すかもしれないからと、デスク二人は早出していたのだ。

「腹が減ってると、ろくなことにならないぞ。食える時に食っておけって、新人の頃に教わらなかったか?」

「それは分かりますけど……」

「食堂じゃなくて喫茶室《きっさしつ》に行こうか。あそこのモーニング、結構美味《うま》いんだ」

「行ったことないです」

「これから散々お世話になるんだから、早めに知っておいた方がいいよ」

松島に連れられて、本社の五階にある喫茶室へ向かう。広い窓から賑《にぎ》やかな銀座が見渡せる——わけではない。見えるのは、他のビルの壁だけだ。

東日の食堂が朝から夜中までやっているのは知っていたが、喫茶室もそうだったのか。各職場に泊まり勤務の人間がいるから、手軽に朝食を供する必要があるわけだ。新宿や渋谷ならともかく、銀座にはそんなに朝早くから開いている店はなさそうだし。

モーニングセットはトーストとサラダにゆで卵、飲み物。昔ながらの喫茶店モーニングという感じで、この組み合わせは何十年も変わっていないのだろう。

「ここで、何百回朝飯を食ったか分からないよ」既にバターのついたトーストに、色が分からなくなるぐらい薄く苺《いちご》ジャムを塗りながら、松島がしみじみと言った。

「そんなに泊まったんですか？」

「面倒臭くなってソファでゴロ寝もよくあったし、朝早く、飯抜きで出て来てここで食べたり……食生活が滅茶苦茶《めちゃくちゃ》になるのはしょうがないけど、それが病気の原因になったのかもしれない。君も気をつけろよ」

「今のところ、気を遣《つか》ってる余裕もないですけど」

「若い時は、それでもしょうがないけどな」

古山はジャムなしでトーストを齧《かじ》った。味気ないのが、いかにもサラリーマンの朝飯という感じだ。しばし無言で食事を続ける。卵の殻《から》を剝《む》いているうちに、何となく気持ちが落ち着いてきた。

「ここでストップなんですか」古山は顔を上げて松島に訊《たず》ねた。

「冗談《じょうだん》じゃない」松島が首を横に振る。「やめる理由は何もないよ」

「でも、デスクが二人とも反対しているんだから、原稿は通りませんよ」

「それだけの話だろう？」松島がさらりと言った。

「それだけって……それが大変なんじゃないですか」

「取材自体が潰《つぶ》れたわけじゃない。単に材料が足りない、裏づけが弱いだけだ。もっと材料を揃《そろ》えて詰めれば、デスクは絶対にノーとは言わない。潰れたっていうのは……」松島が、食べかけのトーストを皿に置いた。半分も食べないうちに腹が膨《ふく》れてしまったようだった。左右の指先を擦《こす》り合わせてパン屑《くず》を皿に落とす。「誰かがはっきり『やめろ』と言ったら、潰れたことになる」

「圧力ですか？」

「ああ。社内にもクソ野郎がいるんだよ」松島の顔が、一瞬凶暴になった。「権力に近づき過ぎて、状況が見えなくなってる」

「松島さん、社内の人に圧力をかけられたんですか？」

「圧力というか、忠告というか。俺《おれ》が怪我《けが》しないかって心配してくれる人がいるのはありがたい限りだけど、大きなお世話だよな。ここで俺を止めれば、誰かの覚えがめでたくなると思ってるのかもしれないけど、それは勘違いだ」

「政治部の人なんですか？」話を聞いているうちに、あっという間に怒りが膨らんできた。

「元政治部……まあ、それは君は知らなくてもいい。気にするな」

「そう言われると、逆に気になるんですけど」古山は食い下がった。

「そのうち話すよ」

いったい、松島の周囲で何が起きているのだろう。彼だけ圧力をかけられるということは……結局俺は軽んじられているんだろうな、と苦笑してしまった。本社に上がったばかりの警察《サツ》回りなんか、圧力をかける必要すらない存在ということだろう。

「とにかく、一度リセットしよう。こんな風に、取材が踊《おど》り場で止まってしまうことはよくあるんだ」

「そうなったら、どうなるんですか？」

「ちゃんと上り続けられる時もあるし、そのまま下へ戻る時もある」

「どっちが多いんですか？」

「それは、担当している記者の能力によるな……ちょっと待ってくれ」

松島が、スーツのポケットからスマートフォンを取り出した。画面を見て顔をしかめ、「まいったな……」と零《こぼ》す。

「どうしたんですか？」

「いや、ちょっとややこしい話かもしれない。君、代わりに行ってくれないか？」

「相手、誰なんですか？」

「俺に圧力をかけてきた人間だよ」

「それはちょっと……」古山は一歩引いた。「俺じゃ、対応できないんじゃないですか」

「だったら、二対一でいこうか。その方が相手をぶちのめせる可能性が高くなる」

呼び出されたのは、本社の屋上だった。梅雨《つゆ》入り前の陽光が容赦なく降り注ぎ、立っているだけで汗が吹き出しそうだった。

佐野という政治担当編集委員は、いかにも百戦錬磨《ひゃくせんれんま》、腹に一物持っていそうな感じだった。松島とは同期だというが、正反対のタイプに見える。

「そちらは？」佐野が疑わしそうな視線を古山に向ける。

「社会部の古山です」

名乗ると、佐野が鼻を鳴らして「君が松島の相棒か」と言った。

「相棒じゃなくて後輩です」相棒だとは思っているが、佐野の話し方が気に食わず、反射的に否定した。

「まあ、いいよ。五分だけくれ」佐野が松島に向き直る。

「お前は相変わらず、ここが好きだな」松島が皮肉っぽく言った。

「屋上まで来る人間は少ないからな。内密の話をするのにちょうどいい」

「で？　また密談か？　懲《こ》りない男だな」

「今日は本当にメッセンジャーなんだ」

佐野が、折り畳《たた》んだ紙片を差し出した。松島は受け取ろうとせず、佐野の顔を凝視《ぎょうし》している。佐野が、二度三度と腕を突き出したので、松島はようやく受け取った。しかし、指先で摘《つま》むように――いかにも嫌そうに。

「用事はそれだけだ。その番号に電話してくれ」

「相手は？」

「お前が一番嫌いな奴《やつ》じゃないかな」

「桂木か？　どの桂木――」

「電話してくれ」佐野が松島の言葉を遮《さえぎ》る。

「用件は？」

「それは俺に聞かれても分からない」

「お前……本当にただのメッセンジャーかよ」松島が馬鹿にするように言った。

「こういう仕事もあるんだ」

「俺は政治部に行かなくて、本当によかったよ」

佐野が肩をすくめ、踵《きびす》を返して去って行った。古山は松島に一歩近づき、「これでいいんですか」と訊ねた。

「何が？」

「喧嘩《けんか》別れみたいじゃないですか」

「実際、喧嘩してるんだよ」松島が認めた。「あいつと会うのは、これが最後になるかもしれない」

柏駅の東口から歩いて五分ほどのところに、小さな神社がある。喧騒《けんそう》の中にぽっと開いた静かな空間……松島も来たことはないという。

「地元なのに、ですか？」

「神社には縁がないからなあ。二代、三代と柏に住んでいる人ならともかく、俺は移民みたいなものだから。そして、俺たち移民と、元々の地元の人たちは、最後まで絶対に、完全には交わらないんだ」

「元々の地元の人って……桂木もそうですよね？」

「遡《さかのぼ》ると、江戸時代の名主にまで行きつくそうだぜ」

「昔から首長《くびちょう》みたいなものですか」

「名主を首長と言っていいかどうかは分からないけどな」

古山は、旧水戸《みと》街道に面した小さな鳥居の前に立ち、左右の足に順番に体重をかけた。約束の時刻は午後十一時。そんな遅い時間に呼び出すのも怪しい感じだ、と不安が高まる。だいたい、年寄りが動く時間ではあるまい。古山の祖父母が、今年ちょうど八十歳なのだが、寝るのはいつも十時過ぎだ。それで朝の五時には起き出す。

振り返ってちらりと中を見ると、小さいながらもなかなか立派な神社だった。桂木はこの神社と何か関係があるのだろうか。

「来たぞ」松島の声に、はっと顔を上げて道路を見る。目の前に、一台のミニヴァンが停《と》まったところだった。昔は、政治家の車は黒塗りのセダンが定番だったそうだが、今はこういうミニヴァンが主流になったようだ。広いので、中で仕事をするにも適している。

「君が話せ」

「いいんですか？　松島さんの獲物《えもの》みたいなものじゃないですか」

「奴の選挙区が俺の地元っていうだけだよ。ここは君の腕を拝見、だ」

そう言われると緊張してしまう。思わず唾《つば》を飲んだ時、ミニヴァンの助手席ドアが開き、一人の若い男――古山と同い年ぐらいだろうか――が身軽に出てくる。

「松島さんですか？」

松島が無言でうなずく。

「桂木事務所の秘書の近藤《こんどう》です。お待たせしました。中へどうぞ」

「どちらへ？」警戒した口調で松島が訊ねる。

「事務所です」

「それは、どの事務所ですか」松島がしつこく食いつく。

「大先生《おお》の事務所です」

「おたくは、複雑な事務所のシステムを持ってるのかな」

「お知りになりたければ説明させていただきますが」

「いや、結構だ」松島がキッパリと言い切った。「俺の仕事には、何の関係もない」

何でわざわざ喧嘩を売るようなことを言うのか……古山ははらはらしたが、近藤はまったく動じず、

「大吾先生の地元事務所とは別に、大先生の事務所があります」と淡々と説明した。

「まだ引退するつもりはないんですか」松島が皮肉を飛ばす。

「議員としては引退されても、大先生にいろいろ相談したい人はいますからね」

「永遠に陳情を受け続けるわけですか。面倒な人生だ」

松島の皮肉は、近藤にはまったく通じていないようだった。政治家の秘書をしていると、心をやすりで擦られるような経験ばかりで感情を削《けず》り取られ、常に平常心でいられるようになるかもしれない。

「行こうか」

松島に言われ、古山は先に後部座席に乗りこんだ。ミニヴァンの中は広々としていて、気分はいい。しかし、どこへ連れていかれるか分からない不安はあった。ここは千葉県柏市――古山にとっては見知らぬ街である。何をするにしても松島だけが頼りだ。

しかし、このやり方はおかしいだろうとすぐに不安が高まってくる。車はわずか三分ほど走っただけで、一棟のマンションの前で停まったのだ。どうやらここに、桂木の事務所があるらしい。わざわざ離れた神社で待たせて、三分だけ車に乗せて事務所へ連れて来た意味は何だろう。横に座る松島を見ると、特に緊張した様子もなく、平然としている。助手席から降りた近藤がドアを引いて開けたの

で、ゆっくりと外へ出た。心配ではあったが、古山も後に続く。車に居座っても、安全なわけではない。

近藤に先導され、マンションの五階まで上がる。ホールでちらりと郵便受けを見た限り、他の部屋は普通の住居のようだ。

「どうぞ」

部屋のドアに鍵《かぎ》はかかっていない。近藤がドアを開けると、松島が先に立って中に入った。普通のマンションなので、当然靴は脱がねばならない。しまった、今日はきっちり紐《ひも》を締めるストレートチップを履いてきてしまった……記者は人の家に上がりこむことも多いから脱ぎやすい靴の方がいい、とアドバイスしてくれた先輩もいるのだが、スーツにローファーは合わない。

短い廊下の先にあるドアを開け、近藤が「お連れしました」と馬鹿丁寧《ていねい》に言う。

古山たちにとっての「ラスボス」、桂木一郎がいた。鋭《するど》い目つき、薄情そうな薄い唇……何も言わなくても威圧感を与えるタイプだ。歳《とし》を取っているのに、体の芯《しん》には炎が見える。権力。

元々は普通のリビングルームなのだろうが、生活の匂《にお》いはまったくしない。四人が座れる応接セット、事務デスクが二つ。奥の窓際には一回り大きなデスクが置いてあり、桂木はそこについていた。

二人を見るとゆっくり立ち上がり、応接セットの方へ歩み出す。

「どうぞ」少ししわがれた声で、二人に座るよう、促す。

松島は古山にうなずきかけた。古山はうなずき返し、桂木の正面に陣取った。松島は斜め前から桂木に対峙《たいじ》する格好《かっこう》になる。

「何か飲みますか」

「いえ、仕事中なので」

「俺には水をくれないか」

近藤がキッチンに入り、ペットボトルとコップを一つ持って来た。コップを桂木の前のローテーブルに置くと、キャップを捻《ひね》り取って水を注《つ》ぐ。おいおい、それぐらい自分でやれよと古山は呆《あき》れた。これも秘書の仕事なのか、あるいは力が弱って、自分ではペットボトルも開けられないのか。

桂木が水を一口飲み、ゆっくりとコップを置いた。古山は慎重に観察していたのだが、手は震えていない。ということは、体力が衰えたわけではなく、単に人に面倒を見てもらうのが当たり前だと考えているだけだろう。

桂木は、八十歳を過ぎているにしては元気そうだった。背中もピンと伸びており、肌艶《はだつや》もいい。さすがに髪は薄くなっているが、それすら貫禄《かんろく》という感じがしないでもない。この歳になると極端に太ったり痩《や》せたりする人も少なくないのだが、桂木はまさに中肉中背という感じだった。今でも適度な運動をしている様子が窺《うかが》える。

「電話を出してもらえませんか？」桂木が頼みこんだが、命令としか聞こえなかった。

「録音されるとまずいんですか？」古山は訊ねた。きちんと録音できるかどうかは分からないが、部屋に入った瞬間、スーツの内ポケットに入れたスマートフォンのアプリを立ち上げていた。「だったら、最初にボディチェックすべきじゃないですか？」

「もう、ICレコーダーも時代遅れだろう。ここ何年も、そんなものを使っている記者を見たことはない」

古山はちらりと松島を見た。抵抗する意味もないと思ったのか、松島は自分のスマートフォンをローテーブルに置いた。古山もそれに倣《なら》い、テーブルに置いた瞬間にボイスメモの停止ボタンを押す。

「政治家の人は、発言を録音されるのに慣れているかと思いましたよ」せめてもの皮肉にと、古山は言った。

「それは正式な会見の時だけだ。普通に話をしている時は、こういう風に録音しないのがお互いに暗黙の了解になっている」

「それは政治部だけのルールじゃないですか」

「社会部のルールでやるつもりならそれでも構わないが、だったら私は話さない」

「録音されると困るような話なんですね」

「オフレコだ」

頭からオフレコと言われた場合、どう処理すべきか。「オフレコ」と言われた瞬間に、こちらから取材を拒否する方法もある。しかしここは、拒否するわけにはいかない。桂木本人から会うと言ってきたのだから……こういうチャンスは二度とないだろう。

「仮定の話だと思って聞いてくれ」桂木が続けた。

「本当の話じゃないんですか？」古山は突っこんだ。

「君は……話しにくいな」桂木が早くも苛立《いらだ》ちを見せる。

「政治部の緩い取材に慣れていると、こういうやり方は苛立たしいかもしれませんね」

「怒らせると相手が本音を喋るとでも思っているのかね」桂木が、馬鹿にしたように言った。

「怒ってるんですか？」

「政治家は怒らない。怒ったら、そこで話は終わりになる。誰とでも、ずっと関係を保っていくのも政治家の仕事だから」

いったい何の話をしているのか、と古山は不安になってきた。こんな禅問答を続けて、気になる材料が出てくるとは思えない。松島をちらりと見ると、彼は正面を向いたままゆっくりとうなずいた。

このまま続行、か……。

「分かりました。仮定の話として聞きます」

「親の情は深い。子どもが何をしても、絶対に庇《かば》って、世間の荒波にはさらさないようにしたいと思うものだ」

古山は脳内で、彼の言葉を変換した。子どもが殺人犯でも親は庇うものだ……桂木は古山の相槌《あいづち》を必要としないようで、目を細めたまま勝手に喋り続ける。

「それがどんなに厳しいことでも、絶対に子どもは庇う。何十年経っても、自分が年老いても、そうするのが親としての本能のようなものだ」

「それが違法行為であってもですか」

「どんなことであってもだ」

「そのために、親は自分の能力の全《すべ》てを使うんですね」

「あなたの言う通りだ」桂木が深くうなずく。「あなたもご自分の両親に聞いてみるといい。親は子どものためなら、何でもする」

「それだけなら、親子の美談かもしれません」古山は反撃に出ることにした。「しかし仮に、それが犯罪行為だったらどうですか？　桂木さんだったら、子どもを庇って隠蔽《いんぺい》しますか？」

「私は仮の話をしているだけだ」

「私も仮の話をしています」

「だったら……そう、仮の話を続ければ、イエスだな。子どものためなら、親は多少の違法行為には目を瞑《つむ》るだろう。使えるものは何でも使う」

これは、実質的に自分の犯行を認めたも同じだ。殺人・拉致《らち》を続ける自分の次男を庇うために、警察官僚を一人自分のものにし、出世を与える代わりに事件を隠蔽した。クソ、今のを録音していれば……とも思ったが、今までの話だけでは、完全に認めたとは言えない。そう、桂木の言う通り、これはあくまで仮の話なのだ。

「子どものためなら、然《しか》るべき高位の人物に対して影響力を行使することもある、ということですか」

「高位、ね……今はそうかもしれないが」

「あなたが高位に引き上げたんじゃないですか」

「私の話ではない。仮の話だ」

古山は肩をすくめた。桂木がいちいち釘《くぎ》を刺してくるのが気に食わないが、これはしょうがないだろう。向こうも必死なのだと考える。

「仮名で、Aさんとさせて下さい」古山は提案した。「日本語は、主語がなくても通じると言われていますけど、今回は誤解を招きかねませんから」

「Aね。まあ、いいだろう」

桂木がうなずく。何だか、彼の掌《てのひら》の上で踊らされているような気分になったが、ここは引くわけにはいかない。桂木と直接対決する機会など、二度とないかもしれないのだ。

「話をまとめます。社会的に責任ある立場にいたAさんの次男が、重大な事件を起こしました。殺人事件です。次男を庇うために、Aさんは捜査をストップさせる必要があった。そこで、地元の警察にいた若いキャリア官僚に声をかけ、捜査をやめさせた。その見返りとして、Aさんは地元の汚職事件に関する情報を与え、それによって、キャリア官僚は順調に出世の階段を上がり始めました。しかしAさんの次男の犯行はその後も止まらず、県境を挟んだ狭い地域で事件を繰り返した。その度にAさんは、自分が『飼い主』になった警察キャリアを動かして、事件を揉《も》み消してきた。警察は、上からの命令には絶対服従の組織です。どんなに理不尽《りふじん》で間違った命令でも、下の人間がそれを正すことはできない。結果、Aさんの次男は数年に一度犯行を繰り返し、今年も事件が起きてしまいました。犠牲者は、また小学校低学年の女の子です。地元の不安は大きいものでした。Aさんには地域の代表としての顔もありますが、その仕事を果《は》たしていません」

「仮の話にしてはよくできている」

桂木がうなずく。本当に感心しているのかからかっているのか、古山には判断できなかった。しかし、自分の言葉が彼の耳を素通りしているわけではない、と自らを鼓舞《こぶ》する。

「続けていいですか？」

「どうぞ」

桂木が右手をさっと前に差し出し、次いで左手でコップを摑《つか》んで水を一口飲んだ。今度はかすかに手が震えているのを、古山は素早く見てとった。「仮の話」と言いつつ、自分たちの取材が真実を突いていると恐れ始めたのかもしれない。しかしコップをテーブルに置いた時には、震えは止まっていた。

「Aさんは公職を引退しました。その頃にはキャリア——分かりにくいからBさんにしますが、Bさんは時の政権の中枢に近い立場にまで上り詰めていました。また、Aさんの跡を継いだ長男も、Bさんと同じように政権を支える重要な仕事をしています。次男の犯行が未《いま》だに発覚していないのは、二人が手を組んで対処しているからかもしれませんし、Aさんが今も自ら影響力を行使しているからかもしれない。そして、マスコミにも記事にしないようにプレッシャーをかけてきた。それも、同じマスコミの人間を利用して」

「政治部の人は、政治家と一体だ。どちらにも、日本をよくする、国民生活を安定させるという理想がある」

「それで、人殺しはどうでもいいんですか。殺人は、絶対に許されない犯罪です。究極の犯罪です」

「それは意見が分かれるところだ。国家を転覆《てんぷく》させようとする犯罪と、どちらが罪が重い？」

「国家の概念は、時と場所によって変わります。国の体制が変われば、そういう罪の定義も変わります。しかし殺人に関しては、どんな時代でも絶対に許されない、同じ重みを持つ犯罪です」

「そういう議論なら、いつまでも続けられる」桂木がうなずく。「私は法律家ではないが、法学部の出身なんだ」

「だったらやめておきます。私は文学部で、こういう議論は専門ではありません」

桂木の顔がかすかに綻《ほころ》んだようだった。しかし一瞬で真顔に変わる。見間違いだったかもしれない、と古山は何度か目を瞬《しばた》いてみた。目の前にはやはり、桂木の真顔がある。

「先を続けてもらいましょうか」桂木が余裕のある態度で言った。

「今回、我々は一連の事件について記事にしました。その過程で、誰かが警察に圧力をかけて、捜査を潰していたことが分かりました。警察としては、上からの命令は絶対ですから、やめろと言われればやめるしかない。そうでなくても、忖度《そんたく》してストップするでしょう。しかしそれを気に病んでいる人はたくさんいて、中には思い詰めて自殺した人もいました。そういう状況の中で、三十三年前に流山で起きた殺人事件の真相、そしてどんな風に圧力がかかって捜査がストップしたか、詳しい情報を書き残したメモが出てきたんです。完全に信用できるものです。その情報を元にまた記事を書くこともできますけど、関係者の談話が欲しいんです」

「それでどうして、私のところへ？」

「あなたは息子さんを庇って、殺人事件を揉み消した――」

「仮定の話だ」桂木が古山の言葉を断ち切った。「あくまで仮定の話をしているだけで、私には何らかのコメントをする権利も義務もない」

「分かりました。仮定の話ですね」古山はすっと息を呑《の》んで、呼吸を整えた。「仮定の話はこれで終わりにします。はっきり申し上げると、あなたの次男の恭介さんが、一連の事件の犯人である可能性は極めて高いと我々は判断しています。その件について、親として何か言いたいことはありますか」

「私は何も言わない」

「息子さんを庇って、警察に圧力をかけたんじゃないですか?」

「私は何も言わない」桂木が繰り返した。

「もう一度言います。あなたの次男の恭介さんが連続殺人犯である可能性は高い。あなたは息子さんを庇って警察に圧力をかけ、捜査をストップさせた。この件については複数の証言があります。いわゆる『裏が取れている状態』で、いつ原稿にしてもいいいんですが、どうしても当事者のコメントが欲しいんです」

「間違った人間に当たっているんじゃないか?」

「分かりました」古山はうなずいた。ここから一歩踏みこもう。「では息子さんに直当たりして、確認します。こういうことは言いにくいんですが、連続殺人犯は、精神的に歪《ゆが》んでいる可能性が高い。まともに取材できるかどうかは分かりませんが、喋ったことをそのまま書きます」

「もう一度、仮定の話をしようか」

桂木がまた言った。絶対にペースを変えるつもりはないようだった。古山は一度座り直し、ゆっくりと呼吸した。間合いが合うのを待つように、桂木も少し黙りこむ。ぐっと唇を引き結ぶと、顎《あご》に皺《しわ》が寄り、意志の強さを感じさせた。

「ある男――先ほどの話の続きとしたらAか。そのAには出来のいい息子が二人いた。どちらに自分の仕事を継がせるか迷ったが、いずれにしても修業の期間は必要になる。その修業を続けている間に、次男の様子がおかしくなった。子どもの頃から神経質な人間だったが、大学を卒業する頃には完全に調子を崩してしまって、父親の跡を継ぐのは難しくなった。それどころか、まともな社会生活を送るのも困難な状況だった。だから、それほど大人の世界の荒波に巻きこまれずに済む仕事についた」

既に学生時代から、精神に変調を来していたのかもしれない。政治家への道を歩むどころか、普通の会社や役所で働くことも難しくなり、仕方なく学習塾で講師についた――古山は頭の中で、桂木の言葉を翻訳《ほんやく》した。都合のいい翻訳ではなく、抽象《ちゆうしよう》的になっている部分を具体化したのだと自分では思う。

「次男には大きな問題があった。社会的に抹殺《まつさつ》されてもおかしくない問題だ。だがこれが明るみに出たら、次男は完全に崩壊してしまう。Aはそういう状況を予想して、忍びなく思った。自分の息子だから、自分で守らなければならない、と」

「本当に、そういう話なんですか？」

「何が言いたい？」

「親が子どもを甘やかしたというだけの話ですか？」

「甘やかしたわけではない。親の義務として保護しただけだ」

「五十歳を超えた子どもを『保護』ですか？」古山は心底呆れた。桂木の理屈を信じるとしたら、恭介は完全に社会的な落伍者《らくごしや》で、まともな生活ができる感じでもない。しかし実際には、大学を卒業後三十年以上、学習塾で教えてきた。教師としての素養がないと、こんなことはできまい。

「親は何歳になっても、子どもを守るものだ」

「しかし、子どもが何かすれば、責任を取らざるを得なくなる。それがこの社会の決まりです」

「必ずしもそうとは限らない」桂木がやんわりと否定した。「何をしても、責任が問われない状況はある」

「責任能力がないから刑事責任を問われない、ということですね」すぐにピンときて古山は訊ねた。

「そういう話はよくあるだろう」

それで——責任能力がないということで逃げるつもりか？　確かに逮捕されても、責任能力がないということで、刑事責任を問われない場合もある。だったらさっさと警察に差し出せばよかったのに……そこで古山は、桂木の本音に気づいた。

「あなたが守りたかったのは、息子さんではないでしょう。自分——桂木家だ。政治家の息子が連続殺人犯だったら、洒落《しゃれ》になりません。私は個人的に、子どもと親は別人格で、問題を起こした時に互いに責任を負う必要はないと思います。しかし実際には、日本では、家族が大きな問題を起こせば、他の家族が責任を負う。あなたの場合、ばれたら政治生命は終わりだった。ご長男に引き渡すはずだった議席も消えてしまう。政治の仕事を家族で引き継ぐ意味は分かりませんが、そういうことなんじゃないですか？」

「政治の世界は、ゼロから始めない方がいい。特殊で、他では経験できないことが必要な世界だ。そのためには、親について仕事のベースを覚えるのが一番いい。他の仕事とは違う、特別な職業なんだ」

「だから……」

「政治に一番必要なのは安定だ。それは国政でも地方政治でも変わらない。政治を安定させるためには、最初から仕事が分かっている人間が跡を継いでいくのが一番いいんだ」

その割に、政治家が代替わりするごとに劣化《れっか》していく感じがするのは、古山の偏見《へんけん》だろうか。若い頃から経験を積んでタフになるというより、ただ周りから甘やかされて、駄目な人間として公《おおやけ》の場に出てきている印象なのだが。

「だいたい、子どもと国を引っ張っていく人間と、どちらが大事だ？」

「ふざけないで下さい」古山は思わず言った。悪い冗談……いや、桂木は真顔だった。本気でそう思っている。

「あなたたちが取材するのは自由だ。今後どんな風に展開していきたいかも分かった。しかしそれは、記事にならない」

「何故《なぜ》ですか？　息子さんが刑事責任を問われないからですか？　それとも、いつでも新聞社に圧力をかけられるからですか？」

「私は何も言わない。今日話したことは、全て架空の話だ。しかし、私は平和主義者でね」桂木が突然笑みを浮かべる。「誰かが傷つくのを見たくない。誰も傷つかないために仕事するのが政治家の役目だと思っている。君たちも例外ではない。新聞記者の役割は、インターネットがこれだけ普及した時代になっても未だに重要だ。社会正義のために仕事を続けて欲しい。そのためには、下らないことで傷ついて欲しくないんだ」

何なんだ、この堂々たる演説は。しかし中身はない。彼が言う「新聞記者」は政治部の記者であり、社会部の記者など眼中にないだろう。

「もう一度言う。この件は、記事にはできない」

「権力による圧力ですか」

「以上です」桂木が奇妙に爽やかな笑みを浮かべた。「夜中に足をお運びいただいて申し訳ない。お好きなところまで送らせます」

「桂木さん――」

「古山、もういい」それまで完全に黙っていた松島が、突然声を上げた。「引き上げよう」

「さすが、ベテランの記者さんはご理解が早い」桂木が薄い笑みを浮かべる。

「いえ」松島が否定した。「理解したわけではないです」

「ほう」

「戦いは、どちらかが死ぬまで続きます。しかし時には、いったん引くことも必要でしょう。これは撤退《てったい》ではありません。あくまで勝つための方策です――またお会いしましょう」

松島は勢いよく腿《もも》を叩《たた》いて立ち上がった。

「松島さん……」古山は不安になって、思わずすがるような声で言ってしまった。

「帰るぞ」

「しかし……」

「俺たちは負けないんだよ」松島が桂木を見下ろした。「桂木さんは、それを分かっていらっしゃらない。ただしこれから、十分思い知ると思う」

「お怪我なきよう」桂木が慇懃無礼《いんぎんぶれい》な口調で言った。

「ご心配なく」松島が穏やかな表情を浮かべた。「どうせ私は長くないので。今更、多少の怪我は怖くないですよ」

二人は車での送りを断り、柏駅の方へ向かって歩き出した。既に午前零《れい》時になろうとしている。

「どうする？」

「帰ります」松島の問いに、どうしても素っ気なく答えてしまう。

「車か？」

「ええ。どこか近くで待ってますから。松島さん、どうします？」

「俺は適当に帰るよ。家まで歩けない距離でもない」

「車、呼びます。乗って行って下さい」

古山はハイヤーの運転手に電話をかけ、呼び出した。柏は馴染《なじ》みのない街なので説明しにくいのだが……見回すと、すぐ近くに消防署があるのが分かる。これなら簡単に目印になるだろう。

「今、来ます」電話を切って、古山は松島に告げた。我ながら、声に力がない。

「そうか。ありがとう」

「松島さん、どうするんですか？　これじゃまったく埒《らち》が明きませんよ。諦めるんですか？」

「俺はそんなことは言ってないぞ。必ずチャンスはくる」

「でも、あんな証言じゃ使えない。それにまた、圧力をかけてくるでしょう。書けないっていうのは、そういう意味ですよね」

「強がりを言ってるだけかもしれない。政治家に一番必要な素養は、はったりだ」

古山は首を横に振った。ベテラン記者の話にしては、説得力がない。すぐに到着した車に乗りこむと、松島は溜息《ためいき》をついてから両手で顔を擦った。疲れている――今の神経戦で疲れたというより、純粋に肉体的な疲労のようだ。

「松島さん、最後のあれ、冗談というか捨て台詞《ぜりふ》ですよね？」

「何が？」松島がとぼけた。

「どうせ私は長くないって。冗談でも、ああいうのやめて下さい。どきりとしますよ」

「悪い、悪い」松島が声を上げて笑った。「ま、あれぐらい脅《おど》しておいてもいいだろう。政治家に脅しが通用するとは思えないけど」

「じゃあ、本当に大丈夫なんですね？」

「俺のことを心配する暇《ひま》があったら、この記事のことを気にしろよ」

しかしどんなに心配しても、この記事が日の目を見るチャンスがあるとは思えなかった。

2

この数年間で、松島にとって病院はすっかり馴染みの場所になったが、どうしても好きにはなれない。病院に縁がない人生こそ、幸せだとも思う。しかし、こういう状態では、病院に足を踏み入れないわけにはいかない。

千葉市長選が終わった翌日の月曜日、松島は主治医と面会した。向こうからは「できるだけ早く」と急《せ》かされていたのだが、何だかんだで理屈をつけて先延ばしにしていたのだ。しばらくは江戸川事件。その後は、直接取材に参加したわけではないが、千葉市長選があった。県都の選挙でトラブルが起きると大変だから、松島も一応待機のつもりでいたのである。しかしそれも無事に終わり、逃げようがなくなった。

午前九時、昌美と二人で主治医を訪ねた。覚悟はできているが、また入院、そして手術となると、昌美が一緒ではないと心配だ。怖いわけではなく、事務的な話になるとさっぱりなのだ。

「率直に申し上げると、ただちに手術すれば完治する確率は高くなります。ただし、これ以上先延ばしにすると、保証はできません」

「分かりました」ここでもう、覚悟を決めないといけないだろう。江戸川事件のことは気になるが、こういう時は後輩を信じて任せてしまった方がいい。定年間近い記者が、いつまでも前線で粘《ねば》っていると、若い記者には鬱陶《うっとう》しいだけだろう。

「手術後は、しばらく抗がん剤による治療になります」

前回の抗がん剤治療は、想像していたよりもずっと負担が軽かった。経験者のブログなどを読んで怯《おび》えていたのだが、自分には比較的薬が合っていたのだと思う。今回もそうあって欲しいと願った。

「先生、寛解する確率はどれぐらいありますか」松島は確認した。この主治医は自分よりずいぶん年下、まだ四十代半《なか》ばなのだが、非常にはっきり物を言う分、信用できる。

「それは、現段階では何とも言えません。ただ、発見が早かったので、その点では有利ですね。外科の方とも相談したんですが、手術自体はそれほど難しくはないです。ただ今回は、内視鏡ではないので、体の負担は前の胃がんの手術よりも大きくなります。それは覚悟しておいて下さい」

「せいぜい、栄養をつけておきます」

「それはいいですね」医師がパソコンの画面を覗《のぞ》きこんだ。「食欲はどうですか？」

「あまりないですね」

「体重の減少が見られます。気になるほどではないですが、消化の良いものを、できるだけたくさん食べるようにして下さい」

「胃がんになる前は、太り過ぎで数字が悪かったんですけどね」

「まあ、がん以外は健康体に近くなってきた、と考えたらどうですか」

そのがんが、自分の命を脅《おびや》かしているわけだ。人間は、自分の体さえ上手《うま》くコントロールできない。

帰りの車は昌美が運転すると言ったのだが、松島は半ば強引にキーを奪い取った。

「自分でできるうちは、自分でやるよ」

ポロに乗りこみ、エンジンを始動する。ふと、自分がいなくなったら二台の車のうち一台はいらなくなるなと思った。処分しても大した金にはならないだろうが、それでも維持費が不要になる分、家計的には楽になるだろう。あと、保険金は……それも昌美に任せきりなので、自分が死んだ時にいくら金が入るかも分からない。その前に、入院費用も保険金で賄《まかな》うことになるだろうが。この先、金のこともいろいろ心配しなくてはならない。

「どうしたの？」

「ああ、今出すよ」

「本当に、運転しようか？」

「いや、大丈夫」こうなったら意地だ。

しかし車を出そうとした瞬間、スマートフォンが鳴る。支局からではないはず……今日の午前中、自分が病院に行っていることは、支局の幹部は知っている。

「すみません」美菜だった。彼女も病院行きは知っている。それなのに電話してくるということは、間違いなく大事だ。

「どうした」自分の声が緊張するのが分かる。

「まだ病院ですか？」

「いや、もう終わった。駐車場だ」

「桂木恭介の遺体が発見されました」

「何だって！」思わず声を張り上げてしまう。腹の痛みに染み入るような大声だった。松島はスマートフォンの下側を掌で塞《ふさ》ぎ、「やっぱり運転してくれ」と昌美に頼んだ。

「どこへ行くの?」昌美が小声で訊ねる。

「取《と》り敢《あ》えず、家。君を下ろしてから、自分で運転して支局へ行く」

松島はドアを押し開けて外へ出た。席を交代して助手席に落ち着くと、美菜との話を再開する。

「すまん……これから支局へ向かうけど、その前にちょっと状況を聞かせてくれ。事件か、事故か?」

「まだ分かりませんが、自殺の可能性もあります」

「現場は?」

「松戸です。松戸市主水新田《もんとしんでん》」

「流山に近い方だな?」頭の中で地図を思い浮かべる。

「そうです。松戸署から連絡が入って……今、柏市役所なんですけど、これからすぐに現場へ向かいます」

「分かった。君は現場へ直行してくれ。俺は一度松戸署に寄ってから現場へ向かう」

「これって、どういうことなんでしょう」

「分からん」松島も完全に混乱していた。

昌美は冷静に車を走らせていたが、どうにも落ち着かない。このまま自分で松戸まで車を運転していけるかどうか、自信はなかった。かといって、昌美にハンドルを任せるのも筋が違う。

「心配だったら、タクシーでも頼む?」夫のただならぬ様子に気づいたのか、昌美が心配そうに訊ねる。

「いや、いい」この辺りから松戸署までは、車で三十分ほどだろうか。タクシーを飛ばしていったら、いくらになるだろう。緊急時のタクシー利用として、経費で認められるかどうかは分からなかった。

とにかく、訳が分からない。中途半端《はんぱ》な情報を知らせるのは気が進まなかったが、松島はスマートフォンを取り出して古山にメールを打った。彼にはできるだけ早く知らせておきたい。

しかし……まさか桂木は、このことを言っていたのだろうか。古山は「責任能力」のことだと思っていたのだが、責任が問われない状況はもう一つあった、と思い至る。

そう、犯人と目される人間が死んだら、捜査は完全にストップする。この三十数年の間に起きた一連の事件で、遺体、あるいは遺体遺棄現場からは、犯人につながる物証が見つかっていない。それどころか――これは最近になって分かってきたことだが、どの遺体も一度完全に綺麗《きれい》に洗われ、それからまたきちんと服を着せられてから、遺棄されたらしい。ベテランの刑事や犯罪心理学者も首を傾《かし》げるやり方だったが、被害者の体に自分の体液を残さないための用心深さだったかもしれない。遺体に性的暴行の痕跡《こんせき》はなかったが、犯人が何らかの方法で、被害者で性欲を満たしていた可能性もある。

自宅で昌美を下ろし、運転を交代して松戸署を目指した。途中、古山から電話がかかってきたが「まだ詳細は分からない。移動中だ」とだけ言って切った。

朝の渋滞が終わっていたのは救いだった。国道六号線は空《す》いていて、予想通り自宅から三十分ほどで松戸署に到着する。県内有数の大規模署なのだが、庁舎は素っ気ない……何となく、体育館をイメージさせる造りだ。

駐車場を見ると、各社の記者の車が何台か停《と》まっている。おそらく各社とも、桂木恭介の名前は割り出していたはずだ。それがどういう意味を持つかも……署内は相当ややこしいことになっているはずだと考え、憂鬱《ゆううつ》になる。他社の記者に余計な情報を与えず、こちらが欲しい情報だけを手に入れないと。

庁舎に飛びこみ、副署長席に近づくと、副署長は三人の記者に囲まれていた。まだそれほど大騒ぎにはなっていないようだとほっとして、話が聞こえる位置まで接近する。

「――今、報告をまとめてリリースを作ってるから、もう少し待ってくれ」副署長が困ったような口調で言った。

「断片的な情報でもいいんです。分かっている範囲で教えて下さい」若い記者が食い下がる。

「いや、適当な情報は流したくないから」副署長はなおも渋った。

「現場には誰が行ってるんですか？」松島は訊ねた。

「地域課長が先乗りした。今、刑事課長も向かってる」副署長が、少しだけほっとした表情を浮かべる。松戸署は江戸川事件とは直接関係なく、松島もこの副署長との関係は友好的だった。血気盛んな若い記者にやりこめられて困っているところで、ベテランの物分かりのいい記者が助けに入ったとでも思ったのだろう。

「遺体は、桂木代議士の弟なんでしょう？」先ほどの若い記者がまた詰め寄る。

「確認中」

「それぐらい確認できてるんじゃないですか？　隠す理由は何ですか」

二人のやり取りを聞きながら、松島はかすかな違和感を抱いていた。美菜は、遺体は桂木恭介だと断言した。しかし副署長はまだ認めない。現場では、桂木恭介だと判断したのだが、なお詳細を確認中ということだろうか。発生物は、いつかはバレてしまうから、隠したり発表を遅らせたりする理由はあまりないのだが、やはり死者が重要人物の家族となると、慎重を期すのだろう。

美菜はこの情報を、副署長以外の人間から仕入れたのかもしれない。とすると、松戸署にはかなり食いこんでいることになる。自分の下にいる人間が上手くやったと考えると、思わずニヤリとしてしまう。

「ああ、ちょっと待って」副署長席の電話が鳴る。受話器を取り上げた副署長が、記者たちに背中を向けて小声で話し始めた。

「松島さん、警察がいい加減なんですよ」先程の背の高い記者が、唇を尖《とが》らせて不満を訴える。「言ってやって下さいよ。こんな発表を遅らせる意味、ないでしょう」

松島は無言でうなずいた。この記者は、何か勘違いしている。警察と喧嘩するような事案ではないのだし、夕刊にはもう間に合わない。ここでカリカリしても胃潰瘍《いかいよう》一直線だぞ、と皮肉に思った。

若い制服警官が近づいて来て、副署長に一枚の紙を渡した。ようやく広報文の登場か、と松島は身構えた。副署長は立ったまま電話で話しながら、紙に目を通す。腕を伸ばして若い警官に戻した。若い警官が、警務課のコピー機に向かって走って行く。

所轄《しょかつ》の副署長は、マスコミ対策が大事な仕事の一つだが、何でも勝手に喋っていいわけではない。正式な発表の場合、本部の広報課と連絡を取って、広報文にOKをもらってから広報課と同時に発表、というのが決まりになっている。発生物の場合、そこまで厳密にやる必要もないのだが……松島が若い頃は、副署長から現場だけを教えてもらい、そこで直接取材して事件の全容を摑んだものだ。いつの間にか、警察の発表を横から縦にすることが記者の仕事になってしまったようだが。

副署長が電話を切るのと、コピーが出来上がるのとは同着だった。副署長から広報文のコピーを受け取った記者たちが、一斉に質問を飛ばす。副署長はそれをさばきながら、次第にうんざりした表情になってきた。

一段落したところで、記者たちが飛び出して行く。現場へ向かうか、支局に連絡を入れるか、いずれにせよこれから取材が本格化する感じだ。松島はその場に残り、ソファに腰を下ろした。

「御大《おんたい》は、余裕たっぷりですか」副署長が皮肉っぽく言った。

「うちは、若い記者が優秀なもので。楽させてもらってますよ」

言いながら、松島は改めて広報文に目を通した。

発生（認知）：6月14日午前10時45分
現場：松戸市主水新田先　江戸川河川敷
被害者：柏市豊四季台《とよしきだい》、桂木恭介（55）　職業・塾講師（確認中）
発見状況：同日、江戸川河川敷を散歩していた同所在住の男性（72）が、河川敷に流れ着いた男性の遺体を発見、一一〇番通報した。死因については調査中。

「惜しい場所じゃないですか？」松島は訊ねた。

「うん？」

「川の流れが少し違っていたら、埼玉県側に流されていたかもしれない」

「まあ、そういうのはこっちで何とかできるものじゃないから」副署長が苦笑した。川が県境になっている警察署では、よく交わされるジョークである。

「身元は確定していないんですか」

「免許証があったからまず間違いないけど、家族が未確認なんですよ」

松島は桂木の顔を思い浮かべた。彼はこの件を知って、どう思うだろう。三十年以上も庇い続けてきた大事な次男が、こんな形で死んだ——絶望しているのではないだろうか。あるいは、全てが終わったと安心しているのか。

「これ、例の人でしょう」副署長が声を潜《ひそ》め、逆に聞いてきた。「東日さんが書いていた記事の……」

「さあ」松島はわざとらしく肩をすくめた。「犯人については具体的には何も書いてませんよ。副署長はどうしてピンときたんですか？」

「まあ……いろいろありますよ」

「知ってる人は知ってたんじゃないですか？　県警の中で伝説になっていたとも聞きましたよ」

「私はそういうことを言える立場じゃないからね」副署長が、口の前で両手の人差し指を交差させる。

「もう、黙ってる必要はないんじゃないですか。これで全てが明らかになるんだし」

「いや、それはどうかな」副署長が首を捻《ひね》る。「仮に被害者が……とにかく、もう話が聞けないんですよ」

松島は顔からすっと血の気が引くのを感じた。先ほども「捜査も完全にストップする」と考えていたのだが、警察官に言われると、改めて事態の重さを実感する。直近の野田の事件でも、これまでに手がかりは出ていないはずだ。県警が確認できているのは、あくまで三十三年前の流山の事件だけ。その後については、捜査は途中で止まっており、桂木恭介はターゲットになっていなかったはずだ。連続した事件だと疑う人間はいたかもしれないが、これまで調べた限りだと、密《ひそ》かにでも捜査を進めていた刑事はいない。

これで事件は、完全に闇《やみ》に葬《ほうむ》られるかもしれない。

「松島さん、何だか元気なさそうだけど」副署長が心配そうに言った。

「午前中、ちょっと病院に行ってましてね。この歳になるといろいろあるんですよ」

「まあ、お互いに気をつけたいですな」自分より数歳年下のこの副署長は、制服の腹が突き出てはいるが、いつも血色はよく元気そうだ。こういう人間は、大した病気もせずに長生きするものなんだよな……と恨《うら》めしく思う。少し太っている方が長生きできるという調査結果もあるようだし。

スマートフォンを確認すると、古山から何度か着信があった。相当焦っている。しかし話すのは、もう少し詳しく調べてからにしたい。とにかく現場だな、と松島は腰を上げた。そうすると急に億劫《おっくう》になってしまって、疲れを意識した……。

ここまで詰めてきた取材が、水の泡になるかもしれない。

そういうことは何度も経験してきたが、今回そうなったらダメージが大き過ぎる。自分の人生を賭《か》けてきたものが、全て崩れ落ちてしまう感じだった。そして古山も……本社へ上がったばかりのこのタイミングででかい事件を手がければ、今後の自信につながるだろう。しかし記事にできなければ、周りから白い目で見られるし、信頼も失うかもしれない。

この件を始めたのは古山だが、松島は申し訳ないと思うだけだった。気力、体力がもっと充実していたら、こんなことにはならなかったはずだ。

その日の夜、取材班全員をつないだオンライン会議が開かれた。全員がむすっとした表情。社会部デスクの今岡が、何とか会議をスムーズに進めようとしたが、言葉は途切れがちになる。彼が最初に、「記事は出せない」と結論を出してしまったからだ。

その時点で松島は、「出せない」理由を二通り考えた。被疑者死亡で捜査はこれ以上進められず、警察も桂木恭介を被疑者とは認めないだろうから、記事にするには弱過ぎる。

もう一つは、上からの圧力だ。

「自殺は間違いないんですか？」今岡が松島に訊ねる。

「自宅などに遺書は残っていなかったが、事件の可能性はない。川に身投げしたと考えるのが自然だろうな。クソ暑いのにわざわざコートを着て、ポケット一杯に石を大量に詰めこんでいたんだから」

恭介は自宅を離れ、柏市内のマンションで一人暮らしをしていたが、そこを訪れた刑事たちが唖然《あぜん》とした、という話を松島は聞いていた。まるでゴミ捨て場だったというのである。頻繁《ひんぱん》に引っ越しをしていたようだが、それでも部屋がゴミで埋もれてしまうのは、どういうことなのだろう。片づけられない性格も、一連の事件に関係しているのだろうか。

「警察は、この件については余計なことをしないで蓋《ふた》をしようとしている」松島はジャリジャリした思いを噛《か》み締めながら説明した。この件は、美菜が記事にしていて、「自殺か事故かで調べている」という内容で名前も出しているが、それだけ。江戸川事件のことには一切触れなかった。「他社はどうだろう」

「うちほど突っこんで取材していた社はないはずだから、どこかが書いてくるとは思えません」

今岡がわずかに自信を滲《にじ》ませて言ったが、それは虚勢にしか思えなかった。松島は努力して冷静さを保ち、静かに訊ねた。

「それで……記事にしないという判断はどうしてだ」

「それはまあ……この状態で記事にするのは無理がある、という判断です」今岡の言葉は歯切れが悪かった。

「誰が判断したんだ?」松島は静かに突っこんだ。

「夕方の土俵入りで、局次長が」これも古い表現だが、朝刊、夕刊の作業が始まる前に、各部の当番デスクが集まり、その日出稿される原稿を報告して一面の大雑把《おおざつぱ》な割り振りを決める。ぐるりと円を描くように集まって侃々諤々《かんかんがくがく》の議論を交わす様が大相撲《おおずもう》の土俵入りに似ているので、昔からこの名前で呼ばれていた。ただし今は、大阪や九州の編集局もネットでつないで一斉に行うので、かつてのように円陣を組むわけではない。名前だけが残ったのだ。

「候補には出した？」

「もちろん」

「で、却下？」

「却下」今岡の顔が嫌そうに歪む。

「理由は……聞くだけ野暮《やぼ》だな。抵抗したのか？」

「精一杯やりましたよ。後で編集局長にも直接かけ合いました。それで……」

「また却下、か」

「冗談じゃないです！」古山が声を張り上げた。「ちゃんと戦ってくれたんですか！　こっちはずっと、必死に取材してきたんですよ！」

「社内で戦っても意味はない」今岡が冷静に言った。

「社会部は最初から負けてるからじゃないですか。政治部に頭が上がらないんでしょう」

「古山、言い過ぎだ」今岡が警告する。

「その辺にしておけよ」松島は割って入った。「ここで喧嘩しても、記事が紙面に載るわけじゃない」

「だけどこんなの、おかしいでしょう。ガキみたいなことは言いたくないけど、誰かにちょっと言われただけで記事を引っこめるなんて……いったいどこを見て仕事をしてるんですか！」

沈黙。新聞はいつ、権力に呑みこまれたのだろう。松島が新人の頃にも、誰かに気を遣って記事を書かないことはよくあった。しかしそれが、いつの間にか当たり前になってしまった感じがする。そうしているうちに記者の取材能力は衰え、読者の信頼を失う。反権力指向が強い日本新報などは未だに、与野党問わずにスキャンダルを追及する記事を出すことがあるが、長続きしない。

松島は、手元の夕刊を引き寄せた。一面の見出しを見て、一気に決断する。この事件とはまったく関係ない記事――社会部から出稿されたものでもない記事なのに。

「古山君、ここは一度引こう」

「松島さん！」画面の中で、古山の顔が激しく歪む。

「引くことが、次への一歩に繋《つな》がるかもしれない」

松島の一言を機会に、今岡が会議を収めにかかった。早口で、真正面を向いて喋っているのが、どこかおかしな感じがする。カメラだけを見ているからだが、本当に顔を合わせて会議をしていたら、視線は宙を彷徨《さまよ》っているだろう。

「この件については、決して記事化するのを諦めたわけじゃない。今後も新しい事実を掘り出せれば、その時点で勝負する……とにかく今日は、別件でバタバタしているから」

言っている今岡も辛《つら》いだろうとは思う。今のところ、記事になる可能性はゼロに近いわけだから、こんなことを言っても結果的に嘘《うそ》になると分かっているはずだ。

しかし今岡、お前も読みが甘い。思いもよらぬところからチャンスが巡ってくることだってあるのだ。正面突破だけが方法じゃない。タイミングを読むのも記者の大事な仕事なのだ。

今日がまさにそのタイミングになる。


オンライン会議から退出した瞬間、電話が鳴った。古山。やはりな……連絡してくるだろうとは思っていた。本当は、今は話すべきタイミングではない。頭に血が昇っている状態で話しても、ろくなことにはならないのだ。彼が冷静になってから得々と説得してやる気を起こさせたいのだが、「後でまた」と言っても古山は納得しないだろう。

「これでいいんですか、松島さん！」オンライン会議での怒りを、古山がそのままぶつけてきた。

「落ち着けって」言ってから、松島は思わずスマートフォンを耳から離した。これは、話しても無駄かもしれない。しかし、言うべきことは言っておかなければ。「これで終わりだと思ってるのか？」

「今岡さんはあんなこと言ってたけど、どう考えても書けるわけないじゃないですか。あれだけの事件なのに、これで終わりですよ」

「君は甘いねえ……甘いというか、読みができていない」

「え？」

「新聞、隅《すみ》から隅までちゃんと読んでるか？　社会部の記者だからって、社会面しか読んでないようじゃ話にならない」

「どういうことですか？」

「神の手だよ」

「神の手？」

「分からないと、君の記事が日の目を見ることはないぞ。いいか、しっかり準備しておけよ。この件は、君がきっちり原稿に仕上げて、真相を明らかにするんだ。俺は、申し訳ないけど一時退場する」

あくまで一時だ、と自分に言い聞かせる。

「まさか、また入院ですか？」古山が声を潜める。

「医者からきつく入院を言い渡されてる。そろそろ限界なんだよ。正直言って、まだ死にたくないしな。だからこの記事は、君一人で仕上げて君の手柄にしろ」

「別に、自分だけの手柄にしたいわけじゃ……」

「俺から君にアドバイスするのは、これが最後になるかもしれない。元々所属も違うんだから。だから、しっかり聞いてくれ。今まで出てきた問題をクリアできそうなんだ」

古山が静かになった。これでよし、と松島は現在の状況と今後の作戦を説明した。古山は少し混乱していたが——当たり前だ、彼がこれまで取材してこなかった、馴染みのない世界の話なのだ——最後は納得してくれた。

これでよし。電話を切った松島は、昌美に電話をかけた。

「明日にでも入院しようと思うけど、大丈夫かな」

「病院のベッドに空きはあるそうよ」昌美が露骨《ろこつ》にほっとした声で言った。これまで松島が、仕事ばかりで家庭を顧《かえり》みなかったことには慣れているはずだが、命の危機となると、やはり「好き勝手にやってくれ」とはならないだろう。

俺もそろそろ、仕事以外のことを考えて生きていくべき年齢だ。まずはしっかり体を治して、昌美に女房孝行しないと。慣れないことをすると、かえって嫌われるかもしれないが、そんなことを気にしてはいけない。自分なりの誠意を見せるのが大事だと思う。

3

埼玉・千葉を舞台にした連続女児誘拐・殺人事件で、埼玉県警は今月14日に自殺した男性（55）の犯行と見て、本格的に捜査を始めた。この事件に関しては、埼玉・千葉両県警が捜査を中途半端に終わらせていた疑惑があり、警察庁が調査に乗り出す予定。一連の事件は１９８８年、流山市で小学２年生の女児（7つ）が殺害された事件から始まったが、警察が実質的に捜査を放棄したという、過去に例を見ない事態に発展しそうだ。〈関連記事26、27面〉

警察幹部によると、この男性は２０１７年７月に埼玉県吉川市で発生した小学2年生の女児（8

つ）行方不明事件に関与していた疑いが持たれている。死亡した男性は、この女児が通っていた学習塾の講師をしていて、顔見知りだった。女児は現在も行方不明のままで、埼玉県警は捜索を本格的に再開した。

事件は、1988年から今年にかけて、数年おきに小学校低学年の女児が行方不明になったり、殺されたりしたもの。現場は江戸川を挟んだ狭い地域に集中しており、被害者は全員、同じ学習塾チェーンに通っていて、自殺した男性が教える教室で学んでいたか、過去に通っていたことがある。

男性は大学在学中の1987年からこの塾で教えはじめ、卒業後に正式に講師として就職。しかしわいせつ行為などについて保護者からのクレームが多く、頻繁に異動を繰り返していた。

警察庁が問題視しているのは、1988年に流山で発生した最初の殺人事件で捜査を担当していた刑事が書き残していたメモ。当時、圧力により捜査が止まった経緯が詳細に記されており、警察庁ではこれを重視して調査を開始した。この刑事は千葉県警幹部だったが、今年3月に発生した野田市の殺人事件の捜査の最中、自殺している。残されたメモには、33年前に捜査を中止せざるを得なかったことに関する後悔の念も綴《つづ》られていた。


いてて……松島は思わず腹をそっと押さえた。手術から二週間、既にリハビリも始まっているのだが、傷は未《いま》だに痛む。内視鏡での手術の時にはこんなことはなかったのだが、さすがに腹を二十センチ近く切ると、簡単には回復しないようだ。

痛むのは、笑いのせいだ。笑うと一番傷に障《さわ》る。しかしこれは、笑わずにいられない。ここ何年かの間では、会心の記事だ。松島自身が書いたわけではないが、ほとんど自分の記事のようなものである。実は、完璧《かんぺき》な特ダネというわけではない。「埼玉県警が捜査開始」に関しては、今日の朝刊で各紙が一斉に書いてきた。しかしその背景まで踏みこみ、「圧力で警察が捜査を中止した」とぶちまけて一面を飾ったのは東日だけだった。今頃、各紙の担当記者は、顔を蒼《あお》くして裏づけ取材に走っているだろう。もっとも、簡単に裏が取れるものでもないが。

「大丈夫ですか?」すっかり顔見知りになった看護師——次女の夏海と同い年だった——が訊ねる。

「笑うと痛いでしょう」

「面白い記事があったんでね」

「何ですか?」

「今日の東日の一面」

「失礼します」看護師が、サイドテーブルに置かれた東日新聞を取り上げた。「この殺人事件の記事ですか? 面白いんですか?」

「後でゆっくり読んでごらん」

「殺人事件の記事なんか、笑えないと思いますけどね」

看護師が新聞を丁寧に畳んでテーブルに戻した。松島は紙面に視線を落とした。左肩、準トップの記事。しかも社会面は見開きで受けの記事を展開。これを面白いと言わずに、何を面白いというのか。もちろん、笑う話ではないが。

「新聞をこんなにたくさん読むのは、やっぱり職業柄なんですか?」点滴を交換しながら看護師が訊ねる。

「そうだね。もう四十年近くこんな感じだから、今更変えられないよ。読まないと体調が悪くなるぐらいなんだ」

今回の入院生活は大人しくしているつもりだったが、看護師に頼みこんで、病院の一階にあるコンビニエンスストアで、毎朝新聞各紙を購入してもらうようにはしていた。普段はざっと目を通すだけだが、今は時間が余っているから、隅から隅までじっくり読む。東経で、橙子の結婚相手——松島の退院を待って結納を交わすことになっている——の記事を見つけた時には、何だか複雑な気分になってしまった。原稿はあまり上手くないな……結婚したら、図々《ずうずう》しく記事の問題点を指摘して嫌な顔をさせてやろうか、と皮肉に思う。

午前中に、記事を三度も読み返してしまった。この取材の中心になったのはもちろん古山で、松島は一字も書いていない。それでも満足感が高いのは、この記事を「書かせた」のが自分だという自負があるからだ。こういうのは嫌い——口出しだけしている感じがするものだが、今回はそうはならなかった。自分もしっかり参加して貢献《こうけん》できた、という意識は高い。

昼食を終えた後、古山に電話しようかと思った。彼はこれからしばらく、この事件の続報取材で、休みも返上で走り回ることになるだろう。せめて電話で褒《ほ》めておこうと思ったが、点滴を引っ張ったまま一階の待合室まで降りていくのは結構大変だ。リハビリで廊下を歩くだけでも、結構な体力を消《しょう》耗《もう》するのだし。

どうしようかと迷っているところへ、古山が突然顔を出した。

「おいおい、こんなところにいて大丈夫なのか？」松島は驚いて思わず声を張り上げてしまった。また傷跡に痛みが走る。「夕刊はいいのか？」

「夕刊の記事は、もう出しました。明日の朝刊までには準備できてます」

「君は……そんな入念に準備しておく奴はいないぞ」

「そうですか？」

「書きながら取材するもんだよ」

「心配性なもので……見舞いが遅れて、すみません」

古山が本当に申し訳なさそうに言って、花束をサイドテーブルに置いた。ずいぶん気張ったものだ、と松島は目を見開いた。花屋で見舞い用に揃《そろ》えたら、五千円は下らないだろう。それと、文庫本が五冊。見ると、彼の取材相手の一人である本郷響の本ばかりだった。

「暇潰しにいいですよ」古山が本をちらりと見やった。

「気にしなくていいのに。今日の朝刊の記事で、十分見舞いになったよ」

「ええ、まあ」古山が、照れ笑いを浮かべて、鼻の横を掻《か》く。「記事、どうでした？」

「もうちょっと整理した方がよかったけど、まあまあ合格点だ。読ませるコラムじゃないんだから、事実関係が分かればそれでいいんだよ」

「お粗末様《そまつさま》でした」古山がひょこりと頭を下げる。「松島さん、体調はどうですか？」

「取り敢えず、何とか大丈夫だ」予後は順調と言っていいだろう。幸い今回も、抗がん剤の副作用はほとんどない。主治医によると、あと二週間ほどで一時退院できそうだという。もちろんそれですっかり安心できるわけではなく、抗がん剤の治療は続くが、今は死の恐怖は考えないでよさそうだ。

「タフですね」

「俺がタフなんじゃないよ。今の医療技術がすごいんだ。何だか、医療関係の取材にも興味が湧《わ》いてきた」今さら専門記者にはなれないだろうが、自分の闘病記を何らかの記録として残すのもいい。病気になると、症状と治療を全て書き残しておかないと気が済まない人もいるようで、ネット上ではそういう文章を頻繁に見かける。

「一つ、教えてもらっていいですか？」

「俺に答えられることなら」

「松島さん、記事を出さないと決まった会議で、あまりむきになりませんでしたよね」

「うん？」

「俺は散々怒鳴り散らしましたけど……あの時もう、松島さんは記事にできると分かっていたんですよね？」

「ああ」

「いつ、そう思ったんですか？」

「思いついたのは、もうかなり前だな」そう……あの記事を読んでからだ。「この前の、世論調査の記事を覚えてるか？　内閣支持率が三割を切った記事」

「ああ、まあ……」

覚えていないどころか読んでもいないな、と松島は確信した。今ここで責めてもしょうがないが。

「東日が一番高いぐらいで、他はもっと低かった。ここ何ヶ月かの支持率の推移を見ると、下がることはあっても持ち直す要素は何もない。行き先は総理の辞職だ」

「実際にそうなりましたね」

総理が辞意を表明――それが、先日の会議当日、夕刊一面の記事になっていた。民自党の新総裁は既に選出され、臨時国会冒頭で新しい総理大臣が決まった。新内閣の顔ぶれもがらりと変わっている。

「いいか、この件の一番の問題点は、政権の中枢が絡《から》んで警察に圧力をかけていたことだ。まさに権力が背景にあったわけだけど、その権力は失われた」

「そういうことか……倉橋も桂木も、同時に外れましたからね」古山が納得したようにうなずく。

「前の総理派閥《はばつ》――鈴木《すずき》派の覚えがめでたくて出世した二人だからな。バックがなくなれば、それで終わりだよ」

十年以上総理秘書官を務めた実績は考慮されず、倉橋は突然職を失い、警察庁にも戻れず、政権中枢から離れた。どこかの大学で教えるかもしれないという噂《うわさ》を聞いたが、それすらお流れになるかもしれない。それは、古山が今後どこまで倉橋を追及できるかにかかっているわけだが。桂木大吾も官房副長官の要職を離れ、現在はほぼ肩書きなし——少なくとも、警察に影響を与えられるようなポジションにはいない。

「総理が辞任すれば、これまで後ろ盾になって権勢を誇っていた鈴木派の力は、相対的に低落する。逆に、鈴木派の最大の対抗勢力である安住《あずみ》派が盛り返す。その結果、それまで鈴木派べったりで政権中枢部にいる二人は退《ひ》かざるを得なくなるわけだ。一種の権力の空白が生じるわけで、絶好のチャンスだと思ったんだ。桂木の先代は、今頃パニックだろうな」言って、思わず頬《ほお》が緩んでしまった。あのクソジジイも、これで年貢《ねんぐ》の納めどきだろう。

「さすが……ですね」古山がうなずく。「俺はそこまで読めてませんでした」

「まあ、これは偶然だよ。俺たちの力が及ばない『神の手』による結果だ。でも、新聞記者は、使えるものは何でも使わないと。夕刊の続報はどうする？」

「倉橋と桂木の名前を出してます」古山が厳しい表情でうなずいた。いよいよ本番、という感じだろう。

「倉橋、どうだった？　また会ったんだろう？」

「桂木から強い圧力をかけられた、と言ってましたよ。政治家に圧力をかけられて、駆け出しの官僚だった自分は逆らえなかったと」

松島は声を上げて笑ってしまい、また傷跡の痛みと闘うことになった。古山が心配してナースコールのボタンを押そうとしたので、慌てて引き止める。

「ただの傷の痛みだから、大丈夫だ」

「本当に平気なんですか？」

「単なる怪我みたいなものだから」松島は少し体の力を抜いて、斜めに起こしたベッドに身を委《ゆだ》ねた。「しかし、お笑い草だな。あれだけ権勢を振るっていた人間が、駆け出しの官僚だって？　まあ、いいよ。結局、桂木に全て押しつけたんだろう？」

「ええ」

「桂木は？」

「そんな古い話は覚えていない、と」

「そうか……哀《あわ》れな感じもするよな」松島は急に暗い気分になった。「恭介の自殺は、桂木が指示したんじゃないかと思ってるんだ」

「自殺教唆《きょうさ》ですね？　それは俺も考えました」

「父親からすれば、恭介の犯行は一種の病気だったんだろう。人を殺しておいて、病気もクソもないけどな……いずれにせよ桂木は、自分の立場と家を守ろうとする気持ちが強いあまり、あんな隠蔽工作に走った。一回で済む——最初の殺人事件を隠蔽すればそれで終わりと考えていたかもしれないけど、実際はそうはならなかった」

「何度も繰り返しているうちに、桂木自身も壊れてしまったのかもしれません」古山がうなずく。

「ああ。そうじゃないと、あそこまで繰り返し、隠蔽を続けられないはずだ。そこを俺たちが突いた結果、もう庇いきれないと判断して、息子を自殺に追いこんだのかもしれない。これは想像だけど、桂木がやっていたことは、民自党の中にも知っている人間がいたんじゃないかな。昔は、桂木も総裁候補と言われていたのに、いつの間にかそのレースから外れていた。密かに身体検査が行われて、不適格と判定された可能性もある」

「だけど、それを告発する人間はいなかった」古山が厳しい表情を浮かべる。「政治家っていうのは、クソみたいな連中ですね。俺たちとは——一般の人間とは価値観がまったく違うんでしょうね」

「権力の中枢にいると、感覚が狂ってしまうのかもしれない。だけどそれは、許されることじゃないからな。君の仕事はまだ終わらないぞ」

「ええ。桂木と倉橋の責任を追及すること、そして事件を解決することです」

「正直に言えば、事件の真相を完全に解明するのは相当難しいと思う。何しろ、肝心の犯人は死んでいるんだから」

「分かってます。でも、可能性は信じたいと思います。警察は、個別の事件についてある程度は捜査を進めていたわけですから、そこから何とか……せめて、行方不明になっている女の子たちを見つけてあげたいですよね」古山が座り直した。「でも、驚きました。こんなに一気に、物事が正反対の方向を向くなんて。松島さんに言われて、俺は半信半疑で埼玉県警と警察庁に話を通したんですけど、あんなにあっさり受け入れられるとは思わなかった」

松島は静かにうなずいた。そう、松島は取材の方向性をはっきりと指示した。新内閣になって、倉橋と桂木大吾が役職を降りたら一気に攻めろ——その際、やはり小野メモが決定的なポイントになる。

「警察庁は、小野メモを重要な証拠として認定したんだな?」

「ええ。たぶん、警察庁の中でも、事情を知っている人間は何人もいたんだと思います……本郷とか」

「途中で辞めて作家に転身したような人間が知ってたんだから、他にも知っている人間がいると考えるのが自然だな」松島はうなずく。「知ってて何にもしなかったんだから同罪だが、それはまあ、いい」

「埼玉県警も、見事に掌返しでしたよ。たぶん連中は、千葉県警に比べれば、自分たちの方が罪が軽いと思ってるんでしょう」馬鹿にしたように古山が言った。

「最初は千葉県警から始まったんだし、桂木の地元は千葉だからな」

「埼玉県警も同罪ですけど、今さらその辺を追及してもしょうがないでしょう。とにかく、埼玉県警は警察庁の圧力を受けてますから、きちんと動くはずです。千葉県警がどう出るかは分かりませんけど、再捜査はせざるを得ないでしょうね。両県警とも、関係者の処分も絡みますから、そう簡単には終わらないと思いますけど。それに社内の問題もある」

古山の表情が一気に厳しくなった。まだ表沙汰《おもてざた》にはなっていないが、それぞれの事件に関して、埼玉・千葉両県警から当時の担当記者に対して、圧力、あるいは懐柔《かいじゅう》があった疑いが出ている。それで厳しい取材を放棄した——内部調査はこれから本格化するはずだが、会社幹部はその実態を公表するつもりはあるのだろうか。今回の件に関しては、マスコミにも相当な責任がある。

「まあ……俺は高みの見物といかせてもらうよ」

「復帰はいつになりそうなんですか？　この件、松島さんにも原稿を書いて欲しいです」

「いつまでも俺に絡ませるなよ」松島は苦笑した。「これは、君が最初に気づいた件なんだから、君が最後まで仕上げろ。そうするべきだ」

「……ええ」

「一つだけ、忘れないでくれ。惰性《だせい》で新聞記者の仕事をするな。今、新聞はどうあるべきかなんていう理想を語っても笑われるだけだろうから、わざわざ口にする必要はない。でも、シビアな取材をして、社会悪を抉《えぐ》り出す仕事を続けていかないと、本当に新聞は駄目になる。俺はもうすぐ辞める人間だからいいけど、君はまだ先が長い。この先何十年も、プライドを持たないで仕事をするのはきついぞ」

「はい」古山が真顔でうなずいた。

「誇りを捨てるな。今ならまだ、新聞を立て直すチャンスがあるかもしれない」

「肝《きも》に銘《めい》じます……まあ、俺としてはいいこともありましたし」古山がニヤついた。

「何だ？」

「本郷響——大事なネタ元ですけど、最近、それとは関係なく会うようになってるんです」

「おいおい」松島は思わず目を見開いた。「彼女、君よりずいぶん年上じゃないか」

「ちょうど十歳ですかね」

「それは……前も言ったけど、結婚するならうちの次女にしておけよ。俺はいつでも歓迎だぞ」

「プレッシャーが大きいですよ」古山が笑った。「ま、今のは余計な話でした。先のことがどうなるかなんて、全然分かりませんし」

まったくその通りだな。人生も、新聞記者の仕事も、一寸先は闇だ。いや、古山の場合、角を曲がった先に光が待っているかもしれないが。一応、めでたい話と言うべきだろうか……松島は、笑いを堪《こら》えるのに必死になった。


その日の夕方、松島は手術後初めて待合室へ降りた。点滴が外れたためでもあるが、こうやって動くのもリハビリの一環……傷が痛むというより、脚の筋肉が衰えてしまった感じがするのだ。コーヒーは避けて紅茶のペットボトルを買い、ちびちびと飲む。甘い紅茶が、今の体にいいのか悪いのかは分からなかったが。

さて、いつまでも待合室でだらけていてもしょうがない。立ち上がると軽い目眩《めまい》を覚えたが、その場で少しじっとしていると、すっと消えていった。ほら、みろ。俺はもう普通の状態に戻りつつあるんだと自分に言い聞かせた瞬間、スマートフォンが鳴る。ここでは話せないので、途中で鳴り止《や》むのは覚悟の上で、通話エリアに移動した。呼び出し音が止まったスマートフォンを確認すると、佐野だった。どうしたものか……本社の屋上で喧嘩別れして以来、連絡は取っていない。向こうが何のつもりで電話してきたか分からないので、無視してしまってもよかったが、何となく気になってかけ直す。

「よう、腹の傷は痛むか」

「痛いよ」苦笑しながら返事する。「お前みたいな人間と話してると、特に痛む」

「まあまあ、そう言うな。無事に記事は出たみたいだな。お前、絡んでたのか?」

「書いてはいない」

「病室から指示を飛ばしたわけか」

「まあ、そんな感じだ」佐野はこんな話をしたいのだろうかと訝《いぶか》った。「で? 用事はなんだ?」

「お前、俺をメッセンジャーだと言ったな」

「ああ。今でもそう思ってる」

「実際、そうかもしれない」佐野がようやく認めた。「ただ、これだけは覚えておけよ。政治家はいつかは退場する。引退もあるし、何か大きな失敗をして権力の中枢から去ることもある。でも、新聞記者はいなくならない」

「何言ってるんだ」

「昔、アメリカのスポーツ記者が、同じようなことを言ってたんだよ。スポーツ選手は常に主役で、記者は陰の存在、選手は自分たちに都合の悪い話を書かれたら、激怒する権利があると思っている。

要するに記者は腰巾着《こしぎんちゃく》であるべきだと考えている――でも、たくさんの選手がデビューしたり引退したりしていく中で、記者は何十年も球場の記者席で選手を見続ける。そんな感じだったかな」

「なるほど」

「俺は、三十年以上政治記者をやっている。この間に、たくさんの政治家が引退するのを見てきた。民自党の政権からの脱落も復活も目の当たりにして――でも、俺はずっとここにいる」

「だから？」

「お前が俺をメッセンジャー扱いするのは勝手だけど、俺の役目は歴史を間近で見ることだと思ってる。そこがお前との違いだ」

松島は思わず声を上げて笑ってしまった。また傷が痛んだが、何とか我慢する。

「何がおかしい？」佐野がむっとした口調で言った。

「そういうのは、自分で偉そうに言うことじゃないだろう。政治記者は、書かな過ぎるんだ。時代の目撃者とか言って威張ってるけど、見るだけで記録者にはなっていない。結局、権力の近くにいるだけで満足してるんだろう？」

「お前は……まあ、今更変われと言っても無理だろうな」

「ああ、無理だ。それはお前も同じだろう？」

「そりゃそうだよ。二人とも定年間近なんだから」佐野がしみじみと言った。

「長かったな」

「長かった。それももうすぐ終わりだけどな」

「今後はテレビで、本質に触れない薄っぺらいコメントを喋ってればいい」

「テレビなんて、そもそもそんなものだろう。地上波だろうがＢＳだろうが同じだよ」

「だろうな。ま、せいぜい髪を黒く染めて、滑舌《かつぜつ》をよくするためにちゃんと勉強しろよ。お前、いつもごもご言ってるだけで、聞き取りにくくてしょうがないんだ。よくこれで取材できたな」

「大きなお世話だ……ところで、退院はいつだ?」佐野が急に話題を変えた。

「あと二週間ぐらいかな」

「酒は呑めないだろうけど、退院祝いはしてやるよ」

「お前と言い合いになると、精神的によくない。病後に悪いよ」

「だけど、言い合いができる相手がいるのも大事じゃないか? 特にこの歳《とし》になるとさ」

「まあ……そうかもしれない」松島は渋々認めた。

「じゃあな。せいぜい養生《ようじょう》しろよ」

「もちろん」

「なあ、俺たちには共通点があるよな」

「ずっと現場に居続けたこと」松島は即座に答えた。

「そういうことだ。新聞記者にとって大事なのは、それだけじゃないか?」

電話を切り、松島はゆっくりとエレベーターに向かった。今日は古山、それに佐野と続けて話したので少し疲れた。二週間後に、本当に退院できるのだろうか……ふと思い直し、エレベーターではなく階段へ向かう。三階分の階段を上がれるかどうか自信はなかったが、少しは自分に無理を強《し》いないと。

現場に居続けること。そのためには、まず体力を取り戻すのが一番だ。階段の最初の一歩で、右の腿にぐっと力が入る。左足を踏み出せるだろうか……一呼吸おいて、松島は左足を上げた。歩かないことには何も始まらない。それは、どんなに時代が変わっても変わらない真実だろう。

本書は書き下ろしフィクションです。

著者略歴

堂場瞬一（どうば・しゅんいち）
1963年茨城県生まれ。2000年、『8年』で小説すばる新人賞を受賞し、デビュー。著書に、「警視庁追跡捜査係」「ラストライン」「警視庁犯罪被害者支援課」「刑事・鳴沢了」「警視庁失踪課・高城賢吾」「アナザーフェイス」「捜査一課・澤村慶司」「刑事の挑戦・一之瀬拓真」の各シリーズの他、『刑事の枷』『コーチ』『ホーム』『ダブル・トライ』『空の声』など多数。

© 2021 Doba Shunichi　Printed in Japan

Kadokawa Haruki Corporation

堂場 瞬一

沈《ちん》黙《もく》の終《お》わり（下）

*

2021年4月18日第一刷発行

発行者 角川春樹
発行所 株式会社 角川春樹事務所
〒102-0074 東京都千代田区九段南2-1-30 イタリア文化会館ビル
電話03-3263-5881（営業） 03-3263-5247（編集）
印刷・製本 中央精版印刷株式会社

本書の無断複製（コピー、スキャン、デジタル化等）並びに無断複製物の譲渡及び配信は、著作権法上での例外を除き禁じられています。また、本書を代行業者等の第三者に依頼して複製する行為は、たとえ個人や家庭内の利用であっても一切認められておりません。

定価はカバーに表示してあります。落丁・乱丁はお取り替えいたします。

ISBN978-4-7584-1375-6 C0093
http://www.kadokawaharuki.co.jp/

堂場瞬一の本

時効の果て

警視庁追跡捜査係

「何だ、これは？」追跡捜査係の頭脳・西川大和は思わず声を上げた――。「おいおい……」定年まであと八年のベテラン刑事・岩倉剛はコンビニエンスストアの前で固まってしまった――。二人を驚愕させた週刊誌の見出しは、三十一年前迷宮入りしたバラバラ殺人事件の新証言。誰が、何の目的で。警察の面子を守るため、そして刑事になった契機の事件を追うため、似た者同士の知性派二人が動き出す。堂場舜一作家デビュー20周年を記念し、二つのシリーズの主人公が手を組み、捜査を阻む時の壁に挑む、書き下ろし警察小説。

ハルキ文庫